彩峰舞人
Maito Ayamine
シエラ
illust Cierra

IV

死神に育てられた少女は漆黒の剣を胸に抱く

The Little Girl Raised by Death Hold the Sword of Death Tight

――束縛系高位魔法　千羅線乱
アメリア・ストラスト
Amelia Stolast

——炎系高位魔法　風華紅細雨

「あーん♡」
エリス・
クロフォード
Ellis Crawford

「う、うん……」
オリビア・
ヴァレッドストーム
Olivia Valedstorm

登場人物

Characters

ファーネスト王国

クラウディア・ユング

オリビアを敬愛する誇り高き騎士。天授眼の使い手。

アシュトン・ゼーネフィルダー

パウルに稀代の軍師と称され、名声を高めていく。

オリビア・ヴァレッドストーム

死神に育てられた少女。深淵人の末裔。

エリス・クロフォード

オリビアを「お姉さま」と呼び慕う女性兵士。

オットー・シュタイナー

パウルの副官。オリビアに振り回され気味。

パウル・フォン・バルツァ

第七軍を率いる老将。鬼神の異名を持つ一方、オリビアには甘い。

ランベルト・フォン・ガルシア

猛将の異名を持つ第一軍の副総司令官。

コルネリアス・ウィム・グリューニング

常勝将軍として名を馳せる、第一軍の総司令官。

アルフォンス・セム・ガルムンド

ファーネスト王国を統べる王。

サーラ・スン・リヴィエ

ファーネスト王国第四王女にして、第六軍を率いる将軍。

ブラッド・エンフィールド

第二軍を率いる将軍。粗野な言動が目立つが、戦略戦術に長け、剣の腕も一流。

ナインハルト・ブランシュ

第一軍の副官。冷静沈着で深謀遠慮。クラウディアの従兄でもある。

アースベルト帝国

フェリックス・フォン・ズィーガー

帝国軍最精鋭、蒼の騎士団を
率いる。深淵人と双璧をなす
アスラの末裔。

ローゼンマリー・フォン・ベルリエッタ

紅の騎士団を率いる帝国三将。
オリビアに破れ加療中。

ダルメス・グスキ

帝国宰相。死神の力を利用し
皇帝を操っている。

神国メキア

ソフィティーア・ヘル・メキア

第七代聖天使。圧倒的カリスマ
で神国メキアを統べる。

ラーラ・ミラ・クリスタル

聖翔軍総督。ソフィティーアに
絶対の忠誠心を捧げる。

ヨハン・ストライダー

聖翔軍上級千人翔。
軽薄で大胆な言動が目立つ。

アメリア・ストラスト

聖翔軍千人翔。
酷薄にして残酷。

その他

ゼット

オリビアを拾い、育てた死神。
ある日突然姿をくらます。

ゼーニア

第二の死神。ある目的のため
ダルメスに力を授け利用している。

デュベディリカ大陸
帝都オルステッド
アースベルト帝国
アストラ砦
ウィンザム城
城郭都市
エムリード
ストニア公国
神国メキア
王都フィス
小国家群
キール要塞
スワラン王国
ガリア要塞
カスパー砦
ファーネスト王国
サザーランド
都市国家連合
イリス平原
ランブルク砦
カスパー砦
アーク大森林
トレドの街
トレド街道
トレド峠
カイザル
の屋敷
ヴィラン高原
オルストイの森
カルバディア丘陵
ギャロック渓谷
イドラ砦
第十二都市
ノーザン=ペルシラ
テムズ砦
サファ砦
王国南部及びサザーランド東部

死神に育てられた少女は漆黒の剣を胸に抱く Ⅳ

彩峰舞人

The Little Girl Raised by Death
Hold the Sword of Death Tight

Ⅳ

CONTENTS

イラスト／シエラ

プロローグ ◆ 南の雄

　デュベディリカ大陸の南に位置するサザーランド都市国家連合は、十三からなる都市で形成されている。それぞれの都市が独立した政治権力を有する一方、サザーランド都市国家連合としての指針は各都市長を代表とした〝十三星評議会〟によって決められていく。総人口は国家としては最大規模の一億を数え、ファーネスト王国やアースベルト帝国と並ぶ三大大国のひとつである。

　また、十三都市全てが固有の軍隊を抱えており、有事の際には連合軍として外敵に対処することが予め〝サザーランド十三憲章〟によって定められていた。


（面倒なことになったな……）

　十三都市の中でも広大な領地を保有する都市、第三都市ベイ＝グランドの軍に所属するひとりの青年が、報告書片手に都市長の執務室に向かって廊下を進んでいる。

　優しい光を瞳にたたえたこの青年の名はジュリアス・リラ・フィフス。二十二歳にして大将の地位にいるが、名家フィフス家の血筋によるものばかりではない。戦略・戦術家として非凡なる才をいかんなく発揮し、またいくつかの幸運も重なって今の地位を築くに至った。物腰の柔らかさも手伝って、女性たちの間でなにかと話題に上る人物でもある。

ジュリアスは途中すれ違う将校たちと敬礼を交わしながら廊下の突き当たり、精緻な彫刻が施されている扉の前で足を止めた。

光陰暦六〇〇年代の彫刻家、トロア・シーレ作の躍動感溢(あふ)れる流華紋(りゅうかもん)の扉である。

「都市長は中においでか？」

「はっ！　すでに入られております！」

衛兵が敬礼をしながら答える。頷(うなず)き息を整えたジュリアスは、拳を固めて軽く扉をノックした。

「失礼します」

円錐状(えんすいじょう)の形をした美しい山の頂にそびえ立つ壮麗な城。まるで空に浮かんでいるような姿から市井の者たちに〝天空城〟とも呼ばれるリズン城の最上階。街並みを一望できるガラス張りの部屋に入ると、ベイ＝グランド軍の総帥でもあるリオン・フォン・エルフリードが、どっしりとした執務机に座りながらジュリアスをまじまじと見つめてきた。

「お前がそういう顔をするときは大抵面倒な案件を持ってくるときだな」

図らずもリオンの第一声がそれだった。感情を表に出したつもりは毛頭ないが、それでも正鵠(せいこく)を射ているだけに、咄嗟(とっさ)に返す言葉が出てこない。

内心で苦笑しつつ、ジュリアスは足を前に進めた。

「どうもリオン様は私以上に私のことがよくおわかりのようで」

リオンはせせら笑う。

「なにをいまさら。子供の頃からの腐れ縁だぞ？　それくらい当然だろう。――で、その右手に持っているものが、お前にそんな顔をさせている原因といったところか」

言いながら無造作に左手を差し出してくる。ジュリアスが報告書を手渡すと、リオンは早速目を通し始めた。

深緑を基調とした軍服の上からでも容易にわかる鍛え抜かれた肉体。光に透けるような金髪と、気高さを感じさせる端整な顔立ち。ほかに類を見ない虹色の双眸は、熟達の域に達した鍛冶職人が丹精込めて作り上げた剣のごとく鋭い光を放っている。

だが、さらに奥に隠された峻烈なる光に気づいているのは、今のところジュリアスただひとり。内に秘めたリオンの野望は万人の知るところではなかった。

「――第十二都市がファーネスト王国に攻め入る気配有りか……。確かに予想はしていなかったが、お前が心配するまでの内容でもあるまい。精々好きにしろとしか俺は言えんが」

間違いなく懸念を示すだろうとジュリアスは思っていた。それだけに気にも留めない様子のリオンに、ジュリアスは思わず珍獣を見るような視線を向けてしまう。

「――ん？　そんなに俺の顔が珍しいのか？　さすがに見飽きていると思うが」

言いながら、リオンは大袈裟に頬を撫でてみせた。

「いえ、その……よろしいのですか？」

尋ねたジュリアスに対し、リオンは椅子にもたれながら眉根を中央に寄せた。迂遠な物言いに対する反応でないことだけはわかる。

「よろしいもなにも形はどうであれ、十三都市は対等な関係を結んでいる。第十二都市が帝国との密約を破ると言うのなら話は別だが、ファーネスト王国を攻めることそれ自体は問題ない。帝国から手を出すなとも言われていないしな。そもそも内政干渉にあたる。口出しなどできんよ」

確かに十三都市に優劣はなく、対等な関係を結んでいる。ただ、実際は対等であって対等ではない。当然、都市の規模によって力関係が生じるからだ。

ジュリアスも軍人である以上、戦争を否定するつもりはない。しかしながら、現時点で第十二都市が王国軍と戦端を開く意義も見いだせない。いざ戦争ともなれば少なからず民衆に影響を及ぼす可能性があることをジュリアスは危惧している。リオンが第十二都市に対して勧告を行えば、さすがに無視することなどできないはず。

（それでも口出ししないということは、つまり本当に興味がないのだろう）

もはや徒労に終わると知りつつも、ジュリアスは切り口を変えて提言した。

「ですがサザーランド都市国家連合は戦争不介入・絶対中立を宣言しています。第十二都市の行動は明らかに宣言から逸脱しておりますが？」

「逸脱ねぇ……。ジュリアスは本気でそう思っているのか？」

薄い笑みを向けてくるリオンへ、ジュリアスは小さく首を横に振ることで回答とした。

――群雄割拠の末期。

最盛期は六十を数えた国も、動乱が収束する光陰暦九五〇年にはその数を半数以下にまで減らしていた。疲弊の極致にあった小国は互いに生き残りをかけるべく不戦同盟を締結。光陰暦九五二年にサザーランド都市国家連合を樹立した。

それとほぼ同時に戦争不介入・絶対中立宣言をしてからおよそ半世紀あまり。再び巡ってきた動乱に、サザーランドはこれまで戦をすることなく戦争を見守ってきた。戦争不介入・絶対中立宣言とはどの国の戦争にも加担しないという意思表示に他ならないが、だからといって戦争そのものを放棄するというものでもない。

当然サザーランドに攻め入る国あらば反撃も辞さないが、実際のところ戦争を仕掛けてくる相手がいなかった、ということにつきる。

ファーネスト王国やアースベルト帝国など一部の大国を除けば、そのほとんどは小国ばかり。ベイ＝グランドと国境を接するアドリナ皇国と導摩国ルーレシアに至っては、猫の額ほどの領土を巡って互いが流した血の量を推し量るように争っている有様だ。

今や南の地に巨大な根を張ったサザーランドという大国に、あえて牙を剝く小国など現れるはずもなかった。そもそもが各都市長に宣言を順守する気などさらさらないのは明白。半世紀前の宣言などすでに形骸化しているのが実情だ。

口にこそ出さないがリオンとて例外ではない。それゆえの問いであり笑いであることは容易に推察できた。

「他国だってカビの生えた宣言など信用していない。第十二都市がファーネスト王国に攻め入ったからといって、どこの国も文句などつけないさ。なにしろただの宣言だからな」

「それはまぁそうですが……」

「仮に万が一にも信じている国があるとすれば、どれだけ能天気なのだと言わざるを得ない。今のところサザーランドとすれば、帝国との密約を反故にしなければそれでいい」

最後はそう言って、興味を失くしたとばかりに書類を机に投げ捨てた。

光陰暦九九七年。難攻不落と謳われたキール要塞が陥落してからおよそ一ヶ月後。サザーランド都市国家連合はアースベルト帝国と秘かに会談を繰り返していた。会談の主な内容は、ファーネスト王国が滅ぶそのときまで食糧輸出の一切を止めること。その見返りとして帝国はサザーランドに対して未来永劫一切の戦争行為は行わないというものだ。

当時サザーランドとしても飛ぶ鳥を落とす勢いの帝国を相手にしたくないとの思いが少なからずあったため、十三星評議会にて帝国の申し出を全会一致で可決した。

（だがそれも結局のところファーネスト王国が滅ぶまでだろう。その先はどうなるか正直

わかったものではない）

　皇帝ラムザは大陸統一を宣言している。それはとりもなおさず国をひとつにするという意思表示に他ならない。約束とは大なり小なり破られるのが常である。

　賢帝とも称される男が安易に約束を反故にするとも思えないが、こちらの想像を超える形で、それこそ万民が納得できる手を打ってくる可能性は否定できない。傍観者でいられるのもそう長いことではないだろうとジュリアスは思い定めていた。

「今ジュリアスが考えていることを言い当ててやろうか？」

　リオンが肘掛けに頬杖をつき、やたらにやけた笑みをこちらに向けている。ジュリアスはことさらに顔を顰めてこの若き統治者に苦言を呈した。

「リオン様。〝さとり〟のごとき悪趣味な真似はお止めください」

「人の心を読むというあの怪物か……人の心ほど不確かで虚ろなものはほかにない。本当にそんな真似が俺に可能なら――」

「可能なら？」

「それこそ一都市などではなくサザーランド、ひいてはデュベディリカ大陸を手中に収めている。もちろんジュリアスと共にな」

　そう言って無邪気に笑うリオンは子供の頃そのままだ。その姿にジュリアスも思わず相好を崩してしまう。

（本当にこの人は少しも変わらないな……）

リオンはひとしきり笑った後、表情を真面目なものへと変化させた。

「ジュリアスの杞憂もわかるがまぁそう案ずるな。俺とて伊達や酔狂で都市長の座にはいない。この戦争がそう長くは続かないと踏んでいる以上、当然先のことも視野に入れている。第十二都市は別としても、ほかの都市長たちはそれなりに今後を見据えているさ」

「それは重々承知しています。このジュリアス・リラ・フィフス、リオン様のことはいつだって信頼していますので」

ジュリアスが慇懃に頭を下げてみせると、リオンはニヤリと笑った。

「抜け抜けとこいつめ。――それにしても第十二都市は諜報活動をまともに行っていないようだな。これからの新時代は情報をより多く握る者が優位に立つというのに」

「リオン様のおっしゃる通り、風向きが大分変わってきたようです。今のファーネスト王国に手を出すのはいささか危険かと。かなりの火傷を負うのは間違いないでしょうから」

「ふっ。火傷で済めばいいけどな」

「それだけでは済まないと？」

「ああ。下手をすれば死神の大鎌でここが飛ぶ」

リオンは二本指で首筋を叩く。ジュリアスは無言で頷いた。

規模は帝国の陽炎に遠く及ばないものの、ベイ＝グランドにも通常の諜報部隊とは別に

〝群狼〟というリオン子飼いの私設諜報部隊が存在している。ちなみに群狼の名は彼らの肩に狼の刺青が彫られていることに由来していた。

群狼からもたらされた情報によると、南部方面軍の敗北を皮切りに、紅の騎士団や天陽の騎士団といった帝国でも音に聞こえた精鋭軍が相次いで敗北したらしい。興味深いのはそれぞれの戦いにおいて死神と呼ばれる少女のことが幾度も登場する点だ。

〝漆黒の斬殺者〟とも呼ばれるその少女は帝国軍でも名だたる将の命を、それこそ死神の如く次々に刈り取ったという。少女を前にして数千の兵士が恐怖したとの眉唾な話も耳にしている。戦場での武勇は大概時間が経過するごとに尾ひれがつくものではあるが、この少女に関しては例外らしいというのが最終的に群狼の出した結論であった。

「一応この情報を第十二都市に教えますか？」

ジュリアスの言葉に、しかしリオンはふんと鼻息を落として拒否した。

「今の王国は死神が味方しているから危険だ、とでも言うのか？　やめとけやめとけ。それにどうせ教えたところで信用しないさ。まして相手があの女ならなおさらだ」

「……確かにあのお方は信用しないでしょうね」

妖艶な雰囲気の中にどこか狂気を滲ませる顔をジュリアスは思い出していた。

第十二都市ノーザン＝ペルシラを統べる都市長カサンドラ・ズム・シェリーはかなりの傲慢と聞こえている。食事の味付けが気にくわないというだけで料理人を処断したという冗談のようなエピソードもあるくらいだ。ファーネスト王国侵攻の件も大方カサンドラが強引に推し進めた結果だろうとジュリアスは睨んでいる。こちらの忠告などカサンドラは無視するだろうということで二人の意見は一致した。

「それに同じ国の名を冠してはいるが元は他国だ。群狼が苦労して手に入れた情報をただで教えてやるほど俺はお人好しではない。当然なんらかの見返りがあってしかるべきだ。それにいい機会じゃないか」

「……ファーネスト王国の実力を見極めるには、ですか？」

リオンは我が意を得たりとばかりに大きく頷いた。

「カードゲームとはわけが違う。紅と天陽の騎士団相手に運よく勝利したとは到底思えない。そういう意味でも第十二都市とファーネスト王国との戦いはひとつの試金石となる」

机に置かれている黄金の天秤をリオンはピンと指で弾く。

「戦いの結果が我々の指針にも影響を及ぼすということでしょうか？」

「そういうことだな」

「仮にファーネスト王国に逆転の目が出てきたらいかがなさるつもりですか？」

「逆転の目か……」

リオンはしばらく視線を空に漂わせ、

「そうだな。そのときは帝国をさっさと見限って、改めてファーネスト王国に舵を切ればいいだけの話だ。サザーランドに〝利〟ありと判断すれば、ほかの都市長たちも問題なく賛成するだろう。なにせ損得勘定はお手の物だからな」

そう言って椅子を回転させたリオンは、どこか小馬鹿にしたような目を外へと向けた。

サザーランドが行った経済封鎖は劇的な効果を発揮し、ファーネスト王国の衰退に拍車をかける形になった。今さら経済封鎖を解除して友好の手を差し伸べたところで、さすがにアルフォンス王も信用しないだろうとジュリアスは説明する。

「ここまでファーネスト王国の名を地に貶めた稀代の王だぞ。それでも最終的には手を取らざるを得ないさ」

リオンは無造作に髪を掻き上げながらファーネスト国王を痛烈に皮肉る。そして、おもむろに椅子から立ち上がると、スラリとした長い足は壁一面に張られた巨大な地図の前で動きを止めた。

「…………」

胸中ではなにを思うのか、煌めく虹色の双眸はひたと地図を捉えて放さない。傍らに立ったジュリアスも同じように地図を見つめた。

北のアースベルト帝国。

東のファーネスト王国。

南のサザーランド都市国家連合。

大国による均衡は崩れて久しく、戦火は留まるところを知らない。群雄割拠時代の再現とばかりに無為な戦いを繰り広げ、今も少なくない国が滅亡の道を突き進んでいる。

戦争とは高く積み木を積む行為と同義だとジュリアスは思っている。どこか一ヵ所でも積み方を誤れば、やがて崩れ落ちるは道理。

（この戦争で最後まで積み木を積むことができるのはアースベルト帝国か、ファーネスト王国か、それとも――）

暗雲が次第にリズン城を深く包み込む中、ジュリアスは美しき統治者の横顔を見つめる。

時に光陰暦一〇〇〇年。

混沌が蔓延る新時代は新たな流血によって幕が上がろうとしていた――。

第一章◆獅子の旗の下に

I

王都フィス　レティシア城

　テラスに舞い降りた小鳥たちが互いの存在を確かめるかのようにくちばしを交わしていた。生命力が満ち溢(あふ)れた木々には尾長縞(しま)リスが枝に尻尾を括(くく)り付け、器用にぶら下がりながら桃仙(とうせん)の種を頬張っている。

　時刻は天頂の刻。

　若葉の香りを乗せた風が優しくそよぐ大会議室において、それぞれの軍団を指揮する将軍たちが部屋の中央に置かれた長卓を囲んでいた。

「皆、忙しい中よく集まってくれた」

　招集をかけたコルネリアス・ウィム・グリューニング元帥を筆頭とし、第一軍の副総司令官であるランベルト・フォン・ガルシア大将、第二軍を率いるブラッド・エンフィールド中将、第六軍を率いるサーラ・スン・リヴィエ中将、第七軍を率いるパウル・フォン・バルツァ大将、そして、オブザーバーとして軍議に参加しているナインハルト・ブランシュ准将の計六名である。

敬礼後それぞれが着座すると、ブラッドが長卓を見渡しながら口火を切った。

「開戦当時と比べるとここも大分寂しくなりましたね……」

第三軍のラッツ・スマイス上級大将。

第四軍のリンツ・バルト上級大将。

第五軍のベルマー・ウィム・ハイネス上級大将。

開戦時は顔を揃えていた三将軍はすでに冥府へと旅立って久しい。ラッツとリンツに至っては、ブラッドと士官学校時代からの仲だったとナインハルトは聞き及んでいる。ナインハルト自身も莫逆の友であったフロレンツ大将をアルシュミッツ会戦で失っている。

それだけにブラッドの言葉はより一層心の奥底に染み込んできた。

「そうだな。わしのような年寄りを残して若い者が先に逝ってしまう。戦争だからと言ってしまえばそれまでだが……なんとも世知辛いことだな」

そう言ってパウルは深い溜息を吐く。大会議室に重苦しい空気が漂う中、口を開いたのはやはりブラッドであった。

「パウル閣下もまだまだお若いじゃないですか。六十を過ぎているとは思えませんよ」

「はぁ……お前は相変わらず世辞が下手だな。そういうところは士官学校時代からなにも成長しとらん」

パウルが冷ややかな目で一瞥すると、ブラッドは叱られた子供のように首を竦めた。

今でこそ互いに一軍を率いる将軍であるが、かつては王立士官学校の教官と生徒の関係であったと聞いている。二人が残した数々の逸話は今も語り草となっており、ナインハルトも士官学校時代はその手の話をよく耳にしたものだ。

「ははは っ！　パウルの前では〝閃光のブラッド〟も形無しだな」

そう言って大笑いするランベルト。そのおかしな異名は止めてくれと辟易しているブラッドに対し、ランベルトはさらに豪快な笑い声を上げていた。

「それよりもコルネリアス元帥閣下。今日はどのような目的で我々を集められたのでしょう。まさか戦争も終わっていないのに昔語りをしようってわけでもありませんよね？」

話題を強引に変えたサーラの言葉に、コルネリアスが神妙に頷く。

「急遽集まってもらったのはほかでもない。結論から先に述べるが新たに第八軍を新設しようとわしは考えている。一言お主たちには断っておこうと思ってな」

――第八軍の新設。

その言葉にナインハルトのみならず、皆が困惑したような表情を浮かべた。第三、第四、第五軍が壊滅している現状、新たな軍を創設するのは理に適っている。腑に落ちないのはなぜ予断を許さない状況下でありながら招集をかけたかだ。

コルネリアスは王国軍を率いる元帥であり、先だってアルフォンスから正式に統帥権も委譲された。それは言うまでもなくコルネリアスの意思ひとつで軍を動かせることを意味している。たとえ一軍を率いる将軍であっても、いちいち断りなど入れる必要はない。

「それは我々に話を通しておかなければいけないことなのですか？」

　一同を代表する形でパウルがコルネリアスに尋ねた。

「まぁそうとも言える。とくにパウルにとっては直接関わり合いがある話ゆえな」

　一同の視線がパウルに集中する。名指しされたパウルはというと、視線を宙に漂わせながら顎を撫でていたが、なにかに思い至ったようでハッと目を見開いた。

「まさかオリビア少佐を第八軍の総司令官に!?」

「さすがに察しがいいな」

　コルネリアスがそう言って微かに笑うと、ランベルトが飲んでいたお茶を盛大に噴き出した。

「ゲホッゲホッ！――い、いやいやいや。ちょっと待ってください。オリビア少佐が第八軍の総司令官？　それはさすがにないでしょう」

　噴き出したお茶で濡れた軍服を拭おうともせず、ランベルトは呆れたように大声を上げた。元々地声が大きいのも相まってかなり耳に響いてくる。隣に座るサーラが顔を顰めながら椅子ごと横にずれたのも仕方がないことだろう。

「オリビア少佐が第八軍の総司令官だとなにか都合が悪いのかね？」

一方のコルネリアスは目の前の紅茶に少量の砂糖を入れ、スプーンを静かに上下させている。動と静。対照的な二人の様子をブラッドは興味深そうに見つめていた。

「都合が良いとか悪いとかの話ではありません。確かに彼女の武勲は他を軽く圧倒しています。それは認めましょう。ですが部隊を率いるのと一軍を率いるのではまた勝手が違います。そのことは元帥閣下もよくおわかりでしょうに。なにより彼女はまだ十と……十と……」

「十六歳だ」

パウルが抑揚のない声で言う。

「そう、パウルの言う通り彼女はまだ十六歳ですよ？　王国の歴史を振り返ってみても、十六歳の総司令官なんて前例はまずありませんしありえません。私は断固反対ですな」

そこまで言ってランベルトは視線を下げる。今さらながら自身の軍服が濡れていることに気がついたらしい。懐からハンカチを取り出すと、乱暴に胸元を拭い始めた。

「――ふむ。と、ランベルトは申しているがほかの者はどうだ？　遠慮はいらん。忌憚（きたん）なき意見を聞かせてほしい」

コルネリアスはテーブル全体を見渡す。即座に口を開いたのはサーラだった。

「わたくしはコルネリアス元帥閣下の提案に賛成です。確かに彼女は十六歳と若いですが、お飾りのわたくしなんかより余程上手（うま）く軍を動かすのは間違いありません。第六軍救援においての鮮やかな手並みがそれを証明しています」

自らをお飾りと皮肉った言葉に、一同は苦笑を禁じ得なかった。事実お飾りであることに間違いはないのだが、それでも王族の代表として最前線に立っている第四王女を非難する者は、少なくともこの場にはいなかった。

それはそれとして、ペシタ砦の顛末はナインハルトも聞き及んでいる。単身敵の本陣に乗り込み、あまつさえ将を捕らえて軍を引かせるなどオリビア以外にはできない芸当だ。後半の言葉は皮肉でもなんでもなく、彼女が心底そう思っていることが窺えた。

「ふむ。サーラ中将は賛成か……。ブラッド中将はどうだ？」

「俺も姫様の意見と一緒です。個としての武力は今さら説明するまでもないでしょうが、戦略家としても嬢ちゃん――もといオリビア少佐は優れています。彼女が援軍に駆けつけなかったら、まぁ多分この席にはいなかったでしょう」

ブラッドは自嘲の笑みを浮かべた。

「あら。閃光のブラッドと意見が一緒で光栄ですわ」

「あのなぁ姫様……」

苛立たしげに頭を掻くブラッドを、サーラは微笑ましく見つめている。そんな二人の様子を黙って見ていたランベルトであったが、辛抱溜まらずとばかりに大きな溜息を吐いた。

「ペシタ砦の件で王女殿下がオリビア少佐に恩義を感じているのはわかります。ですがそれと今の話を一緒にしてもらっても困ります。ブラッドもだぞ」

「恩義を感じているのは事実ですが、話を一緒くたにはしていませんよ？　これまでの彼女の戦功を鑑みて、わたくしなりに判断した結果です」

「そこまで耄碌はしていませんが？」

再びサーラに笑みを向けられたブラッドは、辟易とした表情を浮かべた。その後もランベルトとブラッドの口論は続き、互いに「圧倒的に経験が足りない」「経験は才能によっていくらでも補える」などと、真っ二つに割れた意見をぶつけ合う。

最後はブラッドが再び頭をガリガリと掻き毟ってランベルトに告げた。

「俺も一応第二軍を率いる将軍です。中央戦線での嬢ちゃんの働きを見て、十分に任が務まると判断しているに過ぎません。そもそも勝ち戦が続いているとはいえ、今も我々は薄氷の上にいます。その状況下で年齢がどうだとか、前例がないだとか言っている余裕はないと、そう小官は愚考いたしますが？」

「ぐぬぅぅ……」

両腕をむんずと組んだランベルトは、苦虫を何度も嚙み潰したような表情を浮かべた。

（薄氷の上か……。まさにブラッド中将の言う通りだな。ひとたび亀裂が生じようものなら、我々は為す術もなく冷たい水の底。二度と浮き上がることはできないだろう）

最終的に勝利はしたものの、第二、第七軍共に多くの戦死者を出している。第一軍とて天陽の騎士団との決戦で戦力は低下し、楽観視できる状況ではない。要するに現在の王国軍は満身創痍の状態だ。今後戦いがさらに苛烈になることは想像に難くなく、またランベルトが押し黙ったことからも、ブラッドの意見に一定の理解を示しているのが窺える。

ナインハルトもブラッドやサーラと同意見であり、少なくとも年齢や前例などは拒否する理由にならないと思っている。なにより彼女を一部隊の指揮官として扱うにはあまりにも武勲が巨大過ぎた。このままでは軍隊としてのバランスを著しく欠いてしまう。

だが、ランベルトはどうにも納得がいかないらしい。すぐに矛先を転じた。

「元帥閣下、ならば階級はどうするおつもりですか？　一軍を率いる人間が少佐では誰も納得しませんぞ。これればかりは前例云々という話ではありません」

一軍を率いるのは最低でも准将からだと決まっている。ランベルトの言はもっともであり、対外的にも総司令官が少佐では物笑いの種になるのは必至だ。

一同が次なるコルネリアスの発言に注目していると、本人は香りを楽しむように紅茶をすすった後、ゆっくりと口を開いた。

「無論承知している。階級の件に関しては数日中に論功行賞を行う予定だ。これまでの戦功を踏まえ、オリビア・ヴァレッドストームを少将に任じるつもりだ」

ブラッドはほう、と感嘆の吐息を漏らし、サーラは満足げな表情で賛成の意を示す。

天井を見上げたランベルトは、深い溜息をひとつ落とした。

「いきなり少将ですか……。少将なら軍を率いるのに問題はありませんが、元帥閣下もよく御存じの通り、ここにいるナインハルトは准将ですよ？」

言ってランベルトがこちらをチラリと見る。あからさまに話を誘導しているのがわかり、ナインハルトは内心で苦笑した。

（ここで私を引き合いに出されても正直困るのだが……）

軍隊とは一部の例外を除けば実力がものをいう世界である。戦功を挙げれば当然階級も上がっていく。部下だった者が上官に変わるなど今のご時世ならそう珍しいことでもない。五階級特進という前代未聞な昇進であることはナインハルトも認めるが、だからといってオリビアに含むところなどあるはずもなかった。

「ランベルト閣下、建国の父であるユリウス・ツー・ファーネスト王はなによりも武を貴ぶお方だったと聞いています。もしユリウス王がこの場においでなら、一も二もなく賛成することでしょう。もちろん私も賛成です」

ナインハルトはあえて初代国王を引き合いに出した。これ以上話を広げられては迷惑極まりない。これはナインハルトなりの意思表示であったのだが、

「――だがなぁ。オリビア少佐は軍に入ってから二年と経っていないだろう。俺としては実績、人望共に申し分のないナインハルトならもろ手を挙げて賛成するのだが」

しかしながらそう上手く事は運ばないらしい。ランベルトはかなり露骨にナインハルト

を持ち上げてきた。正直いい加減にしてほしいと思うナインハルトである。

「ランベルト閣下。本人が納得している以上それで構わないのではありませんか？　それに実績云々というのなら、短期間でこれだけの戦功を積み上げた者をわたくしは知りません」

サーラの援護にナインハルトは軽く頭を下げることで感謝の意を伝えると、サーラはウインクでもって応えてみせた。およそ王族らしくない振る舞いではあるが、だからこそ彼女を慕う兵も多いと聞く。

ランベルトはあからさまに大きな鼻息をひとつ落として言った。

「失礼ながら王女殿下にはわからないかもしれませんが、漢には漢の矜持というものがあります。ましてナインハルトのような武辺者ならなおのことです」

「男の矜持、ですか……？」

ランベルトの言葉通り、サーラはわからないといった感じで小首を傾げた。

「そうです。漢の矜持です」

胸を殊更に張るランベルトの態度は誇らしげですらある。当の本人であるナインハルトは、なるほどそんなものが自分にあるのかと内心で感心する。

どうやら本人ですら気づいていない漢の矜持なるものをランベルトは非常に気にかけてくれているらしい。なんともありがたく慈愛に満ちた上官ではあるが、これ以上おかしな話になる前に釘を刺しておかねばならない。

　ナインハルトは数度咳払いをして居住まいを正した。

「猛将ランベルト閣下にそこまで言っていただけるのは恐縮の極みではありますが、帝国軍にとって私とオリビア少佐、どちらがより脅威に映るかを考えれば自ずと答えは出ましょう。私では力不足です」

　今や死神オリビアの異名が帝国軍の心胆を寒からしめているのは疑いようがない。現在の王国軍に必要なもの、それは圧倒的武力をもって英雄の階段を駆け上がるオリビアであり、断じて凡将たる自分ではないのだから。

「……まぁナインハルトが納得しているのならそれでいいのだが……」

　ランベルトは不承不承といった態で顔を背けた。どうやら今の返答が意にそぐわなかったらしく、失望の色がありありと瞳に映し出されている。

　黙って話を聞いていたコルネリアスは、両腕を組んで口を真一文字に引き結んでいるパウルに探るような視線を向けた。

「先ほどから一言も発しないが、パウルはどうなのだ？」

　皆の視線が再びパウルへと集中していく。

「……正直に言えば反対ですな」

　パウルの反応はナインハルトからすれば至極当然のものだった。「さすがにパウルはわかっている」と満足気な表情で頷(うなず)くランベルトは別にしても、オリビアに対するパウルの接し方を知っていればこそ、簡単に彼女を手放すといった選択はしないだろう。

コルネリアスはひとしきり髭(ひげ)をしごきながら呟(つぶや)いた。

「ふむ。パウルも反対か……」

「念のために言っておきますが、ランベルトが申すような理由からではありません」

一転して鋭い光を帯びたランベルトの瞳がパウルを射貫(いぬ)く。普通の者ならばそれだけで口を閉ざすには十分な理由になりえるのだが、パウルは構うことなく話を続けていく。

「単純に第七軍の戦力低下を危惧してのことです。今やオリビア少佐と彼女が率いる独立騎兵連隊は、第七軍にとってなくてはならない存在ですから」

「さもあらん」

コルネリアスはうんうんと二度頷く。

「それに手前勝手な話を申せば、手近に置いておきたいとの思いがあります。なにせ彼女を本当の孫のように可愛(かわい)く思っていますので」

言ってパウルは目尻をだらしなく下げた。その様子にブラッドの双眸(そうぼう)が大きく見開かれる。他国から〝鬼神〟と恐れられる男と同一人物だとはとても思えないその姿は、パウルをよく知る人間ほど衝撃が大きいのだろう。

「ブラッド中将はどうしたのかしら……？」

パウルとブラッドの関係を王族のサーラは知る由もなく、豹変したブラッドの態度に怪訝な表情を向けている。意外だったのはランベルトの反応で、嘆かわしいとばかりに首を横に振っていた。

片や尋ねたコルネリアスはというと、パウルをジッと見つめている。明らかに驚いているのは誰の目から見ても明らかなのだが、それでもブラッドほどではない。

パウルとブラッドの関係は見た目以上に深いのだとナインハルトは思った。

「俺は悪い夢でも見ているのか？　あのパウル教官がそんな表情をするだなんて。死んだリンツとラッツが驚いて冥府から蘇ってきそうだ……」

呟くブラッドへ、底冷えのするパウルの視線が向けられた。

「……なるほど。今の発言でお前がわしをどう思っているのかよくわかった。後でゆっくりと言い含める必要がありそうだな」

「そ、それだけはご勘弁を」

再びブラッドは亀のように首を竦ませる。パウルはふんと鼻を鳴らした。

その後もことあるごとにランベルトが難色を示してきたが、室内が濃紅の色で満たされる頃には、オリビアを第八軍の初代総司令官として任じることが正式に決まった。

それと同時にひとつの作戦が決定する。

「――ではこれをもって帝国軍への反撃開始とする」

コルネリアスの宣言と共に、一同が起立敬礼をする。

作戦名――暁の連獅子――。

第八軍に与えられる最初の任務は――帝都オルステッド侵攻作戦である。

Ⅱ

レティシア城にて軍議が開かれてから三日あまりが過ぎていた。

その頃のオリビアはといえば毎日のように子供たちと、それこそ日が暮れるまで元気に遊んでいた。これは決して軍務を放棄しているわけではない。

ヴァレッドストーム家の断絶理由が判明したので、現在第七軍が拠点としているウィンザム城に戻ろうとしたところ、コルネリアスからしばらく王都に留まるよう命令を受けたためである。

民衆たちのお祭り騒ぎも大方収まり、柔らかな陽射しが降り注ぐ春のひととき――。

「もういいかーい！」

オリビアの元気な声が広場に響き渡る。

「もうぃいーよーってうわっ!?――もう、またオリビアお姉ちゃんしゅんそくじゅつを使ったでしょう。それはズルだっていつも言っているじゃないっ！」

薄茶色の髪に結んだ大きな赤いリボンを揺らし、オリビアのお腹をポカポカと叩く女の子の名前はパティ・サリバン。オリビアたちが定宿にしている灰鴉亭の夫婦、アカギとアンネの一人娘だ。

「あはは、ごめんね。なんだかつい使っちゃうんだよねー」

頬をポリポリと掻くオリビアに、パティは粘りつくような視線を向けてきた。

「むーっ。――もしかして、オリビアお姉ちゃんって負けず嫌いなの？」

「んーそんなこともないと思うよ」

言いながら、オリビアは一回だけアシュトンに軍人将棋で負けそうになったことを思い出した。アシュトンがふふんと勝ち誇った笑みを見せた瞬間、なんだか急に目まいがしたオリビアは、棋盤の上に思い切り倒れ込んでしまった。

当たり前だけど駒はバラバラ。そのとき見せたこの世の終わりみたいなアシュトンの顔は今でもよく覚えている。勝利を確信したときが実は一番危ないんだよと親切に教えてあげると、鬼の形相で駒を投げつけてきたものだ。

「あのね。だったらこういうときは子供に勝ちを譲るものなんだよ」

「なんで子供だと勝ちを譲らないといけないの？」

戦争なら相手の油断を誘うためにわざと負けを装うこともある。けれどこれは単なるかくれんぼ。子供だからといってわざわざ勝ちを譲る理由がオリビアにはわからない。

首を傾げていると、パティは得意げに指を一本立てて言った。

「それが大人でいい女の条件ってやつだから」

「大人でいい女の条件？」

「そうだよ。オリビアお姉ちゃんも立派なレディなんだからよく覚えておいて」

訳知り顔でいい女の何たるかを教授してくるパティ。立派なレディと言われてもオリビアにはちんぷんかんぷんだ。とりあえずたははと笑って誤魔化していると、パティの幼友達であるグリフィン・ノアが草陰からひょっこり顔を出した。

「あ、グリフィンみーつけた！」

オリビアは勢いよく指さした。

「みーつけたって、自分から出てきたんだよ」

「なんで自分から出てきたの？」

首に巻かれた緑色のスカーフが印象的なグリフィンは、呆れたように溜息を落とした。

「だっていつまで待ってもオリビアお姉ちゃん探す様子がないんだもん。——それでオリビアお姉ちゃんはまたしゅんそくじゅつを使ったの？」

「そうなんだよー。グリフィンもオリビアお姉ちゃんにビシッと言ってやって」

パティに促されてオリビアの前に立つグリフィン。オリビアがジッと見つめていると、グリフィンは顔をみるみる赤く染めながらボソリと言った。

「つ、次からは気をつけてね」

「うん、わかった！」

「ちょっとグリフィン？　なんでいっつもいっつも、いーっつも！　オリビアお姉ちゃんを前にすると顔を赤くするのよッ！」

パティが足を踏み鳴らしながらズカズカとグリフィンに詰め寄る。グリフィンはというと、首を横に向けて赤くなっていないと白を切っている。

オリビアの目から見てもグリフィンが顔を赤くしているのは明らかだ。どういうわけかオリビアが見つめると、まるでゆでだこのように顔を赤くする癖がグリフィンにはある。それはグリフィンばかりではなく、アシュトンやほかの男たちも同様だ。

最初オリビアは赤瞨疾患（せきすいしっかん）ではないかと疑った。感染症のひとつで、スメリという虫によって媒介される。発症するとまずは顔が頻繁に赤くなる。そのあとは高熱を発し、長引けば最悪死に至ることもある怖い病気だ。

嫌がるアシュトンを捕まえてオリビアが調合した薬を無理やり飲ませたこともあったが、その後も顔は赤くなった。試しにほかの男たちにも飲ませてみたが、やっぱり結果は変わらない。結局高熱を発するということもなかったので、きっと男とはそういう生き物なのだろうとオリビアは結論付けていた。

ちなみに女であるエリスもなぜか頻繁に顔を赤くするのだが、エヴァンシン曰く『姉貴のあれは治療師でも治せないとくしゅなびょーき。だからオリビア少佐が気にすることはありません』と、なぜか平謝りしていたので除外する。

「むーっ。グリフィンは将来パティのお婿さんになるんだから。そんでもってそんでもって、灰鴉亭の後を継ぐのが決まっているんだから！　ぜったいぜったいぜーったいに！　浮気は許さないんだから！」

「わ、わかっているよー」

パティに凄まれたグリフィンは蚊の鳴くような声で返事をした後、オリビアをチラリと覗き見る。オリビアが笑いかけるとさらに顔を真っ赤にするグリフィンを見て、パティは噛みつかんばかりに文句を言い始めた。

その姿はアカギと喧嘩をするアンネに瓜二つ。まるでプチアンネだ。

「少佐、こちらにいらしたのですか……」

広場の角から姿を見せたクラウディアは、オリビアの顔を見てホッとしたような表情を浮かべた。癖のある黄金の髪を後ろへ掻き上げながら足早に近づいてくる。

「ちょうどいいところに来た。クラウディアも一緒にかくれんぼ――グリフィンどうしたの？」

気が付くとさっきまでパティに詰め寄られていたはずのグリフィンが、いつの間にか背後からオリビアの袖を遠慮がちに引っ張っていた。自分に気取られることなく背後を取るとはゼット並みの隠形術だと感心した。訓練したら凄腕の剣士になるかもしれない。

「あの綺麗なお姉ちゃんはオリビアお姉ちゃんの知り合い？」

かなり興味があるようで袖越しにクラウディアをチラチラと覗き見ている。クラウディアがグリフィンに視線を向けると、オリビアの背後にサッと隠れた。その仕草はパティがオリビアを紹介したときに見せた仕草そのままだ。

「そっか。グリフィンは会うの初めてだったね。わたしの仲間で友達のクラウディアっていうんだよ」

背中を押してクラウディアの前に誘導すると、最初こそ逡巡した素振りを見せていたグリフィンであったが、

「は、はじめまして。グリフィン・ノアって言います。五歳です」

はにかみながら小さな指を大きく広げて挨拶した。クラウディアはフアフアと綿毛のような笑みを浮かべている。オリビアが見たことのない笑みだった。

「小さいのにしっかり挨拶ができて偉いな。私はクラウディア・ユングだ」

「え、えへへ。……ねぇ、クラウディアお姉ちゃんも一緒にかくれんぼする？」

　グリフィンがもじもじしながらクラウディアを誘う。クラウディアはその場にしゃがみ込み、グリフィンを真っすぐ見据えて言った。

「すまないな。これから軍務——お仕事でオリビアお姉ちゃんとお城に行かないといけないんだ」

「そうなんだ……」

　がっくりとうなだれるグリフィンに、クラウディアは困ったような笑みを浮かべると、サラサラとしたグリフィンの金髪を優しく撫(な)でた。

「また今度誘ってくれるか？」

「う、うん。わかった。今度絶対に誘うよ」

　まるで露店で売っている首ふり人形のような動きをするグリフィン。背後でその様子をジッと見ていたパティは、五歳児とは思えない恐ろしい形相を浮かべながらグリフィンの襟首を鷲摑(わしづか)みすると、半ば引きずるように広場の隅へと連れ去っていく。

　その姿を見てオリビアは、《終わりのない料理番》という絵本に出てくる怖い小鬼を思い出していた。大鍋にグリフィンを放り込んでグツグツ煮ないか心配だ。

　助けを求めるような瞳を向けてくるグリフィンに笑顔で手を振ったオリビアは、心配そうにグリフィンを見つめているクラウディアに視線を戻した。

「お城から連絡がきたの？」

「あ、はい。コルネリアス元帥閣下直々にお話があるとのことです」

「ふーん。結構待たされたけど理由は聞いてる？」

「聞いてはおりませんが、おそらく昇進に絡んだ話だと思います」

クラウディアは満面の笑みを浮かべた。その様子から察するに、どうやら昇進もクラウディアの好物らしい。余計な口が開かれる前にオリビアは早足で広場を後にする。

ふと振り返ったオリビアの瞳に、小さな体をさらに小さくしながら正座をさせられているグリフィンが映った。

Ⅲ

レティシア城　コルネリアス元帥の執務室

「二人とも長らく引き留めて悪かったな」

「いえ、滅相もございません」

初めてコルネリアスの執務室に足を踏み入れたクラウディアは、内心で感嘆の吐息を漏らしていた。元帥の称号を持つ者に相応（ふさわ）しく、部屋に置かれている調度品はどれも一級品といえるものばかり。調度品ばかりではなく、盾や鎧（よろい）といった武具も整然と飾られている。

中でも一際目を引くのは、左壁に掛けられた一振りの剣。通常の長剣よりもやや短めな刃渡りで、どこか青白く冷たい光を放っている。黄金で作られたと思われる柄には、レムリア皇国の紋章である双頭の蛇が刻まれていた。

（これがこの世に二つとないと言われている宝剣レムリアか。さすがに見事な作りだな）

しばしレムリアに見惚れているクラウディアに、コルネリアスが言葉をかけてきた。

「気になるのなら後ほど時間を作るゆえ、まずは座ってくれないかね？」

見るとコルネリアスはすでにソファーへと腰掛けている。オリビアも同様だ。自分だけが勝手な行動をしていることに、一気に顔が熱くなった。

「た、大変失礼いたしました！」

クラウディアは慌てて頭を下げた後、急いでオリビアの隣に腰かけた。居住まいを正しながらよくよくオリビアを見てみれば、あろうことかテーブルに置かれているお菓子に手を付けている。クラウディアは眩暈を覚えた。

「少佐！　何勝手にお菓子を食べているのですか！」

「え？　勝手にじゃないよ。コルネリアス閣下が食べなさいって」

そう言っている間もオリビアの手が止まることはない。ひょいひょいと口の中に放り込んでは、幸せそうな笑みを浮かべている。

「元帥閣下、重ね重ね申し訳ございません！」

クラウディアはテーブルに額をこすりつける勢いで頭を下げた。いくら勧められたから

といって呑気にお菓子を食べていいはずがない。ここは元帥の執務室であり、断じて休息所ではないのだから。オットーにこの件が知れたらただでは済まないことだけはわかる。

収まりかけていた冷汗が再び背中から噴き出した。

「クラウディア中尉、頭を上げなさい」

「はっ！」

おそるおそる頭を上げると、コルネリアスは楽しそうに微笑んでいる。別段腹を立てている様子がないことに、クラウディアはホッと胸を撫で下ろす。コルネリアスは無遠慮にお菓子を食べているオリビアへ、それこそ可愛い孫でも見るような優しい眼差しを向けた。

「オリビア少佐、そのお菓子は美味しいかね？」

「うん、とっても美味しい！」

「敬語を使ってください！」

そろそろ胃に穴が空いてもおかしくないと思いながらオリビアの言葉遣いを注意する。

「――じゃなくて、美味しいです」

こちらの気持ちなど知らず、オリビアは上機嫌な面持ちで両足をパタパタとさせている。クラウディアとしては一刻も早くこの部屋から逃げ出したいのが本音だ。

「とっても美味しいか。そうだろうそうだろう。うちのばあさんはお菓子作りの名人でな。オリビア少佐のことを語って聞かせたら、朝も早くから大量に作りおった。今の言葉を伝えたらばあさんもきっと喜ぶだろう。というわけだからクラウディア中尉も遠慮せず食べなさい」

コルネリアスは顔を綻ばせながら純銀製の大皿を差し出してくる。改めて盛られた焼菓子を眺めながらクラウディアはゴクリと唾を飲み込んでいた。

（まさかあのお方がお作りになったものだったとは……）

コルネリアスの奥方であるサブリナ・ウィム・グリューニング公爵夫人といえば、長らく社交界に君臨。威厳と気品に満ち溢れ、陰では女帝と呼ばれるほどの女傑だ。

こんな逸話がある。

今を去ること光陰暦九六〇年。コルネリアスとその部下たちが領地を離れていた隙を狙って挙兵、反乱を企てたガルベラに対し、颯爽と鎧を身に着けたサブリナは僅かに残された守備兵と共に出陣。闇夜に紛れながら完全に油断していたガルベラの本陣を急襲した。サブリナ自身も猛然と剣を振るい、最後は見事ガルベラを討ち取るに至った。

反乱の報を聞いて慌てて舞い戻ったコルネリアスに、サブリナは『領地を騒がした不逞な輩は成敗しておきました』と、血に染まった笑顔で述べたという。

そんな彼女だからこそ、すでに社交界から身を引いた現在でも影響力は大きい。猛将で名を馳せるランベルトでさえ、サブリナの前だと借りてきた猫のようにおとなしくなるという話だ。

それほどの人物が作ったお菓子である。クラウディアが一口も食べなかったと母であるエリザベートが知ったら、間違いなく卒倒してしまうのは想像に難くない。

（仕方がない。これも軍務の一環だと思えばよいのだ）

そう自分に言い聞かせ、恐縮しつつも手ごろな大きさのお菓子を手に取る。そっと口の中に入れて咀嚼していると、すぐに優しい甘みが広がった。

（美味いは美味いに違いないのだろうが……）

堪能する余裕などあるはずもなく、なんとか喉の奥に流し込むクラウディア。ある意味拷問に近いこの状態を脱するため、背筋を伸ばして自ら本題を切りだした。

「元帥閣下、本日の招集命令ですが……」

「ん？――おお、そうだったな。わしとしたことが肝心なことを忘れておった。歳を取るとどうもいかんな」

などと言いながら、懐から取り出した三つ折りの紙をオリビアに差し出す。彼女は無造作に広げて目を走らせると、すぐに興味を失くした様子でクラウディアに手渡してきた。

二人に断りを入れて内容を確認すると、新たに第八軍を新設すること、その初代総司令官にオリビアが着任すること、併せてオリビアを少将に昇進させる旨が記載されていた。

（これは……これは私が予想したはるか上をいっている。まさかここまでとは……）

クラウディアの記憶が正しければ、十代で少将に任じられた者などまずいないはず。ましてや一軍を率いることなど到底あり得ない。

王族である第六軍のサーラ中将でさえ、少将に任じられたのは二十歳のときだ。オリビアはまたひとつ英雄に相応しい偉業を成し遂げたといえよう。

クラウディアが興奮して口を開くよりも早く、コルネリアスが話を始めた。

「詳細は追って連絡するが内容は見ての通りだ。この決定に異議はあるかね？」

その問いに対し、視線を宙に漂わせて何事かを考えている様子のオリビアだったが、すぐに漆黒の瞳を輝かせ始めた。

「少将は上級大佐よりも偉いですよね？」

「ん？　質問の意図はわからんがその通りだ」

オリビアはニカッと笑い、了承の意をコルネリアスに伝えた。オリビアに出世欲の欠片もないことは誰よりもクラウディアがよく知っている。それだけにオリビアが受け入れた背景をなんとなく察したクラウディアは、内心で大きな溜息を吐いた。

「うむ。では現時刻をもってオリビア・ヴァレッドストームを少将に昇進。併せて第八軍初代総司令官に任ずる」

「はっ！　オリビア少将、現時刻をもって第八軍初代総司令官に着任します！」

素早くソファーから立ち上がり、堂々とした敬礼を披露するオリビア。が、軍服についたお菓子の欠片がポロポロとこぼれ落ちているので正直あまり様になっていない。コルネリアスは満足そうに二度三度と頷き、クラウディアに視線を向けてきた。

「それとクラウディア中佐には引き続き副官としてオリビア少将の補佐をしてもらう」

「はっ！……失礼ですが元帥閣下」

「なにかね？」

「自分がその……中佐でありますか？」

聞き間違いかと思い、思わずクラウディアは問うてしまった。オリビアはさすがに例外だとしても、劣勢の軍にあって少しでも士気の向上を図るべく、戦功のあった者の階級を必要以上に高く与えることは理解できる。それを考慮に入れたとしても三階級特進は十分異例である。少なくともクラウディアが知る限り、同期で佐官の者などまずいない。あとはリーゼが昇進して同じ佐官になるかどうかといったところだろう。

当惑するクラウディアをコルネリアスは苦笑でもって見つめながら口を開く。

「中佐では不服かね？」

「い、いえ！　今後もオリビア少将の副官として誠心誠意尽力いたします！」

不服などあろうはずがない。両親がこのことを知ったらさぞや喜んでくれるだろう。クラウディアは背中がつりそうな勢いで最敬礼した。

「そうか。では頼んだぞ」

「はっ！」

しばらく雑談を交わして過ごした後、二人を退出させたコルネリアスは執務机に腰を下ろした。右上段の引き出しを開けると、仄(ほの)かな香水の香りと共に上質な紙に包まれた一通の書状が目に映る。

（さて、次はこの件をどうするかだが……）

デュベディリカ大陸の西に位置する小国。

神国メキアから届けられた書状に意識を傾けるコルネリアスであった。

Ⅳ

コルネリアスの執務室を辞去した後、中庭へと続く廊下を渡ったところでクラウディアの足音がピタリと止まった。

「どうしたの？」

振り返ったオリビアの瞳に、いつも以上に真面目な顔をするクラウディアが映る。

「閣下、私はここで失礼させていただきます」

「え？　もうお昼だよ。食堂に行って一緒にご飯を食べようよ」

オリビアは懐から銀色の懐中時計を取り出し、蓋を押し開いてクラウディアに見せてあげた。針は丁度真上を指している。さっきお菓子を食べたけどそれはそれ。ご飯はちゃんと食べないと、お腹の中の音楽隊が一斉に騒ぎ始めてしまう。

「申し訳ありません。閣下とご一緒したいのは山々ですが、第八軍新設に伴いこれから色々と準備もあります。正直お昼を食べている時間も惜しいので」

クラウディアの言いように、オリビアは小首を傾げた。第八軍新設の準備がお昼を食べることより大事なこととは到底思えない。なにより腹が減っては戦はできないと本にも書かれていたし、オリビア自身そう思う。

そんな感想を抱いていると、クラウディアが襟元に付けられた真新しい少将の階級章とオリビアの顔を交互に見つめてはクフフと悦に入ったように笑っている。

――怖い。

オリビアは素直にそう思った。

「そ、そう。ならわたしはひとりで食堂に行くね」

これ以上関わるとまた面倒なことが起こりそうだと判断したオリビアは、早々に手を引くことにした。クラウディアはキリッとした表情で敬礼をする。心なしか背筋もいつも以上に伸びているようだ。

「はっ！　ごゆっくりとお食事をなさってください。では閣下、これにて失礼いたします」

「う、うん。それじゃあ、またあとでね」

オリビアがぎこちなく手を振る中、「さあ、これから忙しくなるぞ」と呟き、まるで雲の上を歩いているような軽やかさでクラウディアは去っていく。

畏怖を込めた目でクラウディアを見送ったオリビアは、前言通り高級士官専用の食堂に向かって歩き出す。何回か城には足を運んでいるので、道に迷うということもなかった。

（うーん。それにしてもやたらと閣下を強調していたなぁ。クラウディアはいつもわたしのことを階級で呼ぶからそこまで違和感はないけど……閣下ねぇ。やっぱり少しは偉そうにしたほうがいいのかな？　パウル大将やコルネリアス閣下はあんまり偉そうにしないけど、ほかの人間は大体偉そうだし……）

オリビアはふと窓に映った自分の姿に気づき、ためしに両腕を組んで仁王立ちしてみた。服装にまるで頓着がないオリビアだが、濃紺を基調とした軍服は割と似合っていると思う。銀髪との相性もそんなに悪くはないはずだ。

けれど、残念なことに偉そうにはとても見えない。難しそうな顔をしてみたり、色々とポーズを変えてみたりもしたが、どうにもしっくりこなかった。

（やっぱりわたしには似合わないみたい。そもそも偉いってことがどういうことなのか未だによくわからないし……。でも一度くらいは挑戦してみたいなぁ）

そんなことを考えながら再び廊下を歩いていると、向かい側から測ったかのような正確な歩幅で歩いてくる人間、オリビアもよく知っているオットーの姿を捉えた。

またの名を〝歩く軍紀〟〝規律大好き人間〟とも言う。名付けたのは当然オリビア。相も変わらずのしかめっ面だ。コルネリアスと雑談していたとき、パウルたちも登城していると聞かされていたことをオリビアは思い出した。

（あはっ！　早速少将の位が役に立つときがきた。これはもう女神シトレシアの思し召しってやつだね！）

襟元に付けられた黄金の階級章をピンと小気味よく弾いたオリビアは、わざと目立つように何度も咳払いしながらゆっくり歩いていく。できるだけ偉そうな雰囲気を醸し出すため、あえて両手を後ろで組みながら。

オリビアに気がついたオットーは、素早く壁際に寄り敬礼した。

（わっ！　わわっ！　オットー副官がわたしより先に敬礼した！　これはもう事件だよ！）

オリビアは驚きと同時に漏れ出そうになる笑いを必死に堪えた。どうやらアピールするまでもなく、少将昇進の件はオットーにも伝わっていたらしい。

「やあやあやあ！　オットー副官、随分と久しぶりじゃないか」

調子という大波に乗ったオリビアは、あえて偉そうな言葉遣いで話しかけてみた。参考にした人間は、グラシス砦でぶっ殺した裏切り者のドミニクなにがし。理由は今まで出会った人間の中で一番偉そうだったから。

　オットーはというと、顔色ひとつ変えることなく返事をした。

「はっ、お久しぶりでございます。オリビア少将閣下」

　しかも、敬語で。

「ぷぷっ！」

「……なにか可笑しいことでも言いましたか？」

　堪えきれずに笑ってしまうと、オットーが訝しげな視線を向けてくる。最近は多少慣れてはきたものの、本当なら聞くのも嫌な敬語。にもかかわらず、なぜか小鳥のさえずりのように心地良くオリビアの耳へと響いてくる。

「いや、気にするな。それにしても本当に久しいな。元気にしていたかね」

　さらに調子に乗ったオリビアは、オットーの肩を気安く叩いてみた。普通こんな真似をしようものなら、間違いなく鬼の形相で怒鳴られたはず。それこそ机があったらバンバン叩くに違いない。なにしろ机を叩くのが大好きな人間だから。

　オットーは手の置かれた右肩にチラリと視線を向けたが、とくに指摘することもなくオリビアに視線を戻す。

「はっ、おかげさまで。お気遣い感謝いたします。オリビア少将閣下もお元気そうでなによりです」

それにしてもと、オリビアはオットーの無表情な顔を見ながら思う。部下だった人間が上官に変わった場合、元上官はあまりいい顔をしないと聞く。

オリビアとしては自分がどの立場に立とうがこれっぽちも気にしない。要は少しでも敬語を使う機会が減ればそれでいいのだ。昇進を受けた理由はそれだけではないけれど。

オットーの本心はオリビアの知るところではないが、少なくとも態度には不快さを微塵にも感じさせない。まるで最初からオリビアが上官であったかのように振る舞っている。〝鉄仮面〟の異名は伊達ではないといったところだろう。

「うん、わたしはいつだって元気だよ。──じゃなくて、わたしはいつでも元気だ。ところで奥方とお子は息災か？　確か──王都住まいだったな」

「……は、おっしゃる通り王都に住んでいます。おかげさまで元気にしております」

そう言うオットーの眉が僅かに中央に寄っているのは、きっと不審がっているからに違いない。実際オリビアも尋ねてみたものの、オットーの奥さんと子供に興味があるわけではない。というか、顔も名前も知らない人間に興味の持ちようがない。たまたま偉い人間が家族について話しているのを耳にしたから真似をしてみた。ただ、それだけの話だ。

「うむうむ。それは重畳。オットー副官も久しぶりに家族と再会できて嬉しかったのではないか？　ん？」

「……まぁ、そうですな」

オリビアは大げさに頷いてみせた。

「そうだろうそうだろう。わたしも一日も早くゼットに再会したいものだ。では、今後も軍務に励みたまえ」

ガハハと笑ってオットーの脇を通り抜けようとしたところ、「少将閣下、少しお時間をいただいてもよろしいですか?」と、血液まで凍りつかせるような声で呼び止められた。

オリビアは錆(さ)び付いた歯車のようにギギギと首を横に向ける。

「な、なにかな?」

少将は上級大佐よりも偉い、少将は上級大佐よりも偉いと、心のなかで必死に唱え続ける。

「……階級章が傾いています。それと軍服も少しよれていますな。服装の乱れは心の乱れに繋(つな)がります。将たるもの兵士たちの良き手本にならなければいけません。ましてや一軍の将ともなればなおさらです。そのことをゆめゆめお忘れなきよう」

言ってオリビアの襟元に手を伸ばしたオットーは、階級章の傾きを手早く直してくれた。

「ありがとうございます」

オリビアは思わず敬語で礼を言ってしまった。慌てて両手で口を塞ぐも時すでに遅し。オットーはというと、表情を険しいものに変えてジロリとオリビアをねめつけてきた。

「……いけませんなぁ。上官が部下に対して敬語を使っては」

「ごめんなさい」

またまた敬語を使ってしまった。しかも、ご丁寧に頭まで下げてしまっている。

いつもは嫌々使っている敬語が、今に限ってするすると口から滑り落ちてくる。これがオットーによって刷り込まれた呪いかと、内心で呻いているオリビアに、

「おや？　舌の根も乾かぬうちにまたですか。これは実に困りましたなぁ。少将閣下にはもっと毅然とした態度をとっていただかないと。でなければ部下に対して示しというものがつきません」

オットーは容赦なく、本当に容赦なく口撃を加えてくる。その後もやれ己を律することが大事だとか、これまで以上に部下たちに目を配れなど延々と説教じみた話が続いていく。これでは今までと大差がないし、なにより少将になった意味がない。

挙句の果てには部屋が汚いとまで言われる始末。さすがにそれは関係がないとオリビアは声を大にして言いたかったが、きっと酷い反撃をくらって終わりだ。

（この話いつまで続くんだろう……）

オットーの口はまるで閉じることを忘れてしまったかの如くだ。オリビアが時折廊下を通る士官たちに目で助けを求めても、彼らは敬礼をするだけでそそくさと立ち去ってしまう。憐みと同情が混在したような顔をオリビアに向けながら。

（どうして誰も助けてくれないの？　こんなときアシュトンが……ダメだ。アシュトンは

オットー副官のことが苦手だ。クラウディアなら絶対に助けてくれるのに……）

引きずってでもクラウディアを食堂に誘えばよかったと今さらながらにオリビアは後悔する。ついさっきまでの楽しい気分は一瞬にして吹き飛んでしまった。

とんだ藪蛇（やぶへび）であり身から出たサビと言えばそれまでだけど、やっぱりやりつけないことはしないに限る。オリビアは心の底からそう思った。

「ですから――――」

突然バサッと物音がし、オットーの視線がオリビアから外れる。音を出した張本人は、廊下に散らばった書類の束を慌てて拾い上げていた。

（誰だか知らないけどありがとう！　今がチャンスだ！）

オットーの口が一瞬動きを止めた隙に、オリビアはすかさず感謝の言葉を伝えた。これ以上話を聞いていたら頭がどうにかなりそうだったから。

「……お聞き入れくださりありがとうございます。遅ればせながら少将の昇進、それと第八軍総司令官の就任おめでとうございます」

「う、うむ。ではまたな」

しどろもどろのオリビアに対し、オットーは苦笑した後、再度敬礼でもって応える。一刻も早くこの場から立ち去りたいオリビアが、返礼もそこそこに早足で歩き出すと、背後から「廊下はゆっくりと歩いてください！」と、鋭い声が飛んでくる。

オリビアは全速力で逃げ出した。

第二章 ◆ 誰がための戦い

I

デュベディリカ大陸の中央。ファーネスト王国と国境を接するストニア公国は、大公であるジルヴェスター・フォン・バーンシュタインと四名からなる老公、通称〝四賢人〟によって統治されている。国は五区画に分割されており、中央をジルヴェスター大公が統治し、残り四区画を東西南北に分かれる形でそれぞれの賢人が領主を務めている。

開戦当初こそサザーランド都市国家連合と同じく中立を宣言していたが、今や隣国のスワラン王国同様、帝国の属国と成り果てていた。

「皆、集まったな」

ジルヴェスターの招集に応じ、四賢人は居城コルクスの一室に集まっていた。どこまでも澄み渡った青空と相反するように、円卓に座る彼らの表情はどれも暗く重々しい。

原因は帝国の使者が携えてきた一通の書状にある。端的に内容を述べると、神国メキアに戦争を仕掛けろというものだ。

このときジルヴェスターは三十八歳。大公の地位は世襲制であり、初代大公から数えて十七代目にあたる。開戦前は蜂蜜で染めたかのようだった金褐色の髪も、今ではかなり白いものが目立っている。そのことが彼の心労を雄弁に物語っていた。

「ファーネスト王国を攻めろと言うのならまだ理解もできる。それがなぜ神国メキアなのだ？　かの国には聖イルミナス教会の総本山が鎮座する。迂闊に攻め入ればそれだけで全ての信徒から怒りを買うぞ」

北の賢人が額に青筋を立てて懸念を示すのを、ジルヴェスターは黙って聞いていた。創造神たる女神シトレシアを崇める信徒は、大陸中にごまんと存在している。ストニア公国が神国メキアに攻め入った暁には、たとえ勝利を得たとしても信徒たちによる苛烈な報復が待ち受けているのは想像に難くない。

さらに厄介なことに聖イルミナス教会は〝聖堂騎士団〟という自前の軍隊を有している。兵力は僅かに一個師団らしいが、それだけに鍛え抜かれた精鋭という噂だ。

万が一にも彼らが動き出したら、退けるのに困難を極めることだろう。

（結局勝っても負けても我が国は少なくない損害を被る。百害あって一利なしとはまさにこのことだな。帝国の悪辣な所業に対して文句のひとつも言えず大公とは片腹痛い……）

憤懣やるかたない思いを抱くジルヴェスターをよそに、西の賢人が北の賢人に向けて嘲笑めいた声を上げた。

「では貴公が帝国の使者に理由を尋ねてみるといい。どうか愚鈍な我らに神国メキアに戦争を仕掛ける理由を教えてください、と。もっとも狗になど教えてくれる道理もないが」

目を吊り上げた北の賢人が口を開くよりも早く、円卓が激しい音を響かせた。

東の賢人が鬼の形相で拳を叩きつけたのだ。

「そんなことが可能ならとうの昔に使者を斬り伏せておるわ！　できもしないことをいちいち口にするな！　不愉快極まりない！」

「くくっ。ならどうする。即座に行動を起こさねば帝国の不興を買うことになるぞ。使者殿は今も貴賓室で我らの返答をお待ちだ」

東と西の賢人がしばらく口論を重ねた後、齢八十に近い南の賢人、ローマン・カサエルがしわがれた声を発した。彼は四賢人筆頭であり、最初に中立を提案した穏健派として知られている。また、ジルヴェスターが幼き頃は養育係を務めていた。

「そもそも簡単に攻めよと帝国は言うが、どの程度の戦力を有しているのかもわからぬ有様ではな……。それすらもこちらで調べよと帝国は言うておるのか？」

「老師、それに関しては帝国の使者より資料が提供されています」

紙の束を掲げる北の賢人に全員の視線が集中した。その後、改めて配られた資料に各々が目を通し始める。しばしの間、紙をめくる音だけが部屋に響いていた。

「――ふん。帝国も随分と手回しがよいではないか。余程我々を戦わせたいとみえる」

東の賢人は資料を円卓に投げ捨て、忌々しそうに鼻を鳴らした。西の賢人が顎先を撫でながら東の賢人に続く。

「この資料によると兵力は四万から五万くらいか……。記憶が確かなら神国メキアの人口は百万程度のはず。帝国は戦力算定を間違えているのではないか？」

総人口三百万人を超えるストニア公国でさえ、兵の最大動員数は六万。平時戦時にかかわらず、兵を養うには莫大な金を必要とする。ただでさえ帝国に少なくない戦費を要求されている現状を鑑みると、これ以上兵士を増やせば経済に支障をきたす恐れがあるばかりか、やがて国そのものが立ち行かなくなる。

それだけに西の賢人の疑問はもっともだとジルヴェスターも思う。だが、四賢人の中でも世情に明るい北の賢人が反論を呈した。

「いや、それが一概に間違っているとも言えないのだ。なにせ神国メキアは豊富な鉱物資源を有している。しかもどの鉱石もかなり質がいい。さらに言うなら加工技術もかなりのものだ。領内を視察していればわかることだが、メキア産の鉱石や装飾品などは高額にもかかわらず飛ぶように売れているからな」

「しかるに大軍を維持するだけの余裕が神国メキアにはあるということか。このご時世になんとも羨ましい限りではないか」

東の賢人の言葉に、北と西の賢人が一様に頷いた。日頃なにかと反目しあう彼らではあるが、このときばかりは意見を同じくしたらしい。

「――ジルヴェスター大公。そろそろ使者もしびれを切らす頃合いかと」

四賢人を代表してローマンが暗に決断を促してくる。ジルヴェスターは白濁した老人の瞳から逃げるように天井を見上げた。ここまで様々な意見を交わしてきたが、ジルヴェスターとしては最初から答えは決まっている。

（そもそも選択肢など初めからない答えではあるがな……）

四賢人の視線が集中するのを感じながら、ジルヴェスターはたまりにたまった鬱憤を吐き出すかのごとく大きな息を吐き、そして告げた。

「どこまでも不満は尽きないが、スワラン王国の例もある。ここは従うよりほかないだろう。拒否したらキール要塞に巣くう天陽の騎士団が恐らく黙ってはおるまい」

「……致し方ありませんな」

顔に刻まれた深い皺をさらに深めながらローマンが頷く。残る三賢人も訝しげな表情を浮かべてはいるものの、最後まで反論の言葉はなかった。難攻不落と謳われたキール要塞を陥落させた天陽の騎士団。その実力は折り紙つきなだけに、ある意味当然の反応だとジルヴェスターは、冷え切ったお茶を喉に流し込んだ。

室内に静寂と陰鬱さが同時に満ちる中、東の賢人が思い出したかのように口を開いた。

「そうそう、天陽の騎士団といえば先だってファーネスト王国軍に破れたとの噂を耳にした。それは真の話なのか？」

「事の真偽は不明だが、確かにそういう噂が市井の者たちを中心に流れているようだな」

北の賢人が顎をさすりながら鷹揚に頷いた。

紅の騎士団が王国軍に敗北したとの報はジルヴェスターの耳にも届いてはいたが、なにかの偶然が重なって奇跡的な勝利を収めたのだろうとたかをくくっていた。

それほどファーネスト王国は、アースベルト帝国に劣勢を強いられていたからだ。

（だが、もしも天陽の騎士団敗北の噂が事実だとしたら……）

帝国を支える三つの柱のうち、二つまでもが崩れ落ちたということだ。最後の柱が噂通りなら、簡単に崩れ落ちるとは到底思えない。が、どこまでも続くと思われた闇に希望という一条の光が差し込んだと思うのは、ジルヴェスターばかりではなかった。

「もしや風向きが変わったか？」

西の賢人の弾むような言葉に、北の賢人も大きく頷いて同調する。

「かもしれん。いかに帝国軍とはいえ、常に連戦連勝というわけにもいかなかったのだろう。そもそも王国軍には、かの有名な常勝将軍コルネリアスがいる。ここにきて帝国軍は苦戦を強いられているのではないか？」

そう言って東の賢人が不敵な笑みを浮かべた。

「そう考えると奴らの思惑が透けて見えるな。おそらく我が軍の戦力を削り取ろうとの腹積もりだろう。我々が余計な知恵を巡らすまえに、な」

一転して三賢人による活発な議論が展開するかと思いきや、ローマンが鋭く口を挟んだ。

「それが事実だとしてだ。諸君らは帝国に反旗を翻すつもりなのかね？」

三賢人は顔を見合わせると、ついには押し黙ってしまう。ジルヴェスターも三賢人と同様、ローマンの言葉に冷や水を浴びせられたような気分になった。

仮に帝国軍の苦戦が事実であったとしても、今まさに突きつけられている要求をかわす術がない。こちらの戦力を削ぐことが目的であればなおさらだ。いっそのことファーネスト王国と連携すればあるいはと思わないでもないが、それにしたって水面下での根回しが必要不可欠であり、そもそも根回しを行うための時間が圧倒的に足りないのだ。

（どう考えても〝詰み〟だな。結局は当初の予定通りか……）

自嘲した笑いを漏らしたジルヴェスターは、ローマンに淡々と告げた。

「帝国の使者殿を謁見室へ」

Ⅱ

帝都オルステッド　リステライン城　ダルメス宰相の執務室

「――などと、今頃ストニアは必死に議論していることでしょう。彼らがどうあがいたところで神国メキアを攻める以外に道はないのですが」

部屋の中央、ダルメスはゆったりとソファーに腰かけながら紅茶を口に運ぶ。

アストラ砦(とりで)で繰り広げられた戦いからおよそ五ヶ月。ダルメスの召喚命令に応じたフェリックスは、副官であるテレーザを伴って久方振りに帝都へと戻っていた。

「アストラ砦を奇襲した敵は神国メキアの軍で間違いないのですか？」

「絶対に、とは言いません。ですがほぼ間違いはないと私は思っています」

話を聞きながら紅茶に手早く角砂糖を落とすフェリックスを、ダルメスは興味深そうに眺めている。七つ目を落としたときには、その表情を険しいものへと変化させていた。

フェリックスが届けた情報を基に、ダルメスは陽炎(かげろう)を用いて情報収集に努めたと聞いている。その結果、女神シトレシアを主神と仰ぐ神国メキアが浮上したらしい。神国メキアはアルテミアナ大聖堂が鎮座する聖地として有名であり、また今次大戦において開戦することなく沈黙を貫いてきた国であるとフェリックスは認識している。

それだけにダルメスから話を聞かされたときは大いに驚いたものだ。

(そもそもストニア公国は素直に応じるのだろうか？)

ダルメスの予想通りなら、こちらの意図を見透かした上で神国メキアとの戦争に臨もうとしている。むしろそこまでの覚悟があるのならば、一(いち)か八(ばち)か帝国に反旗を翻すことを視野に入れたとしても、そこに違和感は生じない。

（結果として待ち受けているのが絶対の死であったとしても、私なら誇り高き死を選ぶ）

フェリックスが自身の考えを伝えると、ダルメスは仄暗い不気味な笑い声を室内に響かせる。眉を顰めるフェリックスに、ダルメスは深々と頭を下げた。

「大変失礼しました。フェリックスさんの杞憂はもっともではありますが、今回は十中八九応じるでしょう」

「なぜそうも断言できるのですか？」

「ストニア公国を治めるジルヴェスター大公の人となりは凡庸そのものだからです。我々の意図を見抜いたからといって、逆らう気概など持ち合わせてはいないでしょう。戦うことなく帝国の軍門に降ったのが何よりの証です。そういう意味ではスワラン王国のほうがはるかにましでしたね」

ダルメスがテーブルに置かれている呼び鈴をチリンと鳴らす。程なくして新しい紅茶が運ばれてくるのを眺めながら、フェリックスはストニア公国に憐憫の情を抱いていた。

ストニア公国が帝国との戦いを避けて属国を受け入れたのは、ひとえに高度な政治判断によるものだろう。だが、結果として戦力が無傷であることが、皮肉にも今回ダルメスに目をつけられた要因となっている。

紅の騎士団に続いて天陽の騎士団敗北の報は、属国と化した国々に邪な考えを抱かせるくらいには魅力的に聞こえるだろう。だからこそダルメスは機先を制し、まずは見せしめとしてストニア公国に白羽の矢を立てたのだとフェリックスは解釈した。

（果たしてストニア公国は、神国メキアに勝利できるのだろうか……）

ほんのりと湯気が立つ紅茶をゆっくりすすりながら、フェリックスは事前に目を通した資料を思い返す。

ストニア公国の兵力——六万。

神国メキアの予想兵力——四万ないし五万。

ストニア公国が有利なのは疑いようがない。しかしながら兵の多寡のみで勝敗が決まるほど戦とは単純なものでもない。兵の士気や練度。戦況に応じた最適解を導き出す司令官の能力。さらに地形や天候といった外的要因など様々な要素が複雑に絡んでくる。

その中でも勝敗を左右する重要な要素はなにかと問われれば、フェリックスは迷うことなく士気だと答える。そして、今回無理矢理戦いの場に立たされるストニア軍に士気があるとはとても思えなかった。なにより奇襲とはいえ、紅の騎士団を半数以下の兵で翻弄したという揺るぎない実績が神国メキアにはある。

「宰相閣下はどちらが勝つとお思いですか？」

「その質問に関してはお答えしかねます。というよりも、そこを問題視していません。ストニア公国の戦力を削り取ることはもちろんですが、一番の目的は愚かにも帝国に牙を剥いた神国メキアの実力を測ることですから」

ダルメスの言葉はフェリックスを驚かすには十分だった。普段なら実力を測るなどといった迂遠なやり方を好む人間ではない。そのことを多少なりとも知っているからだ。

「宰相閣下にしては珍しく慎重ですね」

ダルメスの顔が陰った。

「……確かにそうかもしれません。フェリックスさんの報告書を読む限り、神国メキアが魔法士を実戦投入しているのは間違いないでしょう。それに聖イルミナス教会と神国メキアは蜜月の関係だと聞いています。聖堂騎士団という狂信者たちも無視できない存在です」

「聖堂騎士団ですか……」

聖堂騎士団は信徒たちを守るための軍隊と言われているが、あくまでも表向きの話である。過去の歴史において異教徒抹殺のために多くの血が流れたことは有名だ。

ある意味ダルメスが警戒するのも当然だといえた。

「聖堂騎士団だけではありません。百万人とも二百万人とも言われている信徒たちのことを考えれば、今の段階で帝国が表に出るのは避けるべきだと判断しました」

帝都オルステッドだけでも聖イルミナス教会が複数存在する。極論を言えば、敵となりえる者を常に身近に抱えているようなもの。フェリックスとしてもあえてダルメスの方針に異を唱える理由はなかった。

「宰相閣下のお考えは理解いたしました」

「それはよかったです。もちろん後々帝国の障害になるようなら信徒だろうが聖堂騎士団だろうが速やかに排除を行います」

最後は事もなげに言った。簡単に言ってくれるとフェリックスは思ったが、同時にダルメスならやりかねないという確信めいたものがあった。

「――それで、私はなにをすればいいのですか？」

フェリックスは居住まいを正し、自ら本題を切りだした。ダルメスともあろう者が今の話をするためだけにわざわざフェリックスを帝都まで呼び戻したとは考えにくい。

ダルメスは実に満足気な表情でにこりと頷いた。

「さすがにフェリックスさんは話が早くて助かります。今回フェリックスさんには軍事顧問としてストニア公国に赴いていただきたいのです」

「軍事顧問ですか……」

「ええ。神国メキアの戦いぶりをつぶさに観察してください。今後帝国にとって脅威足り得るか否かを。とくに魔法士の動向には目を配ってください。――もっともストニア公国相手に魔法士を投入するかは五分五分といったところですが」

「……おそらくは投入してくるでしょう」

アメリア・ストラストを思い出していると、ダルメスが窺うような視線を向けてきた。

形の上だけでも承諾の言葉を待っているのだろう。

「かしこまりました。軍事顧問の件、謹んでお受けいたします。——それと、死神オリビアの件はいかがいたしましょう。こちらも早急に手を打つ必要があると思いますが？」

カップに伸ばした枯れ木のような手が突然止まったことを不審に思い、フェリックスはダルメスを見上げる。すると、首を傾けるダルメスと視線が重なった。

「死神オリビア……？」

「はい。死神オリビアです」

「——あぁ。例の漆黒の剣を持つという少女のことですか……。死神とは死を思うがままに操る存在のことです。たかがあれしきのことで死神とはなんとも片腹痛いですねぇ」

言って唇を歪めるダルメス。まるで本物の死神を知っているかのような口振りだ。

「そうは言いますが最近の敗北は全て彼女が絡んでいます。先ほども申し上げましたが、早急になんらかの手を打つ必要があります」

「とりあえず彼女のことは放置して構いません」

ダルメスの言葉は耳を疑うに十分足るものだった。なにをどう考えたら放置するという暴論を導き出せるのか、フェリックスにはダルメスの思考がまるで読めない。

「ですが——」

なおも食い下がろうとするフェリックスを押しとどめるよう右手を挙げ、ダルメスはソファーからゆっくり立ち上がった。

「それよりも軍事顧問の件をよろしくお願いします。私はこれから出かけるところがありますので失礼いたします」

これ以上聞く耳はもたないとばかりにローブのしわ取りに専念するダルメス。オリビアのことなど歯牙にも掛けないその態度は、フェリックスに言い知れぬ不安を抱かせた。

グラーデンやローゼンマリーが居合わせたら少なからず同じ思いを抱くことだろう。

（こう言ってはなんだが宰相閣下はあまりに呑気過ぎる。状況が見えていないわけでもないだろうに……。この際皇帝陛下に直接申し上げるべきか？――いや、おそらくは徒労に終わるな。最近は宰相閣下の言葉以外は反応を全くお示しにならない……）

無駄な足掻きと知りつつ再度熟考を促すフェリックスへ、ダルメスは明らかに面倒だと言わんばかりの表情で「そのうちに対処します」と、黒檀製の巨大な本棚を見つめながら呟くのであった。

Ⅲ

サザーランド都市国家連合　第十二都市ノーザン＝ペルシラ

ファーネスト王国と国境を接する第十二都市ノーザン＝ペルシラは、東の大陸から流れてきたとされる褐色の肌を持つ人間が多く住まう都市である。また、サザーランド都市国家連合の中でも自然と人工物が調和した美しい都市として知られており、最北端にはノーザン＝ペルシラの象徴たるエス・ルード宮殿が優雅に佇んでいる。

エス・ルード宮殿は都市長であるカサンドラが居住している独立塔と、政務や催事を執り行う六角形の棟。そして、宮殿の周囲を流れるキュリー川に架けられた巨大な橋の上に立つ横長の棟。この三つで構成されている。紺と白で彩られたエス・ルード宮殿は、十三の都市の中でも随一の美しさであるとの評価を受けていた。

エス・ルード宮殿　拝殿

壮麗な外観に全く引けを取らない絢爛豪華な建物内にあって、木造の拝殿は全く異質の空間であった。左右の壁には憤怒の表情が刻まれた鬼の巨像が計八体。巨大な斧を両手に抱え、訪れる者を威圧するかのごとく立ち並んでいる。

一方中央の台座に置かれた大香炉からは、薄らと立ち上る紫煙と共に人の心を惑わすような甘い香りを漂わせている。窓は一切なく、代わりに等間隔で置かれた篝火が赤々と室内を照らしていた。

「カサンドラ女王様がお待ちしております。どうぞこちらへ……」

左肩に一角獣の毛皮を纏った巨軀の男――ノーザン＝ペルシラ軍序列一位のドレイク・

ズム・ゴルゴン重金将は、促されるまま女官の後に続いていく。

ノーザン＝ペルシラ軍における軍の階級は他国と比べても趣が大分異なっている。一兵卒である《平将》から始まり《砂将》《硬将》《硬銀将》《硬金将》《鉄将》《銀将》《金将》《重銀将》《重金将》と階級が上がっていく。

銀将からは五位階制度があるため、たとえ同じ階級でも序列一位と五位では大きな隔りがある。つまりドレイクの階級と位階は共に最高位であり、ノーザン＝ペルシラ軍の頂点に立つことを意味していた。

（私の諫言を素直に聞き入れていただければよいが……）

玉座との距離が縮まるにつれ、都市長であるカサンドラの姿が徐々に鮮明になっていく。

腰まで伸びた艶やかな黒髪に、きめの細かい褐色の肌。赤や紫など艶やかな色で染められた薄手の生地を幾重にも重ねて身に纏っている。全身から妖艶さを放つその様は、顔に張り付けた笑みと同様、普段となにも変わらない。

玉座前に到着したドレイクは膝を折り、深々と首を垂れる。カサンドラはというと、眼下に跪くドレイクを睥睨しながら端的に告げてきた。

「今日は？」

「はっ。ファーネスト王国侵攻の件でまかりこしました」

「そう。具体的な侵攻の日取りが決まったのね」

「そのことですが……侵攻は一時中止になさるべきかと」

「――なぜ？」

まるで体の芯まで凍り付かせるような冷たい声音に、ドレイクは思わず顔を上げた。カサンドラは相変わらず笑みを浮かべている。しかし、長年の経験から怒りを内包させた笑みにすり替わっていることを瞬時に悟った。

これ以上機嫌を損ねられたら厄介極まりないことになる。ドレイクは慎重に言葉を選びながら話を続けていく。

「帝国軍が王国軍に対し劣勢を強いられている事実が判明したからです」

「帝国軍が劣勢？――冗談にしては出来が悪いですね」

ここで初めて仮面を脱ぎ捨てた彼女の顔は冷徹そのものであった。

「冗談などではございません。侵攻にあたり物見をファーネスト王国に放ったところ、その事実が判明しました。こちらをご覧くだされればおわかりいただけるかと思います」

懐から詳細が書かれた巻物を取り出したドレイクは、隣に控える女官に手渡した。女官は腰を屈めながらするすると壇上に上がり、カサンドラに恭しく巻物を差し出す。

受け取り優雅な手つきで紐を解いたカサンドラは、スルスルと巻物を広げた。

「…………」

パチリと木片の爆ぜる音を聞きながら、ドレイクは次なる言葉をジッと待つ。

しばらくして巻物を手早く元に戻したカサンドラは、あろうことかそのまま篝火にくべるよう女官に命じていた。

「な、なにを!?」

ドレイクが慌てて止めようと腰を浮かせた瞬間、巻物を渡された女官はあっさりと篝火に放り込んでしまう。燃え上がる巻物を唖然と見つめるドレイクの耳に、乾いた声が滑り込んできた。

「ドレイク重金将。こんなくだらない報告をするためにわざわざ私を呼んだの？　ノーザン＝ペルシラを統べるこの身はそれほど暇ではないのだけれど」

心底呆れたようなカサンドラの態度に、しかしドレイクは即座に反論することができなかった。今や燃えカスと成り果てた巻物には、紅と天陽の両騎士団の敗北が綴られていた。

そもそもカサンドラの気まぐれから始まったファーネスト王国侵攻作戦である。渋々ながらドレイクが受け入れたのも、ファーネスト王国に抗う術などないと慢心していたからに他ならない。情報収集を怠ったことを含めて、己を戒める必要があるだろう。

ファーネスト王国の反撃が始まったというのであれば、様子を見るのが最善であるとドレイクは考える。わざわざ火中の栗を拾いにいくような危険な真似を冒す道理など微塵もないのだから。

「女王陛下もお読みになった通り、紅や天陽の騎士団といった帝国軍の精鋭が敗れているのです。満身創痍であったはずの王国軍がなにゆえ攻勢に転じたのかはわかりかねますが、今の王国軍が窮鼠と化しているのはわかります。手を出すべきではありません」

「王国軍がネズミ？　ドレイク重金将も中々言うわね」

手にした扇子を広げてカサンドラはホホと小さく笑う。斜め上を行く発言に思わず声を荒らげて苦言を呈すると一転、カサンドラは白けた視線を向けてきた。

「本当につまらない男……。まぁ、確かにそういう考えもできるけど」

「ほかにどう考えるというのですか？」

カサンドラは扇子をパチリと閉じた。

「私ならこう考えるわ。紅だ天陽だと息巻いてはみたものの、実際蓋を開けてみれば人した実力など持ち合わせていなかった。この調子では最精鋭との呼び声高い蒼の騎士団もたかが知れているのではなくて？」

「その考えはあまりに早計です。帝国だからこそ、獅子の国と恐れられたファーネスト王国をあそこまで追い詰めることができたのです。ここは何卒ご再考を」

深々と頭を垂れるドレイクへ、カサンドラは殊更に大きく息を吐いた。

「わかったわ」

「わかっていただけましたか！」

ホッと胸を撫で下ろしたのも束の間、再び乾いた笑みを顔に張り付けるカサンドラの姿に、不安という荒波が一気に押し寄せてくる。

「ええ、とてもよくわかったわ。ドレイク重金将がただの腰抜けで全く使い物にならないということが。それでよく重金将が務まること。戦うことを恐れてなにが武人か」

戦うことを恐れているわけではない。そうドレイクが口を開くより先に、アーサーを呼び出すよう女官に命じるカサンドラ。女官は一礼すると足早に拝謁の間を後にする。

（アーサーだと……!?）

人を食ったようなアーサーの顔がドレイクの脳裏をよぎった。

ノーザン＝ペルシラ軍の重鎮であるアーサー重銀将は二十七歳。若く知勇共に備えた驍将ではあるが、それ以上に野心的な男であった。

本来であれば重金将の列に加えてもおかしくはないのだが、ある種の危険を感じていたドレイクは、あえて重銀将の地位に留めていたのだが――。

「女王様、アーサー様をお連れいたしました」

女官を伴って拝謁の間に姿を現したアーサーは、カサンドラの求めに応じる形で玉座の前に進み出ると、華麗な所作で片膝を落とした。いちいち芝居がかった動きがどうにも鼻につくが、にこやかに頷くカサンドラの姿からして効果的ではあるようだ。

「女王陛下。火急のお呼びと聞き、アーサー・マウ・フィンまかりこしました」

「大儀です。アーサー重銀将をここに呼び出した理由、わかるわよね？」

「はっ！　このアーサーに全てお任せください。見事ファーネスト王国の領土を切り取って女王陛下に捧げてみせましょう」

アーサーは一切の躊躇を見せることなく返事をする。ほんの一瞬、首を傾けて嘲笑うかのような顔を向けてきたアーサーを、ドレイクは見逃さなかった。

「なんとも頼もしい言葉。武人とはかくあるべし。どこかの誰かに聞かせたいものだわ」

そう言ってカサンドラはドレイクに視線を滑らせた。

「……どうあっても止まりませぬか？」

「まだそんな世迷言を……。仮に王国軍が攻勢だとしてもそれなりの傷は負っているはず。帝国が退いているというのならなおのこと結構じゃないの」

「ですが――」

「もういい。ドレイク重金将にはしばらく蟄居を命ずる。――ではアーサー重銀将。準備が整ったら知らせて頂戴ね」

「女王陛下の御意のままに」

玉座から立ち上がったカサンドラは跪く二人の間を通り抜け、女官と共に拝殿を後にする。背後から聞こえてくるカサンドラの弾んだ声は、ノーザン＝ペルシラ軍の勝利を露ほども疑っていないかのようだった。

「…………」

「…………」

カサンドラの気配が拝謁の間から完全に消えた後、悠々と立ち去ろうとするアーサーをドレイクは呼び止めた。アーサーは気だるそうに振り返る。

「なんでしょう?」

「貴様も物見の報告は聞き及んでいるはず。なぜ女王陛下をお止めしなかった」

「なぜもなにも女王陛下が戦争を欲しているのです。だから私は応えた。ただそれだけのことですが?」

「その短絡的な思考の結果として、ノーザン＝ペルシラを損なうことになってもか?」

勝てばいい。が、問題は負けた場合だ。勢いに乗ったファーネスト王国軍が逆侵攻をかけてくる可能性は否定できない。

だが、アーサーは小馬鹿にしたようにせせら笑った。

「ドレイク重金将。あなたはすでに罷免された身です。これ以上の口出しは無用に願いたいものです。今や私がファーネスト王国侵攻軍の総督なのですから」

「……ふん。そこまで言うのなら是非もない。精々高みの見物をさせてもらおう」

「それが良いかと。せっかく女王陛下からお休みをいただいたのです。この際ごゆっくり過ごされるのもよろしいかと。臆病風に吹かれたドレイク重金将に成り代わって、このアーサーめが見事勝利を飾ってみせましょう」

「……貴様。この俺を嬲(なぶ)るか」

ドレイクは腰の〝新月刀〟に指をかける。必殺の距離でありながらアーサーは僅かな焦りも見せてはいない。それどころか楽しそうに両手を広げた。

「嬲る？　偉大なるドレイク重金将を嬲るなどとんでもない！　ただ私は端的に事実を申し上げたに過ぎません。――で、その腰のものは抜かないのですか？」

「………………」

「ま、それが賢明でしょう」

高笑いで立ち去るアーサーを、ドレイクは拳を震わせながら見送った。篝火(かがりび)の木片がカタンと音を響かせ、立ち上る炎と共に火の粉が派手に舞い落ちる。

ドレイクは吸い寄せられるように立ち並ぶ鬼の巨像を見上げた。

（お前たちも臆病者だと、そう俺を笑うのか？）

篝火のゆらぎがそう錯覚させるのか、鬼の巨像までもが笑っているようだと、ドレイクには思えて仕方なかった。

Ⅳ

神国メキア　聖都エルスフィア　ラ・シャイム城

「聖天使様ご到着！」

衛士の高らかな声が響き渡り、女神シトレシアの彫刻が施された大扉が厳かに開かれた。

髪の色と同じ薄紫色の衣装に身を包んだソフィティーア・ヘル・メキアは、銀製の錫杖(しゃくじょう)片手に、居並ぶ衛士たちの横を優雅な足取りで歩いていく。

時節は新緑の香り漂う春彩(しゅんさい)の月。

ストニア公国による宣戦布告を正式に受けた神国メキアは、ソフィティーア号令の下、ラ・シャイム城にて軍議が執り行われた。

《神霊の間》と名付けられた大会議室に集まったのは、

聖翔(せいしょう)、ラーラ・ミラ・クリスタル。

上級千人翔、ヨハン・ストライダー。

千人翔、アメリア・ストラスト。

上級百人翔、ゼファー・バルシュミーデ。

そのほか、知略や武勇に秀でた十二人の上級百人翔――俗に十二衛翔と呼ばれる者たちを合わせた計十六名である。

彼らは一斉に立ち上がり、敬礼と共にソフィティーアを迎える。ソフィティーアは従者が引いた椅子に腰かけると、全員に着席を命じた。

「すでにご存じの通り、我が神国メキアはストニア公国に宣戦布告を受けました。もちろんわたくしは迎え撃つ所存です」

ソフィティーアの言葉に一同が神妙に頷く。その中にあってひとりの上級百人翔が発言を求めて手を挙げた。ソフィティーアは軽く頷くことで発言の許可を与える。

「聖天使様、周知の通りストニア公国はアースベルト帝国の狗(属国)です。彼らが裏で糸を引いているのは間違いありません」

「おっしゃる通りです。帝国はアストラ砦(とりで)の奇襲が神国メキアの仕業であると判断したのでしょう。でなければ縁もゆかりもないストニア公国が突如宣戦布告するなどありえませんから」

豊富な鉱物資源を狙ってとの線もなくはない。だが、ソフィティーアはその考えを一蹴する。判明までもう少し時間がかかると踏んでいたが、さすがは帝国というべきだろう。

「しかし解せません。なぜ帝国は直接手を下さないのでしょう？」

「確かに。帝国は逆らうものには容赦しない。ストニア公国をけしかけるなど多分に回りくどくはあるな」

「現在の帝国軍は王国軍に連敗を喫している。それどころではないのかもしれん」

「そうは言いますが、王国軍と違って帝国軍にはまだまだ余裕があります。さすがに考えにくいですね」

上級百人翔たちが次々に疑問を口にした。彼らの疑問はもっともであり、帝国と神国メキアの戦力差は誰の目にも明らか。にもかかわらず直接戦端を開かない理由はいくつか思い当たる。帝国軍の象徴というべき紅・天陽両騎士団の敗北を受けて、帝国に対する各国の動向を見極めている、ということも理由のひとつだろうが。

「おそらくですが聖イルミナス教会を警戒しているのでしょう」

聖イルミナス教会の総本山、アルテミアナ大聖堂が鎮座する神国メキアはもちろんのこと、帝国内にも多数の教会が存在している。信徒たちが神国メキアを聖地として崇めている以上、迂闊に攻め入ればそれだけで彼らの逆鱗に触れることは容易に想像がつく。

事実、アルテミアナ大聖堂の教皇であるクリシュナ・ハルバートから、必要であれば聖堂騎士団を喜んで貸し与えるという書状がソフィティーアの下に届けられている。

信徒たちの蜂起に加え、さらに聖堂騎士団が動き出せば帝国とて無傷では済まないだろう。帝国もそれがわかっているからこそ今回の件に関しては、あくまでも関与していない体を装いつつ、こちらの実力を測るつもりに違いないとソフィティーアは説明した。

「帝国ともあろうものが随分と小賢しい手を使ってきますね」

ラーラが険しい表情で腕を組む。

「ですが正しい戦略ではあります。今回贄となったストニア公国はいっそ哀れですが」

梟の調査によればストニア公国の推定兵力はおよそ六万。一方聖翔軍の兵力は五万。数だけでいえば圧倒的に不利な状況だが、ここに居並ぶ者たちからは畏れを微塵も感じ取れない。むしろ、表情に高揚感をはっきりと漲らせている。

誰一人として敗北するとは思っていない面構えに、ソフィティーアの心は充足感で満たされた。

「聖天使様、兵の動員数はどの程度をお考えですか？」

アメリアが抑揚の乏しい声で尋ねてくる。ソフィティーアは笑みを交えて答えた。

「全軍をもってと言いたいところですが、今回は三万程度を考えています」

一瞬の静寂の後、居並ぶ上級百人翔たちから少なくないどよめきが上がった。

「敵の半数ですか……余裕ですね」

アメリアは後ろ髪を軽く跳ね上げて、なんでもないように言う。

「アメリアの言う通りだな」

普段なにかにつけて彼女を叱責するラーラではあるが、このときばかりは賛同していた。

「此度の戦は帝国軍に我々の力を示すデモンストレーションの場と位置付けています。少ない兵で勝つこと、これが大前提です」

敵より劣る兵数で勝利を得る。言葉にすればたやすいが、実際そう上手く事は運ばない。

奇策などを用いて勝利を得たケースを除き、兵力の劣る国が勝利した例は歴史的にも極めてまれだ。第七軍が紅の騎士団に勝利したことなど奇跡に等しい。だが、神国メキアには一騎当千のラーラを始め、ヨハン、アメリアといった優秀な魔法士がいる。対してストニアは兵数こそ勝っているものの、帝国によって無理やり戦場という舞台に立たされる立場。戦いの明暗を分ける士気など欠片もないだろう。

勝利する。この一点においてソフィティーアはなんの不安も覚えていなかった。

「聖天使様のお考えは理解いたしました。──ちなみに陣頭指揮は誰をお考えですか？」

ラーラが不安そうな瞳を向けながら尋ねてくるのが可笑しくて、ソフィティーアは思わず笑みを零してしまった。

「ご安心ください。此度はわたくしが聖天使の名を継承してから初めての大戦です。聖翔軍の総督であるラーラさんを措いてほかにお任せする人はおりません」

ラーラの顔がパッと華やいだ。たまにソフィティーアに見せる可憐な笑みだが、彼女の部下たちはそうではなかったのだろう。皆一様に驚きの表情を浮かべている。普段表情を表に出さないアメリアでさえ、口を大きく開けてラーラを凝視していた。

好奇なる目にさらされる形となったラーラは、恥ずかしさを誤魔化すかのように何度か咳払いをすると、殊更に顔を引き締めて言った。

「かしこまりました。ラーラ・ミラ・クリスタル、聖翔軍三万をもってストニア軍を撃滅いたします。聖天使様はラ・シャイム城にてごゆるりと吉報をお待ちください」

　ソフィティーアはにっこりと微笑んだ。

「ではそうさせていただきます。ラーラさん、お願いしますね」

「はっ！」

「――聖天使様、ひとつよろしいですか？」

　声のする方向に視線を向けると、ヨハンがいつになく厳しい表情を浮かべている。日頃の飄々とした態度を知っているだけに、ソフィティーアは居住まいを正して耳を傾ける。

「ひとつと言わずいくつでも」

「ストニア公国の件はそれで問題ないとして……死神オリビア――彼女についてはいかようにに対処なさるおつもりですか？　是非お考えをお聞かせください」

　死神オリビア。ヨハンがその名を口にした途端、先ほどまでの高揚感は完全に影を潜め、判で押したように皆の顔が険しくなる。

　それというのもここに集まった者たちは、ヨハンから提出された死神オリビアに関する報告書を一読しているからに他ならない。

「魔術……本当にそんなものが存在するのですか？　しかも、外から魔力を得る魔素だなんて。いくらなんでもデタラメ過ぎます」

　ソフィティーアが答えるより早く口を挟んだアメリアが、胡乱な目つきをヨハンに向けた。ラーラもまた同様な目を向けていることから、同じ思いを抱いていることが窺える。

ゼファーがたまらず声を上げようとするのを、ヨハンは目配せすることで押しとどめた。

「まぁ、アメリア嬢がそう言いたい気持ちもわかる。実際のところ魔術を目のあたりにした俺でさえ、いまだ夢うつつの気分だからな。だがこれだけははっきりと言っておく。彼女を敵に回したら甚大な被害が出ることは間違いない」

ヨハンがそう断言すると、すかさずゼファーが首肯する。ヨハンは冷静な状況分析ができる男であり、梟を率いるゼファーは言わずもがな。そんな二人が口を揃えて警鐘を鳴らす死神オリビアを、ソフィティーアが放置できる道理などあるはずもない。

ヨハンから報告を受けたソフィティーアは、魔術について徹底的に調べるよう文官たちに厳命を下した。だが、どんな古文書を紐解いてみても魔術に関する記述はなにひとつ見つからず今に至る。

「死神さんの危険性はわたくしも十分理解しているつもりです。ですがヨハンさんのお話を聞いた限り、友好的だとわたくしは感じました」

そう結論付けないと、ヨハンが五体満足で生還した理由に説明がつかない。それほど伝え聞くオリビアの戦闘能力は圧倒的なのだから。

ヨハンは記憶を探るように顎を撫でながら言う。

「断言はできませんが……敵対心は抱いていないと思います」

「なら事を急いても仕方がありません。今は様子見といきましょう」

ヨハンに調査を命じたのは正解だったとソフィティーアは思っている。もしもアメリアに命じていれば、貴重な魔法士を失っていたかもしれない。今回ヨハンが命を拾ったのは彼の人となりがもたらした結果だと自信を持って言える。

「それよりも気になるのは、死神さんに魔術を教えたというゼットなる人物です。なにか報告書以外の情報は聞いていませんか？」

「と、急に言われましても……」

「たとえば男なのか女なのか。そんな取るに足らない情報でも構いません」

「……申し訳ありません。正直あの状況ではそこまで聞き出す余裕がありませんでした」

「私も同様です。梟衆の長として実に情けない限りです」

ヨハンはバツが悪そうに頭を掻き、ゼファーもまた恥じ入るように深く首を垂れた。

「一応誤解がないよう言っておきますが、お二人を責めているわけではありません。当初の目的は十分に果たし、なおかつ極めて貴重な情報を得たのですから」

本音を言えばより深く踏み込んで欲しかったという思いもある。オリビア以上にゼットなる人物の存在、その価値は到底無視できないものがあった。国ひとつと等価と言っても決して言い過ぎではないだろう。一方でヨハンの言う通り、状況を鑑みればそこまで求めるのは酷なことも理解している。おそらくは魔法の上位に位置するであろう魔術。ヨハンの報告によれば魔力が枯渇すると死に至るのは魔法士と同じらしい。だとすれば魔法も魔術も源流は同じではないか、とソフィティーアは考察する。

元が同じであればラーラたち魔法士も魔術を扱える可能性はゼロではないはず。そのためにはゼットに接触を図る必要があり、その第一歩として死神オリビアと友誼を結ぶ必要があるとソフィティーアは結論付けた。

「では死神オリビアの件は干渉せずということでよろしいですか？」

ラーラが話をまとめるように言う。ソフィティーアは首肯した。

「そうですね。今はストニア公国との戦いに全力を注ぎましょう。それと皆さんにはまだお伝えしていませんでしたが、死神さんへの布石はすでに打っています」

「もう布石を……さすが聖天使様です」

尊敬の眼差しを向けてくるラーラへ、ソフィティーアは笑みをもって返した。突然の書簡にさすがの常勝将軍も今頃は困惑していることだろう。

「……非礼を承知でお尋ねします。それはどういった布石ですか？」

ヨハンが警戒するような目で尋ねてきた。ヨハンばかりでなくこの場にいる全員が興味津々といった様子で視線を向けてくる。

「ふふっ。それは今後のお楽しみということで」

錫杖をシャンと鳴らしたソフィティーアは、軍議の終了を厳かに告げるのであった。

幕間話◆エリス狂騒曲

王都フィス　南区

　南区でも繁盛店が多く立ち並ぶことで有名なグリモア通りで、一際人目を引く二人の美女が歩いていた。ひとりはこの世の幸せを全て手にしたような表情を見せるエリス・クロフォード。もうひとりは店先から流れてくる香ばしい肉の匂いに鼻をスンスンと鳴らしているオリビア・ヴァレッドストームである。

「オリビアお姉さま、今日は天気も良くて絶好のデ――お出かけ日和ですね」

「そうだね。ところでエリス、どこに連れてってくれるの？」

　オリビアは隣で機嫌よく鼻歌を歌うエリスに尋ねた。オリビアの服装はエリスと同じ軍服ではなく、漆黒の鎧(よろい)を身に着けている。

　別に戦いに赴くわけではなく、エリスたっての希望によるものだ。

「それはまだ秘密です」

　オリビアの全身を舐(な)めまわすように眺めたエリスは、最後にくふふと笑う。どうやら教えるつもりはなさそうだと、オリビアはズラリと立ち並ぶ店のうちの一軒を指さした。

「じゃあさ。とりあえずあのお店に入らない？」

「……あの古ぼけたお店ですか？」

立ち止まったエリスは僅かに眉を顰めている。

色あせた橙色の三角屋根が特徴的な建物。ちなみに《ルフランシェル》と書かれた看板は大きく右に傾いていて、すぐにでも落ちてきそうな雰囲気を醸し出している。

オリビアも初めて見たときは、エリスと同じような反応を示したものだ。

「うん。アシュトンに教えてもらったんだけどね。あそこって知る人ぞ知る美味しいケーキ屋さんなの。お城の祝賀会で出たケーキもかなり美味しかったけど、あのお店のケーキはさらにその上をいくんだよ。ビックリだよね」

「それって前にオリビアお姉さまが話してくれたお店ですか？」

「そうそう。そのお店」

「へえぇ……このお店がそうなんですか……」

言いながら、エリスは改めて店の看板を眺めている。

オリビアがしきりに催促したこともあって、ようやく重い腰を上げたアシュトンがお店に連れて行ってくれたのが今から半月ほど前のこと。店内も負けず劣らずといった感じの佇まいにオリビアは不安を感じたし、アシュトンはそれ以上に不安顔で店内を眺めていた。だけどもケーキを口にした瞬間、オリビアの不安はぶっ飛んでしまった。ほっぺが落ちるどころの話ではなく、舌が溶けてなくなってしまうと思ったくらいだ。

改めて連れてきてもらったお礼をアシュトンに言ったら『な？　僕の言った通りだっただろう？』と、心から安堵したような表情を浮かべていたのが印象的だった。

王都にいる間は毎日通おうと決意したオリビアであったが、あっさりクラウディアに止められた。美味しいからといって毎日食べていると、それが当たり前になって美味しく感じなくなるらしい。なるほどそういうものかと、オリビアはその意見を取り入れた。

というわけでここに来たのは実に二日ぶりだった。

「絶対にエリスも美味しいっていうから行こうよ」

そう声をかけるも、エリスはなにやらブツブツと呟いていて反応しない。耳をすませて聞いてみると、「オリビアお姉さまとケーキ。オリビアお姉さまとケーキ。オリビアお姉さまとケーキ。オリビア――」と、なにやら同じ言葉を繰り返している。

なんだか凄く身の危険を感じて徐々にエリスとの距離を空けていると、突然夜叉のような走り方でオリビアに詰め寄ってくる。

あまりの恐ろしさに口から変な声が漏れてしまった。

「オリビアお姉さま、なんで私から離れるのですか？」

可愛く首を傾げたエリスが満面の笑みで言う。

「な、なんか考えごとしているみたいだったから邪魔しちゃ悪いかなーと思って」

「私がオリビアお姉さまに対して邪魔と思うことなど一生あり得ないことです。たとえ天地がひっくり返ってもあり得ないことですから」

「そ、そうなんだ。──ところでケーキはどうする?」

「恐ろしいほど魅かれるお話ではありますが、今は止めておきましょう」

「わ、わかった」

断られたというのになぜかオリビアはホッとした──のも束の間、

「な・の・で！　こちらの用件が済み次第、ケーキ屋に行きましょう。これは必殺の二段構えというやつです」

なにが必殺の二段構えなのか、オリビアには全く理解できない。唯一わかることはニマリと笑う今のエリスに逆らってはダメだということだ。オリビアはひたすらに首を縦に振ることで了承する。クラウディアとは違う別種の夜叉が誕生した瞬間だった。

「あぁ。今日は最高の一日になりそう」

「よ、よくわからないけどそれは良かったね」

陶然とした表情で両手を組むエリスを、オリビアはなんともいえない感情で見つめた。

(ゼットに教わった以上に人間は複雑怪奇だよ。まだまだ勉強が足りないみたい)

オリビアは本を片手に淡々と教育を施すゼットを思い浮かべていた。

§

「オリビアお姉さま。ここです」

目的の場所に到着したエリスはそそくさと扉を開け、オリビアを中へと招き入れた。

「ここにわたしを連れてきたかったの？」

オリビアは店内を見渡しながら不思議そうに言う。

店内は若い女性が喜びそうな洒落た造りで、白木で作られた棚には流行りの服が整然と並べられていた。店員が言うには、なんでも第四王女であるサーラ姫自らがお忍びで買いに来るとか来ないとか。エリスにとってはどうでもいい話だ。

「そうです。でもオリビアお姉さまの服を探しに来たわけではないですよ」

休日のオリビアは数着の服を着まわしている。しかも、そのどれもが元の色がわからないほど色あせてしまっている。着た切り雀を自認することだけはあるが、小奇麗な服で着飾って欲しいとは微塵も思っていない。すでに究極の芸術品として完成されているオリビアは、たとえ襤褸を着ていようが光り輝いてしまうことを知っているからだ。

オリビアの前では美の女神アフロディーアであっても膝を屈することになるだろう。

（ふふ。オリビアお姉さまがあれを身につけたら……）

エリスがひとりほくそ笑んでいると、見知った人間が小走りで近づいてくる。前回店を訪れた際に会話を交わした店員だ。

「クロフォード様、お待ちしておりました。ご注文の品の引き取りですね？」

「そうよ。もうできているでしょう？」

「はい。当店の優秀な職人が丹精込めて作りました。クロフォード様のご期待に沿うものがご用意できたと自負しております。ただいまお持ちいたしますのでお待ちください」

言った店員は小走りで店の奥へと消えていく。

中央戦線の戦いにおいて見事オリビアの影武者を務めたエリスには報奨金が下賜されている。お金に糸目はつけないとエリスが公言していることもあって、店員の愛想はすこぶる良い。程なくして店員は二つの箱を抱えて戻ってきた。

「お待たせしました。こちらがご注文のお品になります」

厳かに箱を開けて中身を取り出した店員は、丁寧な仕草でカウンターに広げる。ひとつは左肩にかける純白のマント。主に儀式などで用いるものだ。もうひとつは戦場で身に着ける真紅のハーフマント。どちらも中央には交差する二挺の大鎌に一輪の薔薇と髑髏が描かれている。帝国兵にとっては恐怖の象徴ともいうべきヴァレッドストーム家の紋章。

オリビアは二つのマントを交互に見比べながら口を開いた。

「ヴァレッドストームの紋章が刻まれたマント……。もしかしてわたしにくれるの？」

「はい。オリビアお姉さまが少将に昇進したお祝いです。どうぞ受け取ってください」

オリビアが身に着けている漆黒の鎧は、アシュトンがオリビアに贈ったものだと聞いている。彼らしくないセンスが光る鎧に負けないようそれぞれ仕立ててもらったつもりだ。

「エリスありがとう！」

早速儀式用のマントを身に着けたオリビアは、こちらの心臓が飛び出そうなほどの笑みを向けてくる。エリスは悶絶（もんぜつ）しそうになりながらも、店員に鏡を持ってくるよう指だけで必死に指示を出す。

鏡の前に立ったオリビアは、マントを翻すように一回転してみせた。

「どう？　似合うかな」

「完璧です……鼻血が出そう」

「え？　なんで鼻血が出そうなの？」

「オリビアお姉さま。人というのはあまりに素晴らしいものを目にすると鼻血が出てしまうものなのです」

「へぇ。人間ってそういうものなんだ。全然知らなかったよ」

感心したように何度も頷（うなず）くオリビア。懐から黒い装丁の手帳を取り出すと、何事かを書き込んでいく。不意に店員と目が合うと、サッと逸（そ）らされた。

「帰ったら早速アシュトンとクラウディアに見せてあげないと」

「二人とも感動すること間違いなしですよ。——さて、次なる目的地に向かいましょう」

「またのご来店をお待ちしております」

金袋の中身を確認した店員は、満面の笑みで二人を送り出す。店を後にした二人は、その足でオリビアお勧めのケーキ屋へと向かった。

それから一時間後――――。

「エリス?」

「あーん」

「え、ええと……」

「あーん」

「う、うん」

エリスはひどく困ったような表情を見せるオリビアに、ケーキを「あーん」してもらう荒業を成し遂げる。後日、マントの件を知ったクラウディアに笑顔で首を締め上げられることになるのはまた別の話である。

第三章・竜虎相打つ！

I

リアス平野

神国メキアの東端に位置するリアス平野は、背後の山々を背に、東西を分けるように広大な河が流れている。春の盛りを迎えたリアス平野は、様々な花が咲く美しい場所として知られているが、今やその面影は見られない。

多くの人間によって花は無惨に踏み荒らされ、その短き生を終えている。これは聖翔軍とストニア軍、両軍合わせて九万の軍勢が対峙しているからに他ならない。

そのストニア公国軍陣営。

憤懣やる方ないといった表情で腕を組むのは、元帥であるオーギュスト・ギブ・ランバンスタイン。人並み外れた屈強な体躯と腕力を兼ね備える男である。

光陰暦九九七年のこと。帝国がストニア公国に対して一方的な臣従を迫った際、最後まで徹底抗戦を唱えていた人物でもある。だが、四賢人筆頭であるローマンの言もあって、ジルヴェスター大公は属国化を選択。オーギュストは戦うことなく帝国に屈した。

それからの彼は決して晴れることのない憂さを抱えながら日々を過ごす。酒を浴びるほど飲んで鬱屈を紛らわそうとした日も一度や二度ではない。が、ここにきてジルヴェスター大公による神国メキア進撃の勅命が下された。

彼は勅命を拝命したとき、内心でほれ見たことかとせせら笑った。国を損なうとの理由から属国化してまで戦争を回避したが、結局は戦争をするはめになったではないかと。

しかも、相手は女神シトレシアの信徒たちが聖地と崇める国。兵士たちの様子を鑑みても、初めから帝国と戦端を開いた方が余程ましだったことは明らかだ。

「――と、俺は思うのだがどうだ？　なにか間違っているか？」

オーギュストは眼下に広がる濃紫の軍旗、そして若草色の鎧で統一された軍勢を眺めながら隣に立つ総参謀長――セシリア・パラ・カディオ少将に問うてみる。彼女はストニア公国建国以来の才女と謳われ、並み居る優秀な将校を押しのけて今の地位を築いた。

「元帥閣下の憤りはもっともだと思います。ですが今さらそれを口にしても詮無きこと。すでに賽は投げられたのですから」

それはオーギュストも十分承知している。それでも言わずにはおられないのだ。このおよそ馬鹿馬鹿しい戦を前にしては。しかし、これ以上元帥である自分が不満を述べれば、ただでさえ士気が低い状況がさらに悪化するのは目に見えている。

（今に限ってはこの立場が鬱陶しい……）

オーギュストは黒く淀んだものを無理やり心の隅へと追いやった後、覇気が感じられない兵士たちを自ら叱咤激励していった。

「――それにしても敵の数が存外少ない。四万から五万くらいだと俺は聞いていたが」

　実際は精々三万程度といったところだろう。帝国の特使がもたらした情報と大分開きがあった。

「そうですね……帝国の戦力算定が間違っていた、ということはないですか？」

　言いながら、セシリアは視線を右前方に向けた。そこには蒼の鎧とマントで身を固めた男が立っている。神国メキアとの戦にあたり帝国から軍事顧問として派遣されているフェリックス・フォン・ズィーガーは、腕を組みながら悠然と戦場を眺めていた。

「いや、さすがにそれは考えづらい。奴らが抱える諜報部隊〝陽炎〟はかなり優秀と聞く。ましてや帝国最強と謳われる男もこうして出張ってきているのだ。……まぁ、一見すると顔が綺麗なだけの優男にしか見えんが」

　城の女たちはある意味敵とも言えるフェリックスのことを〝蒼の君〟などと呼んで騒ぎ立てていた。目が合った合わないなどで喧嘩沙汰になったことも一度や二度ではない。

　およそ馬鹿馬鹿しい話ではあるが、フェリックスの類稀なる美貌はオーギュストも認めるところではあった。艶のある青みがかった黒髪に、見事なまでに均整のとれた鼻梁と唇。深い蒼色の瞳は最強の名に反比例するかのように優しげで理知的な光を湛えている。

立っているだけでこれほど絵になる男もそうはいないだろう。女たちが色めき立つのも無理からぬことだとオーギュスト自身思わなくもないが、だからといって大公の娘までもが陶然とした目を向けるのは、怒りを通り越してもはや呆れるばかりだった。

「確かに恐ろしいほど綺麗な顔立ちをしています……」

そう言うセシリアの声にはどこか艶っぽい響きがある。オーギュストは内心で『お前もか』と嘆いた。

「んん！——セシリア総参謀長」

「し、失礼いたしました。しかしながら帝国の戦力算定が正しいとすると、結論はひとつしかございません……」

セシリアはバツが悪そうな顔を向けてくる。その表情の意味するところを悟ったオーギュストは、思い切り眉根を寄せた。

「奴らは、聖翔軍は我々ストニア軍を舐めていると言いたいのか？」

「口にするのもはばかられますが……」

「戦うことなく帝国に尻尾を振った我らだ。そう思われても仕方がないのかもしれんな」

オーギュストの乾いた笑いが空虚に響く。仮に己が敵の立場だった場合、やはり同じような考えに至ったかもしれない。それを踏まえても三万は舐め過ぎにもほどがある。

敵の総司令官がなにを考えているのか知る由もないが、兵の多寡はそのまま勝敗に直結する。それゆえオーギュストは全軍を投入したのだ。

「聖翔軍に比べ我が軍は二倍の兵力を有しています。負ける要素などありませんが……」

強気な言葉とは裏腹に、セシリアの表情は優れない。そのあとに続くであろう言葉をオーギュストが代弁した。

「我が軍の士気は著しく低い。よって二倍の兵力差があろうとも勝敗の行方はわからない。そうセシリアは言いたいのだろう？」

数秒間逡巡した後、コクリと頷くセシリア。

「遺憾ながら。行軍中に逃亡を図った兵士たちも少なくありません」

「その兵士たちは女神シトレシアの信徒共か？」

「おっしゃる通りです。信徒の中でもとくに信仰が厚い者たちと思われます」

オーギュストは深く息を吐きながら空を仰ぎ見た。敵前逃亡は理由の如何にかかわらず極刑と軍法に定められている。たとえ未遂でも慈悲をかけることなどない。それをわかってなお実行に移すということ自体、彼らの信仰がいかに深いものかを物語っていた。

「女神シトレシアか……実に厄介極まりない。神は唯一無二、軍神ゾルベスだけでいいのだ」

軍神ゾルベスとは、ストニア公国に古くから伝わる土着神である。

三つ目に六本の腕を持ち、手には円月輪や三叉槍といった武具を手にしている。創造神である女神シトレシアとは異なり、破壊の限りをつくす荒ぶる神として知られていた。

「軍神ゾルベス……久しぶりにその名を聞きました。確か五歳のときに読んだストニア創設記以来だったかしら？」

セシリアが懐かしそうに弾んだ声を上げた。ちなみにストニア創設記は五歳の子供が到底理解できる類の本ではない。それこそ歴史学者が手に取るような本である。

オーギュストはあえてその点には触れずに話を続けた。

「今の若い者は神話など興味もないからな。女神シトレシアの人気が異常なのだ。セシリア総参謀長もそう思うだろ？」

「そ、そうですね」

セシリアはどこか困ったように頷いた。

「まぁそれはいいとして、逃亡を図った兵士たちを処刑していないだろうな？」

「ご安心ください。今のところ拘束に留めています。軍法に照らせば即刻首を刎ねているところですが、今回ばかりはいささか事情が異なると思いまして」

セシリア以外の人間が対処していたら即座に処刑していただろう。それは責められるものではなく、むしろ当然の処置である。だからこそ従来の型にはまらない柔軟な思考ができるセシリアをオーギュストは重用する。

「その通りだ。今回は我が軍が勝利を得てそれで終わりではない。聖イルミナス教会の者たちが黙って見過ごすとも思えないからな」

　信徒たちを処刑したことが知れた場合、聖イルミナス教会は〝聖戦〟と称して聖堂騎士団を送り込んでくることも考えられる。そうさせないためにも、信徒に対しては細心の注意を払って接しなければならない。

　およそ情けない話ではあるが、これがストニア公国の置かれた非情な現実である。

「閣下、どうやら敵の前衛が動き出したようです」

　オーギュストが視線を向けると、敵が矢尻状の陣形を展開している。美しさを感じさせるほどの規律然とした動きは、昨日今日でできる芸当ではない。日頃の訓練がいかに厳しいものであるかを物語ってはいるが……。

「二倍の敵に対して鋒矢（ほうし）の陣形……敵はなにを考えているのでしょう？」

「余程この戦いに自信があるということだろう」

　それか本物の戦というものを知らないだけか。どちらにせよこれは絶好の機会である。

「いかように対処しますか？」

「飛んで火に入る夏のなんとかだ。奴らを陣中深くおびき寄せ、頃合いを見て一挙に包囲殲滅（せんめつ）を図る。さすれば兵士の士気も多少はましになろう」

「かしこまりました。ではすぐに準備いたします」

　セシリアの鋭い声が戦場に響き渡った。

聖翔軍前衛

聖翔軍三万の内、軽装歩兵七千からなる前衛部隊を率いるアメリア。髪の毛先を指先でクルクルと弄びながら、遥か前方に布陣する総勢六万のストニア軍を悠然と眺めている。

鋒矢の陣を完成させた衛士たちは、並々ならぬ覇気を顔に漲らせており、ストニア兵とは対照的な様相を呈している。その中からラ・シャイム城〝六の門〟を守護する十二衛翔がひとり、十文字槍の使い手であるジャン・アレクシア上級百人翔が、先頭に立つアメリアの背後に歩み出て敬礼をした。

「アメリア千人翔、全ての準備が整いました。いつでも進撃可能です！」

報告を受けたアメリアは、おもむろに懐から純白の懐中時計を取り出す。銀の縁取りに女神シトレシアが刻まれた上蓋を押し開き、時刻を確認した。

「陣形構築までに十五分。また随分と時間がかかりましたね。聖天使様の威光を世に知らしめる戦だというのに」

アメリアは淡々とした口調で言う。ジャンはゴクリと唾を呑み込んだ。

「申し訳ございません！」

「……まぁ今回は許しましょう」

「お許しいただきありがとうございます！」

「ですが次はありません。そのことをよく肝に銘じておくように」

振り返ったアメリアの炯々たる眼光に、ジャンは気圧されたように一歩退く。だが、すぐに居住まいを正して声を張り上げた。

「はっ！　肝に銘じます！」

「それと、先陣を切るのは武人の誉れ。腑抜けた戦いをする者は私が直々に殺すと皆に伝えておきなさい」

「はっ！　アメリア千人翔の仰せのままに！」

踵を返したジャンは駆け足で去って行く。程なくしてジャンの号令が飛び、衛士たちが手にした武器を一斉に掲げ咆哮した。

「「「聖翔軍に女神シトレシアのご加護があらんことを!!」」」

「「「聖天使様の名にかけて、絶対なる勝利を我が手に!!」」」

「では蹂躙を開始しましょう。楽しい宴の始まりです」

剣を抜き放ったアメリアは意気揚々と前進を告げた。

Ⅱ

存在したのかどうかも疑わしい魔法士なる人間を数多く輩出したとの伝承が残されてい

る神秘の国、神国メキア。小国でありながらデュベディリカ大陸に覇を成そうとした時代もあり、この時期を題材にした本が煌めく星々のごとく世に出され、そして多くの人々を魅了していった。

その中でもとりわけ女性に人気が高いのが、美丈夫として描かれた絵画が今も残るヨハン・ストライダーの物語。恋多き男として知られ、生涯独身を貫いたという。彼に限っては定番な英雄譚よりも、恋愛方面に寄った物語に人気が集中しているのも頷ける。

一方男性には、圧倒的カリスマと神々しいまでの美貌を兼ね備えていたという第七代聖天使ソフィティーア・ヘル・メキアや、古文書に白銀の麗人との記述が残されているラーラ・ミラ・クリスタルの物語などが人気を博している。

また、嘘か真か。殺戮をこよなく愛したと伝えられているのが〝血濡れの美姫〟の異名を冠するアメリア・ストラストだ。とある本では殺した人間の血を大量に搾り取り、さらには狂気の笑みを浮かべながら全身に浴びた、などといささか誇張が過ぎた表現も見受けられる。ただ、どの本にも共通して言えることは、戦場において冷酷無比な女性として描かれていることだ。

その酷薄さが魅力的に映るのか、一部の読者たちから熱狂的な支持を得ていた――。

聖翔軍とストニア軍による戦いが始まってから数時間。ストニア軍の前衛は完全に崩壊し、今や秩序なき後退を演じていた。最前線で剣を振るうアメリアは、逃げるストニア兵の心臓を抉るように背後から突き刺していると、

「今だッ!!」

左右からアメリアを挟み込むように斬りかかってくる兵士たち。アメリアは大地に体を深く沈ませながら弧を描くように剣を一閃した。

「ガハッ!!」

あり得ないといった表情で崩れ落ちる兵士たちを尻目に、アメリアは鮮血で艶かしく光る剣先に舌をツーッと這わせた。

「隙があったとでも思ったのですか？　どぶねずみならどぶねずみらしく必死に逃げ回っていればいいものを」

「アメリア千人翔、我が軍は敵の分断に成功しましたッ！」

ギラつく太陽を背に血濡れた十文字槍を振るいながらジャンが声を張り上げる。アメリアはジャンをねめつけた。

「そんなことは見ればわかることです。無駄口を叩く暇があったらさっさと各個撃破に移行しなさい」

「はっ！　ただちに！」

ジャンがすかさず各部隊に命令を発した。衛士たちは機敏な動きで追撃態勢へと移行し

ていく。その様子を眺めつつ、次第に濃くなる血臭を存分に堪能しているアメリアの下へ、ひとりの衛士が激しく息を切らせながら姿を見せた。

「ア、アメリア千人翔ッ！　至急お伝えしたいことがッ！」

「………………」

「アメリア千人翔ッ！」

「……うるさいですねぇ。せっかく人が良い気分に浸っているというのに」

アメリアの眉がこめかみに向けて吸い寄せられていく。ここが戦場でなければ水を差したこの衛士に〝教育〟を施しているだろう。本当に残念だ。

「申し訳ありません！　しかしながら事は一刻を争います！」

「はぁ……。それで、いったい何事ですか？」

アメリアは衛士に目を向ける。衛士は一瞬怯えたような表情を浮かべるも、すぐに口を開いた。

「我が軍の後背から敵の大軍が迫っておりますッ！」

「大軍？――情報は正確に告げなさい。どの程度の兵数ですか？」

「およそ二万かと」

「二万……」

アメリアはジャンを軽く手招きする。心得ているとばかりに差し出された遠眼鏡を乱暴に受け取ったアメリアは、衛士が指し示す方向へと向けた。瞳に映るのは、こちらを取り囲むようにして迫りくるストニア軍。

衛士の言った通り、数はおよそ二万といったところだろう。

（生意気な……）

アメリアはフンと鼻を鳴らし、ジャンに向けて遠眼鏡を突っ返した。彼もアメリア同様に遠眼鏡を後背に向けると、やがて身を絞るようなうめき声を漏らす。

「これは……これはあまりにもタイミングが良過ぎます。あくまでも私の私見ですが――」

そう断りを入れたジャンは、これまでの動きそのものが自軍を敵陣深く誘い込むための罠であったと述べた。ジャンの見解に対してアメリアはとくに返答をしなかった。

「まさかストニア軍ごときに一杯食わされるとは……」

右手に持った十文字槍を深々と地面に突き立てながら悔しげな表情を浮かべるジャン。果敢に攻め立てていた衛士たちからも動揺の声が次々に上がっていく。

防御の薄い部分を突いたつもりのアメリアであったが、それこそが敵が仕掛けた巧妙な罠だった。そうとも知らず、まんまと上手く乗せられたということだ。おそらく逃げ惑う兵士たちは、作戦そのものを伝えられていない可能性が非常に高い。

もし全て織り込み済みということであれば、自分を凌ぐ役者ぶりだと感心もするが。

「どうやら巨大な檻（おり）に閉じ込められつつある、といったところでしょうか。戦うことなく帝国の靴を舐（な）めた狗（いぬ）にしては、随分と小癪（こしゃく）な真似（まね）をしてくれます」

アメリアが苛立（いらだ）たしげに呟（つぶや）いていると、足元に転がっていた老兵の指がピクリと動き、血濡れた口が歪（いびつ）に開き始める。どうやら未（いま）だ現世にしがみついていたらしい。

「死にぞこないがッ！」

老兵に十文字槍を突き立てようとするジャンを、アメリアは右手を挙げることで制した。

「アメリア千人翔……」

あからさまに困惑した表情を浮かべるジャン。別に慈悲をかけたわけではない。黙っていれば助かったかもしれない命を放棄してまでなにを語ろうとするのか、僅かばかりの興味を老兵に覚えたからだ。

「愚かな神国メキアの者共よ……貴様たちに勝ち目など……ない」

「なにを言いだすのかと思えばッ！」

「まぁ聞け。なぜなら我がストニア公国は古来より軍神ゾルベスによって守られている。……貴様らが主神と仰ぐ女神シトレシアなど……所詮は二線級の屑神（くずがみ）……軍神ゾルベスの足下にすら及ぶまい……よってお前たちに勝ち目など端（はな）からないのだ」

最後は気がふれたかのようにケタケタ笑う老兵の首を、アメリアは思い切り蹴り抜いた。鈍い感触と共に首はありえない方向にグニャリと曲がる。同時に耳障りだった笑い声がピタリと止んだ。

「軍神ゾルベス？　そんな神は知りませんし興味の欠片もありません。神は唯一無二、創造神たる女神シトレシアだけです」

すでに絶命している老兵に向かって、アメリアはさらに何度も何度も執拗に蹴りをぶち込んでいく。周りの衛士たちが固唾を呑んで見守る中、次第に老兵の顔が、もう顔かどうかも判別不可能なほど潰れ、純白の鎧をどす黒く染めていく。

その様子を畏怖の念で見つめていたジャンが、遠慮がちに声をかけてきた。

「聖翔軍が負けるなど万に一つもございませんが、このままだと我が前衛部隊は孤立します。どうかこの場は私にお任せいただき、アメリア千人翔は後退してください」

意を決したかのようなジャンの言葉に、しかしアメリアは殊更に両手を広げ、呆れた表情を作ってみせた。

「後退？　仮にも十二衛翔である者の発言とは思えません。正気ですか？」

「もちろん正気です」

ジャンは恥じることなく堂々と答える。アメリアはこめかみを指先で押さえながら首を振った。

「はぁ……ジャン・アレクシア。腕ばかりでなく少しはおつむのほうも鍛えなさい。そうすればこの状況を好機と捉えることができるはずです」

「好機？　今好機とおっしゃったのですか？」

「二度同じことは言いません」

　今頃ストニア軍は策が成ったことで慢心しているはず。ここで痛烈な打撃を与えれば、二重の意味で士気が落ちるとアメリアは予想する。さすればいかに兵数が多かろうが、赤子の手を捻るようなもの。この絶好の機会に引くなど思いもよらない。

　信じられないといった眼差しを向けてくるジャンに、アメリアは本当に面倒だと思いながらも現在の状況を語って聞かせた。ジャンは口を挟むことなく聞き入っていたが、表情からは納得していない様子がありありと見て取れた。

「おっしゃることはわかりますが……現在の状況下では非常に困難であると言わざるを得ません。先ほどアメリア千人翔がおっしゃったように、我が前衛部隊は檻に閉じ込められたも同然。好機どころかそのあとに待っているのはッ——!?」

　ジャンの胸ぐらを乱暴に摑み、アメリアは自らの顔へと強引に引き寄せた。射抜く瞳と揺らぐ瞳。二つの相反する瞳が交錯する。

「先ほどからごちゃごちゃと。あなたはなにを勘違いしているのですか？　私は檻に閉じ込められつつあると言っただけです。勝手に話を飛躍させないでください」

「で、ですがこのままでは……」

　顔を強張らせながらも食い下がってくるジャンへ、アメリアは大きなため息を落とした。

口で説いてもわからないのであれば、ここは行動でもって理解を促すよりほかない。愚かな部下の不安を取り除くのも悲しいかな、上官の務めではある。

「そこをどきなさい」

ジャンを突き飛ばしたアメリアは意識を集中し、魔法陣に大量の魔力を注いでいく。魔法陣の外円部分が回転を始めると、左手は徐々に青白い光に覆われていく。

「アメリア千人翔の左手を見てみろ！」

「おお！　アメリア千人翔が魔法をお使いになるぞ！」

俄然活気づく衛士たち。敵の前衛部隊を射程に捉えたアメリアは、左右に大きく足を開き、紺碧に輝く左手を地面に向けて勢いよく叩きつけた。

「よく見ておきなさい。これからが真の宴の始まりです」

アメリアの言葉と同時に一筋の光が地面を這うように前方へと走っていく。やがて敵の前衛部隊に到達すると光はスッと消え、代わって大地が小刻みに揺れ始めた。

「なんだ？　地震か？」

ストニア兵たちは一様に足を止める。揺れは次第に激しさを増していき、立っていられない者が続出する中、ひとりの兵士が素っ頓狂な声を上げた。

「ちょっと待て！　地面からなにか飛び出してきたぞッ！」

その声を皮切りに、ほかの兵士たちからも驚愕に満ちた声が次々と上がり始める。

「へ？　蔦⁉」

「な、なんなんだこの化け物みたいな蔦はッ⁉　俺の体に絡みついてくるぞッ⁉」

「う、動けないッ！」

「ひいいぃい！　血ッ！　この蔦、俺の血を吸っているのかッ⁉」

「ぐる……だず……げで……」

巨大な蔦は瞬く間に前衛部隊を覆い尽くし、阿鼻叫喚の地獄絵図へと変えていく。


――束縛系高位魔法　千羅繚乱。


魔法によって生成された蔦が対象者を搦め取り、さらに無数に生えた棘で血液を搾り取っていく。全ての血液を搾り取られる頃には、死体から真紅の花が咲き乱れるという。

アメリアが扱う魔法の中でも、もっとも残虐かつ非道なものであった。

Ⅲ

聖翔軍中衛
「むむっ？　むむむのむっ⁉　ヨハン様大変です。これは大変ですよ。アメリア様の部隊が敵に包囲されつつあります。すぐ助けに行きましょう！」

遠眼鏡片手にアンジェリカ・ブレンダー上級百人翔が盛大に騒ぎ立てている。ヨハンは大きな溜息を吐いた。

「助けに行きましょうってお前は気楽に言うが、そもそも目の前の敵はどうする。まさか援軍に赴きたいから引いてくれとでも言うのか？」

アメリア率いる前衛が戦闘を開始してからしばらくして、中衛たるヨハンの軍もまた、ストニア軍との交戦を始めていた。ひりつくような戦いが繰り広げられている戦場は、しかし歴然とした士気の差も相まって、現在はヨハンの軍が有利に事を進めている。

だが、中衛の兵力は一万。対してストニアの軍勢は二万を超えている。さすがのヨハンもアメリアの援軍に向かう余裕はなかった。

「さすがにそんなことは言わないですよー」

「じゃあ俺にどうしろと？」

「決まっているじゃないですか。ヨハン様の魔法でブアーッてぶっとばしちゃえばいいですよ。ブアーッて」

アンジェリカは大きく手を広げながらピョンピョンと体を跳ねさせて言う。その度に背中に背負った得物がゴツゴツと鈍い音色を奏でている。

どう贔屓目に見ても小柄な体格の彼女には不釣り合いな代物は、ラ・シャイム城において〝一の門〟を守護する十二衛翔がひとり、〝斬撃のアンジェリカ〟の異名ともなった暴力的なまでに無骨な大剣だ。

「随分と簡単に言ってくれるな。それでなくとも俺の魔法は燃費がすこぶる悪い。アンジェリカの言うようにブアーッと使っていたら瞬く間に魔力が枯渇してしまう」

「魔力が枯渇したら駄目なんですか？」

不思議そうに小首を傾げるアンジェリカに、ヨハンは胡乱な視線を向けた。魔力が枯渇する＝死を意味することは寝物語で聞かせた覚えがある。それゆえの視線だ。

「なにをすっとぼけているんだ？」

「別になにもとぼけていませんよ？」

傾いた首は一向に戻る気配がない。

（俺の勘違いか？）

一瞬ヨハンの脳裏に様々な女の顔が浮かんでは消えていった。だが、よくよく考えれば魔法士の根幹にかかわることを安易に話すなどあり得ない。

最終的にアンジェリカで間違いないとの結論で落ち着いた。

「ほう……じゃあなにか？　お前は俺に死ねって言っているのか？」

ヨハンがねめつけると、アンジェリカは破顔した。

「そんなわけないじゃないですか。デートの約束をすっぽかしてほかの女の子と会っていたなんて別に、全然、これっぽっちも気にしていませんから」

アンジェリカの意外な口撃に対し、ヨハンが言葉を詰まらせていると、

「なんでもぉー。若くてぇー。ぴっちぴちでぇー。銀髪のぉー。とってもとってもとーっても綺麗な女の子だとかぁー」

わざとらしく語尾を伸ばしながらクリクリとした紫色の瞳を向けてくる。ともすれば小動物のように愛らしくもあるのだが、いかんせん瞳の奥は匠の手によって研磨された剣よろしく鋭い光を放っている。相当怒っていることはもはや疑う余地はないのだが、それでも想像していた人物と違っていたことで、ヨハンは思わず口を滑らせてしまった。

「ああ、そっちか」

「そっち？」

アンジェリカの双眸が瞬く間に細まり、さらには薄らとした笑みまで浮かべ始める。身の危険を感じたヨハンは慌てて言い直した。

「ただの独り言だから気にするな。というかアンジェリカとの約束を忘れていたわけじゃないぞ？　聖天使様直々の調査任務だから仕方がないだろう。それにたまたま調査対象が美人だったというだけだ」

ヨハンは『たまたま』という部分を強調した。ヨハンお得意の脚色を一切加えていない純然たる事実であり、なんら後ろめたいことなどないのだが――――。

「あれあれぇー？　なんだかおかしいなぁー」

アンジェリカはわざとらしく人差し指を頬に当てながら再び首を傾げる。明らかになにか知っていると言わんばかりだ。ヨハンは嫌な予感がしながらも続きを促した。

「だってぇー。あたしが聞いた話によるとぉー。ヨハン様が率先して志願したって聞いているんですけどぉー？　しっかもぉー。最初から物凄い美人だって知っていましたよねぇー」

「………………」

「あれあれぇー？　どうして黙っているんですくわあーっ？」

下から舐めるように顔を覗き込んでくるアンジェリカに対し、ヨハンは反論しなかった。というより、できるはずもなかった。志願したことも本当なら、事前にオリビアが絶世の美女であると知っていたことも事実に相違ないのだから。

これ以上下手な言い訳を並べようものならそれこそ藪から蛇どころか、危険害獣二種である翼竜大蛇が飛び出してきそうだとヨハンは思った。

（だが、なぜアンジェリカがそこまで詳しく知っているんだ？）

当然ヨハンの疑問はそこに帰結する。もちろん災いの元になるような話をヨハン自ら漏らすようなことは決してなく、かといってアンジェリカが独自に調べたとも思えない。

さらに粘りつくような視線を向けてくるアンジェリカに内心辟易していると、突如稲妻の如きひらめきがヨハンの体を貫いた。

（そうかわかったぞ！　アメリア嬢だ。アメリア嬢がアンジェリカに告げ口したのであれば全ての辻褄が合う。——ちっ！　余計な真似を……）

人付き合いが絶望的なまでに乏しいアメリアだが、なぜかアンジェリカにだけは心を許しているふしが垣間見える。先日も偶然二人が連れ立って装飾店に入っていく姿を見かけて思わず二度見してしまったほどだ。

裏表のないアンジェリカの性格をアメリアは好ましく思っているのか、いずれにしてもその結果がこれである。

ヨハンは大きく咳払いすると、殊更に顔を引き締めてアンジェリカに命じた。

「そんなことよりも第三中隊が少々押され気味だ。すぐに第九中隊を援護に向かわせろ」

「あ！　誤魔化した！」

これでもかとばかりに指を頬に突きつけてくるアンジェリカを、ヨハンはハエを追い払うように手で払った。

「別に誤魔化してなどいない」

「ぶーっ！　もう本当にヨハン様ってズルいんだから……」

ブツブツと文句を言いながらも、アンジェリカは的確な指示を伝令兵に飛ばしていく。

程なくして第九中隊は第三中隊の援護に向かった。

「――それで、結局アメリア様を助けに行かないんですか？」

　再び援軍を口にするアンジェリカは、一転して真剣な眼差しを向けてくる。本気でアメリアを心配する様子がありありと見て取れた。

「さっきも言ったが援軍を差し向ける余裕はない。気持ちはわかるが今は無理だ」

「ではラーラ聖翔様に動いていただくとかも駄目ですか？」

　ならばと代案を示してくるアンジェリカに対し、ヨハンは返答の代わりに綿毛のような白髪を優しく撫でた。アンジェリカは「そんなことで誤魔化されません」と口では言いながらも、基本されるがままだった。

「本当に危険だと感じたらこちらが要請するまでもなくラーラ聖翔は動くだろうが……まぁそう心配するな。千人翔の位は伊達ではない」

　とはいえ、ヨハンとて確証があるわけではない。魔法という人外の力がいかに強力無比であろうとも所詮は人が扱うもの。油断すればあっけなく命を落とすことも十分あり得る。ただ、聡明なアメリアがこのまま手をこまねいているとも思えなかった。

「それはそうかもしれないですけど……」

　言い淀むアンジェリカの表情はいつになく暗い。チラチラとこちらを窺うその様からは、明らかに納得していないことがわかる。

「それによく考えてもみろ。ラーラ聖翔はまだしも、俺なんかが下手に手助けしようものなら絶対に後で文句を言われる。あれは自尊心の塊みたいな女だからな」

「うーん。確かにそれはあり得るかも……」

アンジェリカはたははと笑う。アメリアの性格をそれなりに把握しているからこその笑いだろうと思っていると、突然むせ返るような波動をヨハンは感じた。誰もが感じ取れる類のものではなく、唯一魔法士だけが感じ取ることのできる魔力の波動だ。

(さてはアメリア嬢め。あの魔法を使ったな)

突如として苦笑するヨハンを、アンジェリカは不思議そうに見つめる。

「どうやらアンジェリカの心配は杞憂に終わりそうだぞ」

「え？　それはどういうことですか？」

「今魔力の波動を感じた。アメリア嬢が高位魔法を使ったに違いない」

「高位魔法？　高位魔法ってどんな魔法ですか？」

瞳を輝かせたアンジェリカは興味津々といった感じで尋ねてくる。なにか華々しい魔法を期待していることは容易に察しがつくが、期待がすぐに嫌悪で満たされることをヨハンは知っている。ゆえに顔をあらん限りに顰めてみせた。

「聞かないほうがいいぞ。聞けばきっと飯が喉を通らなくなる」

「えー。そんな言い方されたら絶対気になるぅー」

頬を膨らませながらヨハンの肩をこれでもかとばかりに揺さぶってくるアンジェリカ。

しばらくなすがままにされていたが、諦めそうな気配は微塵もない。

ヨハンは仕方ないとばかりに腰の遠眼鏡に手をかけた。

「わかったわかった。俺の遠眼鏡ならおそらく確認できる。そこまで気になるのなら自分の目で確かめろ。——ただし」

「ただし？」

ヨハンはアンジェリカをしかと見据えて言った。

「見た後で文句はなしだ」

「もちろん！　やったね！」

ヨハンの手から嬉々として新型の遠眼鏡を受けとったアンジェリカは、背中の大剣をものともしない身軽さで近場の木をスルスルと登っていく。しばらくするとアンジェリカはフラフラとした足取りで戻ってきた。瞳は虚ろで顔も心なしか青白い。

「うぅぅ……気持ち悪い。ストニアの兵たちがカラカラに干からびていた」

「だから飯が喉を通らなくなると言っただろう。俺も初めてあれを見せられたときは、今のアンジェリカと同じような反応だったな」

「もう、なんなんですか。あの魔法？」

アンジェリカは唇を尖らせながら不満を述べてくる。

「千羅繚乱。対象者の生き血を吸う高位魔法だ。一滴も残さずにな」

「うぇぇ。だから死体が干からびているんだ。もしかして死体の周りに咲いている真っ赤な花って……」

「察しがいいな。まぁその〝証〟みたいなものだ。ちなみにアメリア嬢が扱う魔法の中でもあれはとびきり悪辣なものだと俺は認識している」

「それにしたって悪辣過ぎますよぉ。――もしかしてヨハン様もあんな魔法を使ったりするんですか？」

心配そうな目でこちらを見つめてくるアンジェリカに、ヨハンは頭をガリガリと掻き毟りながら己に言い聞かすように言った。

「使わない。というより俺には使えないといったほうが正しいか……」

どんな魔法を扱えるかは本人の性格や嗜好、資質などといったものが色濃く反映する。かつての師父がそう言っていたことをヨハンは思い出していた。束縛系に属する千羅繚乱は加虐嗜好のあるアメリアらしい魔法であり、ヨハンには到底扱える代物ではない。

そう教えると、アンジェリカは心底安心したように胸を撫で下ろした。

「良かった……」

「それで状況はどうなった？　おそらく形勢は逆転したと思うが」

むしろ千羅繚乱を目のあたりにしてなお戦意が消失しないのであれば、敵ながら称賛に値する。もっとも考慮する必要もないだろうとヨハンは自嘲の笑みを浮かべた。

「そ、そうでした！　アメリア様の魔法で敵は大分混乱しているようです。攻勢に転じるのも時間の問題かと」

「そうか。意図していたわけではないがこちらも頃合いだろう。そろそろ決めるとするか」

「やっとその気になったんですか？」

アンジェリカは呆れたようにヨハンの左手に視線を向けた。

「別に出し惜しみしていたわけじゃない。ただ、タイミングを見計らっていただけだ」

「タイミング？」

「ああ、聖天使様の意向に沿うようにな」

「もしかして軍議の席で聖天使様がおっしゃっていたデモンストレーションってやつですか？」

「その通りだ。帝国が扇動した戦いである以上、どこかで奴らの目が光っているのは間違いないだろうからな。我々に牙を向けたらどうなるか、精々派手に見せつけてやるさ」

左手の感触を確かめるヨハンに対し、アンジェリカは満面の笑みで拳を高々と上げた。

「じゃあドカンと派手にぶちかましちゃってください！　ドカンと！」

「はぁ……。お前ってやつは本当にお気楽だな」

ヨハンは深い溜息を吐いた後、空に向けて左手を掲げる。焔光の魔法陣に魔力が注ぎ込まれていく中、アンジェリカは一旦後退の指示を飛ばしていく。

「——ヨハン様！　退避、完了しました！」

「ではやるか……お前たちの境遇には正直同情もするがこれも戦の習い。悪く思うなよ」

ほとばしる灼熱の光と共に、ヨハンの左手から巨大な火球が放たれた。小さな太陽ともいうべきそれは、轟音を響かせながらストニア軍の遥か上空で静止し、

「爆ぜろッ！」

ヨハンが左手を握りしめると同時に火球は大きく爆ぜ、やがてストニア軍の頭上に炎の雨が降り注ぐ。

——炎系高位魔法　風華紅細雨。

霧雨のように体にまとわりつく炎が、やがて対象者を紅蓮の渦に包み込む。

ヨハンが得意とする広範囲魔法のひとつであった。

Ⅳ

ストニア軍　本陣

「ローラント中佐討ち死にッ！」
「ラインバック大佐討ち死にッ！」
「エーベルハルト少将討ち死にッ！」

入れ替わり立ち代わり顔面蒼白の伝令兵がやってきては、ストニア軍でも名だたる将校の討ち死にを伝えてくる。本陣はこれ以上ない動揺と不安が広がっていた。

（ある程度予想はしていたが、やはりこうなってしまったか……）

飛び交う声を背後で聞きながらフェリックスは内心で呟く。

遠眼鏡越しに映るのは、無数の蔦によって身動きが取れなくなったストニア軍の兵士。さらに西へ遠眼鏡を向けると、雨雲ひとつない空から降り注ぐ炎の雨によって阿鼻叫喚の光景が広がっている。これは明らかに魔法が発動された証であり、少なくとも聖翔軍に二人の異なる魔法士がいることが確認できた。

（ひとりは束縛系に属する魔法。おそらくはアメリア・ストラストの仕業で間違いないだろう。もうひとりは火炎系統。しかも広範囲魔法か……。魔法士の中でもかなりの使い手であることが窺える。神国メキアは予想以上に優秀な駒を揃えている。小国だが決して侮

ることはできない。ストニア軍には気の毒だがこれは貴重な情報だな）

　遠眼鏡を腰のフォルダーに収めていると、背後から荒々しく地面を踏み鳴らす音が聞こえてくる。振り返るとオーギュストが鬼の形相で近づいてくる姿を捉えた。

「オーギュスト殿、どうかされたのですか？」

「どうしたもこうしたもない！　あれはいったいどういうことですかッ！」

「あれとは？」

　尋ねるフェリックスを、オーギュストは殴りかからんばかりの勢いで摑(つか)み上げてきた。フェリックスの体が僅かに宙に浮く。たとえ両手とはいえ、全身鎧(よろい)で身を固めている人間を宙に浮かせるなど容易なことではない。オーギュストの類稀(たぐいまれ)なる膂力(りょりょく)に感心していると、フェリックスが今まで聞いたことのない怒声をテレーザが上げた。

「オーギュスト閣下！　今すぐその手をお離しください！　フェリックス閣下に対して無礼ではないですか！」

「やかましいッ！　小娘風情は黙っていろッ！」

「こ、小娘風情……!?」

　オーギュストの一喝に、テレーザはみるみる顔を紅潮させていく。彼女が万が一にも暴発しないようフェリックスは努めて冷静に声をかけた。

「テレーザ中尉、なにも心配することはありません」

「ですが閣下に対し――」

「私は大丈夫です」

言ってフェリックスは微笑んでみせた。それでもテレーザはなにか言いたげな表情でこちらを見つめていたが、最後は不承不承といった様子で頷いた。

「オーギュスト閣下、相手は仮にも帝国軍の重鎮です」

あとを追ってきたセシリアが、オーギュストに冷静になるよう求めた。我に返ったオーギュストは、ばつが悪そうにフェリックスを地面へと下ろす。

二度三度と咳払いをした後、居住まいを正したオーギュストは軽く頭を下げて言った。

「非礼は詫びよう。――では改めて聞きますが、あれはいったいどういうことですか？」

「あれとは魔法のことを言っているのですか？」

「そんなことは聞くまでもないことだろう。聖翔軍に魔法士がいるなど寝耳に水だ。まさかとは思うが……フェリックス殿は知っていたのではあるまいな？」

怒りを湛えていたオーギュストの瞳が一転して疑惑に満ちたものへと変化していく。彼ほどではないにしても、セシリアもまた同様の目をフェリックスに向けてきた。

「聖翔軍に魔法士がいることを？」

「そうだッ！」

再び声を荒らげ始めるオーギュストに対し、フェリックスは事もなげに答えた。

「ええ、もちろん知っていました」

「なっ……!?　知っていてなお伏せていたということか!?」

「その通りです」

「なぜだッ！　予め知っていたら——」

「知っていたらまともに戦うこともできなかったのではないですか？」

　フェリックスはオーギュストの言葉を遮り断言した。

「魔法士とは人の領域を踏み越えし者。少なくとも帝国軍ではそう認知されています。おそらくストニア軍でも似たり寄ったりですよね？」

「……ああ。魔法士は人であって人に非ず。人外の化生というべき存在だ」

「だからこそです。ただでさえ兵の士気が低いうえに、魔法士の情報はストニア軍にとって致命的な猛毒となり得る。この判断に間違いがあったとは思えませんが」

　帝国に限らずほとんどの国の民は魔法を単なるおとぎ話の産物だと思い込んでいる。昔はそれなりの数がいたらしいが、現在では魔法士と呼ばれる者は限られている。おとぎ話と思うのも無理からぬことだとフェリックスも思う。

　それでも軍人なら魔法士の存在を認識しているが、実際に魔法を目にした者はほとんどいないだろう。魔法士は間違いなく希少の存在であり、またそれゆえに神格化され、畏怖の対象となっているのだ。

「……なるほど。確かにフェリックス殿の言う通りかもしれない。だがそもそも誰のせいで兵の士気がこれほど低いと思っているのだ」

語気を強めるオーギュストの拳は、わなわなと小刻みに震えている。再び彼の手が胸倉へと伸びてこないのは、多分に自制心が働いていることもあるだろうが、なによりセシリアが目を光らせていることが大きいのだろう。

フェリックスは辛辣とも取れる言葉をあえてオーギュストに投げかけた。

「失礼ながら、それも含めてなんとかするのがストニア軍元帥たるオーギュスト殿の務めかと。経緯がどうであれ、最終的に戦うと決めたのはあなた方なのですから」

「ぐぬぅぅ………………」

「フェリックス殿は魔法士のことをそれなりにご存じのようですが?」

「ええ。セシリア殿のおっしゃる通り、魔法士についてそれなりの知識は持っているつもりです。縁あって少々変わり者の魔法士を知っていますので」

「そうですか……。私は残念ながら魔法士について通り一遍のことしか知りません。もしよろしければ知識の一端をお授けいただくことは可能でしょうか?」

言うとセシリアは深々と頭を下げてきた。黄金の髪がはらりと肩から零れ落ちる。オーギュストは憮然とした態度で口を開いた。

「セシリア総参謀長がそこまでへりくだる必要はないだろう」

「閣下、一旦は成功した我々の策は魔法の前に呆気なく崩れ去りました。全軍崩壊の危機が迫っている以上、些末なことを気にしているときではありません」

オーギュストに諫言したセシリアは、改めてフェリックスに教えを乞うてきた。

「セシリア殿、どうか頭をお上げください。もちろんお教えいたします。こうなった以上、魔法士の情報を持っているのに越したことはありませんから」

フェリックスは二人を前に説明を始めた――――。


「――なるほど。よくわかりました。神がかった力を行使するにはそれなりの制約なり代償があるということですね」

フェリックスの話から要約すると、魔法士の特徴は概ね三つと考えられる。

第一に、魔法士が魔法を放つ際は必ず魔法陣が刻まれた左手が起点になること。

第二に、魔法の威力によって発動までに相応の時間を要すること。

第三に、魔法の根源である魔力は決して無限ではなく、むしろ使い過ぎれば即死に繋がる諸刃の剣だということ。

つまり魔法士が脅威であることに依然変わりはないものの、決して対処不可能な相手でないことがセシリアの導き出した答えであった。

「その通りです。人の領域を踏み越えてはいますが無敵の存在というわけでもありません。

剣で斬りつければ当然血も出ます。またそれが急所なら死に至るでしょう。魔法を除けば普通の人間となんら変わりありません。いくらでもやりようはありますす」

力強く断言するフェリックスに、セシリアは内心で苦笑した。なるほど確かにフェリックスの話には同意できる部分も多々ある。しかしながらフェリックスの言葉は、帝国最強と謳われる男だからこそともとれる。策もないまま只の兵士が対処できるとは露ほども思っていない。

神の眷属とも呼ばれる魔法士を前にしてなお、臆した様子を微塵も見せない堂々たるその姿に、

(彼はきっと……ううん、間違いなく魔法士と刃を交えた経験がある。そして、今もこうして生きている。おそらく魔法士に匹敵するなにかを彼は持っている……)

そう結論付けたセシリアは、今もって憮然とした態度を貫くオーギュストに向き直った。

「閣下、ここは即座に撤退しましょう。フェリックス殿の話を分析すれば、魔法士に対していくつかの策を講じることは可能です。ですが今はその時間的余裕がありません」

セシリアの言葉に、フェリックスは「ほう」と感心した態度を示す。一方のオーギュストは、わなわなと肩を震わせながらセシリアをねめつけてきた。

「このまま、このままおめおめと引き下がれというのか？」

決して望んだ戦いではないにしても、武人としての矜持が引くことを許さない。オー

ギュストの憤怒に満ちた表情が如実にそのことを物語っている。

　セシリアはオーギュストの心底を承知の上で大きく頷いてみせた。

「遺憾ながら。もはや兵士の士気は無きに等しいでしょう。今となっては二倍の兵力差など焼け石に水。なんの意味もありません」

「……仮に引くとしてだ。帝国がそれで納得するとは思えんが」

　オーギュストは怨嗟の籠もった目をフェリックスに向けた。

「納得してもらうのです。我々は今回の戦いにほぼ全ての戦力を投入しています。ここで全滅すればストニア公国に未来はありません。いずれデュベディリカ大陸の地図から姿を消すことになるでしょう。現時点で帝国がそれを望むとも思えませんので」

　あくまでも噂ではあるが、ここにきてファーネスト王国が劣勢を覆し始めていると聞く。それが真実であれば帝国の〝盾〟としてストニア公国の利用価値はまだあるはず。

　そう判断したセシリアは、腕を組んで静かに話を聞いているフェリックスに向き直った。

「フェリックス殿、それで構いませんね?」

　フェリックスはしなやかな指で頬を掻くと、僅かに口の端を上げる。

「お二人ともなにか勘違いをしているようですね」

「なにを勘違いしているのでしょうか?」

「私はあくまでも軍事顧問です。助言こそすれストニア軍の決定に異議を挟む立場ではありません」

「自らけしかけておいてどの口が言う」

オーギュストが吐き捨てるように言った。

「まぁ否定はしません。それよりも撤退するなら急ぐべきです。このまま時を逸すれば撤退そのものが至難の業になるかと」

「閣下、フェリックス殿の言う通りです。今この時も聖翔(せいしょう)軍の勢いは増しています。どうか撤退のご指示を」

再度懇願するセシリアに、固く握り締められていたオーギュストの拳が緩やかにほどかれ、そして大きな溜息(ためいき)がひとつ落とされた。

「――全軍に撤退命令を」

「はっ！　ただちに！」

聖翔軍　本陣

「報告します。ストニア軍の本陣と思わしき場所から赤い狼煙(のろし)が立ち上っています。それと呼応するようにストニア兵が続々と後退しています」

頑強な外装と流線型のシルエット。白銀に輝く重厚な六輪戦車から戦況を見守っていたラーラは、伝令兵の報告を受けて豪奢(ごうしゃ)な椅子からゆっくりと立ち上がった。

「ストニア軍は撤退を始めたようだな……」

「どうやらアメリア様とヨハン様の魔法が功を奏したようですねぇ」

ラーラの呟きとも取れる言葉に、戦車の脇に控えていた女が眠そうな声で反応を示す。

さらにその隣には目の覚めるような白毛に覆われた馬が静かに佇んでいた。

聖天使と同様薄紫色の髪をもつ女の名はヒストリア・フォン・スタンピード。寝癖と気だるげな表情からは想像もつかないが、ラ・シャイム城において〝十二の門〟つまり最後の門を守護する衛翔である。

またラーラにとっては腹心であると同時に、唯一無二の親友でもあった。

「ヒストリア。少しはシャキッとしないか。今は戦争中だぞ」

「そんなこと言われても無理ですぅ。生理的欲求には逆らえませぇん」

ヒストリアは半分だけ開かれた銀眼を瞬かせながら何度も大きな欠伸を繰り返す。まるで緊張感のないその姿に、ラーラは呆れるよりほかなかった。

「全く……仮にも十二衛翔筆頭だろう。これでは衛士たちに示しがつかないではないか」

「別になりたくてなったわけじゃありませんのでぇ」

ヒストリアは両手を腰にあてがうと溜息交じりに言う。口を開くより先にラーラの片頬がヒクヒクと痙攣し始めた。

「ほほぅ……。聖天使様がお決めになったことにヒストリアは不満でもあるのか？」

「出た！　出た出たっ！　ラーラって本当に聖天使様が好きだよねー」

にやけた笑みを向けてくるヒストリアに、ラーラは耳朶が急激に熱くなるのを感じた。

周囲の衛士たちから向けられる好奇なる視線に、自身の眼圧を浴びせることで封殺する。

「皆の目もある。公の前でため口は止めろ」

「はいはい。申し訳ありませんでした。――それで、これからどうします？　個人的には撤退するならどうぞお好きにって感じなんだけど。そのほうが断然楽だし」

遥か前方で繰り広げられている戦闘を眺めながらヒストリアは気だるそうに伸びをした。

ラーラはふんと鼻息をひとつ落とす。

「なにを馬鹿なことを。無論、追撃戦を行う。神聖なるメキアの大地に土足で足を踏み入れたのだ。帝国のあやつり人形であろうがその報いはしかと受けてもらう」

「ま、わかってはいたけど、ラーラならそう言うよねー」

ヒストリアはラーラを一瞥して派手な溜息を漏らした。

「ため口は止めろと言っただろう」

「はいはい。わかりました」

「返事は一回でいい。双流剣のヒストリア」

「……だから、その本気で恥ずかしい異名で呼ぶの止めてくれる？」

一転して鋭い視線を向けてくるヒストリアに対し、ラーラは軽い笑みをもって応える。

スタンピード家は元々文に秀でた家柄として知られていたが、幼少の頃より剣を手足のごとく自在に扱う彼女の出現で、今や武の家柄と勘違いするものが後を絶たない。純粋な剣での勝負であればラーラですら足下にも及ばないほどの逸材である。

「だがアンジェリカなどは自分の異名を喜んでいるみたいだぞ？」

「はああ!?　あんな年中頭がお花畑の女と一緒にしないでッ！」

「だったらちゃんとしろ」

「はぁ……わかったわよ」

ヒストリアは鐙に左足を掛け颯爽と白馬に跨ると、腰の剣を抜き放ち高々と天に掲げた。そこに先程までの気だるい様子は一切ない。別人とばかりに美しくも気高き姿が、衛士たちの視線を否応なしに集めていく。

「聞け！　我が親愛なる衛士諸君！　皆の活躍により我が軍の勝利はほぼ確定した！　だがこれで終わりではない！　愚かにも神国メキアに牙を剝いたストニア軍に対し、これより聖なる鉄槌を下す！　これをもって聖天使様への忠誠の証とせよ!!」

「「「応ッ!!」」」

「――ラーラ聖翔、号令を」

振り返ったヒストリアに促され、ラーラは颯爽と左手を振るう。

「進撃を開始せよ」

ラーラの命令と共に四頭立ての黒馬が嘶き、戦車は戦場を疾駆する。ほぼ同時に一万三千からなる衛士は鬨の声を上げ、進撃を開始する。

聖翔軍とストニア軍の戦いは、僅か半日にして幕を下ろそうとしていた――――。

V

撤退を始めたストニア軍は聖翔軍による苛烈な追撃を受けていた。

オーギュストやセシリアの采配でなんとか秩序を保ってはいるが……。

「そろそろ息の根を止める頃合いでしょうか」

アメリアはあえて捕虜とした数人のストニア兵に〝狂化〟の魔法を施して解き放つ。自軍に戻った彼らは時を置かずに豹変、獣のような咆哮を上げながら見境なく味方を襲い始めた。

さらに――――。

「どうやらラーラ聖翔も動き始めたようだな。趨勢はすでに決したが油断するなよ」

嬉々として血みどろの大剣を振るうアンジェリカを筆頭に、ヨハン率いる衛士もまた、ストニア兵を次々に屠っていく。時折ヨハンから魔法が放たれては、黒焦げとなった死体が量産されていった。

「――セシリア総参謀長！　これ以上敵の追撃を振りきれませんッ！」

血飛沫吹き荒れる戦場でストニア軍の将校がたまらず叫んだ。

「泣き言を言う前にひとりでも多くの兵士たちを逃がしなさい！」

そう叱咤するセシリアだが、内心ではかなりの焦りを覚えていた。

（やはりこのままでは……。誰かが、誰かが敵の足止めをしなければ……）

一瞬家族の姿が脳裏を掠めたが、それを振り払うように自らが殿として敵を足止めする旨をオーギュストに強く進言した。

「いくつになった？」

「は？」

突然の問いにセシリアが困惑していると、オーギュストが再度問うてくる。

「だからいくつになったのだ？」

「二十四歳ですが……」

呟くように答えると、オーギュストは血濡れた手で兜のふちをひと撫でする。

「二十四歳か……死ぬにはまだ早いな」

その言葉の意味を瞬時に悟ったセシリアは声を張り上げた。

「元帥が殿を務めるなど古今東西例がありません！　当然ここは私が引き受けます！」

「それは駄目だ。セシリア総参謀長が自分をどう評価しているのか知らないが、少なくともこんなくだらん戦いで死んでよい人間ではない。ストニア公国の未来のためにもな」

「それは閣下とて同じではないですかッ！」

　ここで元帥たるオーギュストを失うわけにはいかない。たとえ無事撤退できたとしてもその後の混乱は想像に難くない。女神シトレシアを信奉する信徒たちの件を含め、ストニア公国が今以上に困難な道を辿るのは疑いようがないのだから。

　少し困ったような表情を見せるオーギュストを、セシリアはキッと睨みつけた。

「そう怖い顔をするものではない。せっかくの美人が台無しだぞ」

「そんな戯言で誤魔化されるとお思いですかッ！」

　セシリアの剣幕にオーギュストは目尻の皺を深めるものの、すぐに表情を引き締めた。

「まぁ聞け。俺はストニア軍を統べる元帥だ。どのみち敗北の責任はとらなければならない。まさかジルヴェスター大公に責任をとらせるわけにもいくまい」

「そ、それはそうですが……」

「それにフェリックス殿の言う通り、最終的に戦うと決めたのはストニア公国だ。敵に魔法士がいたとはいえ、それで言い訳が通じるほど軍は甘くない。セシリア総参謀長もそれはよくわかっているだろう。ならば最後は武人らしく戦いの中で――」

　決定的な一言を紡ぐことなくオーギュストは獰猛に笑う。此度の戦いで初めて見せる戦意を漲らした男の姿に、セシリアが二の句を継げずにいると、

「確かにセシリア総参謀長殿は若過ぎる。我々より先に死んでもらっては甚だ迷惑ですな。ということで老い先短い我々は閣下に同行させていただきます」

振り返ると、老年の将校と兵士たちが整然と誇らしげに立ち並んでいた。その姿を見たセシリアは、奇妙にも美しいと感じてしまった。

オーギュストは老兵たちを眺め、深い溜息を落とす。

「余計なことは考えるな。年寄り共はさっさと帰って孫の面倒でも見てればいい」

辛辣なオーギュストの言葉に、しかし彼らは黙って一歩前に進み出る。年輪を刻んだ顔にどこまでも不敵な笑みを浮かべながら。

「ほとほと酔狂な者共だ。改めて言うことでもないが、ここから先は修羅の道。間違いなく生きて祖国の土は踏めないぞ」

「情けなや！　閣下ともあろう方がなにを弱気なことをおっしゃる！　我らと共に幾多の戦場を駆け抜けたことをお忘れか！　この戦の勝敗はまだ決まっておりませんぞ！」

老練の将であるバッカス中佐が、身の丈の三倍はあろうかと思われる豪槍を勢いよく地面に叩きつけて言う。バッカスに続けとばかりに方々から勇ましい声が上がり始めた。

「バッカス中佐の申す通りです。聖翔軍がなにするものぞッ！　我らストニア軍の心意気、神国メキアの雑兵共に見せつけてやりましょう！」

「軍神ゾルベスは常に我らと共に！」

「お前たち……」

オーギュストは盛りがとうに過ぎた者たちをひとりひとり刻み込むよう見つめた後、再び獰猛な笑みを浮かべた。

「いいだろう。そこまでの覚悟なら是非もない。精々俺に後れをとるなよ」

武器を高々と掲げて咆哮する将校と兵士たち。その様子を感慨深げに見つめていたオーギュストは、やがてセシリアにゆっくりと向き直った。

「こういう次第だ。俺はこれより歴戦の勇者共を率いて聖翔（せいしょう）軍を迎え撃つ。セシリア総参謀長、後のことは全て任せる。――――頼んだぞ」

「……かしこまりました。ご存分なお働きを」

言ってセシリアは敬礼した。これ以上余計な言葉は無粋というものである。軍人である前にひとりの女。覚悟を決めた男を快く送り出す作法は心得ているつもりだ。

満足気に頷（うなず）いたオーギュストは、傍らに佇（たたず）むフェリックスへと視線を向けた。

「聞いての通りだ。先ほどフェリックス殿は我々が決めることだと申した。よもや異論などあるまいな？」

険を多分に含んだオーギュストの問いに対し、フェリックスは賛成も反対もすることなくただ黙って右手を差し出す。オーギュストは僅かに目を見開いた後、左手をゆっくりと差し出して互いに握手を交わした。

「……今さらフェリックス殿にこんなことを願うのは筋違いだと重々承知している。だが頼む。ひとりでも多くの兵士たちが撤退できるよう手助けしてほしい」

深々と頭を下げるオーギュストに、将校たちからどよめきの声が沸き上がった。フェリックスの背後に控えていたテレーザは「本当に今さらですね」と、呆れたように呟いている。

フェリックスはオーギュストの肩に優しく手を置いた。

「オーギュスト殿、顔をお上げください。どこまで手助けできるかわかりませんがこのフェリックス、微力を尽くさせていただきます」

「閣下！　それではいくらなんでも人が好過ぎます！」

たまらずといった様子で二人の間へ強引に割って入るテレーザ。そんな彼女にフェリックスは神妙な面持ちで告げた。

「元帥であるオーギュスト殿が頭を下げてまで助力を乞うてきたのです。そんな男の願いを無下にすることなど私にはできません」

「ですが！」

「テレーザ中尉、もう決めたことです」

テレーザは口元をわななかせていたが、やがて諦めたかのように深い溜息を落とした。

オーギュストが感謝の意を述べていると、ひとりの女将校から悲鳴に似た声が上がった。

「オーギュスト閣下、新たな一団がこちらに迫ってきますッ！」

セシリアが即座に遠眼鏡を向けると、煌びやかな軍旗を掲げた部隊が目に飛び込んでくる。その中でも一際目立つのは先頭を疾駆する乗り物だ。

一見すると屋根を取り除いた、それこそ大型の馬車のように見えなくもない。しかしながら大楯を幾重にも重ねたような強固な外装や、側面に設置されている弓の発射台のような大型な装置、さらには豪奢な鎧で身を固めている四頭立ての黒馬からして、ただの乗り物でないことは明らかだった。

（異様なれど見事な造り。おそらく敵の総司令官が座しているに違いない。いよいよ本隊のお出ましということですか……）

セシリアは自然と下唇を噛んでいた。

「閣下、十中八九、敵の本隊だと思われます。ここで一気に勝負を決める腹積もりかと」

オーギュストは不敵に笑った。

「それは重畳。こちらから探す手間が省けたわ。敵の総司令官を討ち取る絶好の機会だな」

オーギュストの迅速な指示の下、老兵を中心とした新たな部隊が編制されていく。やがて勇ましい声と共に、五千からなる部隊が敵本隊に向けて怒濤の進撃を開始した。

セシリアが万感の思いで彼らの姿を見送っていると、フェリックスが声をかけてきた。

「私はこれから手勢を率いて火炎を操る魔法士をあたります。セシリア殿は私が注意を引き付けている間に迅速なる撤退を願います」

「その……本当によろしいのですか?」

セシリアはおそるおそる尋ねた。オーギュストと約束を交わしはしたが、実際のところ守る義理も責任もフェリックスにはない。なんならオーギュストを安心させるための方便だったとしても一向に構わないのだ。人が好過ぎるとテレーザは評していたが、セシリアも同じ立場だったら彼女と同じように思うだろう。

だが、フェリックスは問題ないとばかりに力強く頷いた。

「閣下なら当然そうくるだろうと思っていました。すでに出撃の準備は終えています」

未(いま)だ納得いかない様子のテレーザをよそに、親衛隊長らしき大柄な男が威勢よく応えた。

後ろに控えるのは蒼(あお)の鎧で統一された美々しい部隊。

戦意を顔に滾(たぎ)らせる兵士たちの双眸(そうぼう)は、絶対の自信に満ち溢(あふ)れていた。

「フェリックス殿、そして蒼の騎士団の皆様ありがとうございます。このセシリア・パラ・カディオ、感謝の言葉もありません」

今のセシリアにできること。それは深く——ただ深く頭を下げることだけだった。

「ヨハン様ヨハン様!　左側方より青い鎧を着た部隊が突出してきます!」

大剣を真紅に染め上げたアンジェリカが白い歯を見せながら言う。

「青い鎧だと？」

ヨハンが視線を左に移す。すると、確かに青の鎧で統一された部隊が味方の衛士を次々に薙(な)ぎ払っている姿を捉えた。栄えある聖翔軍の衛士としてやわな鍛え方をした覚えなどまるでないが、それでも僅か五百人足らずの兵士に翻弄されていた。

「……あれはおそらく蒼の騎士団というやつだな」

「蒼の騎士団って、あの帝国軍の？」

「ああ。それにしてもまさか奴(やつ)らがこの戦に出張ってきているとはな。これは少々厄介なことになりそうだ」

中でも先頭で剣を振るう隊長と思わしき人物は一歩も二歩も抜きんでている。それはアンジェリカも感じ取ったのだろう。戦意の昂(たか)ぶりを示すように大剣を二度三度と大きく頭上で回転させ、木枯らしのような寒々とした風切り音を鳴り響かせた。

「なんだか先頭で一番目立っている黒髪の男、あれはものすごく強そうです。あたしが相手をしてもよろしいですよね？」

そう言って獰猛に笑うアンジェリカ。戦場において彼女がこのような笑みを見せることは滅多にない。それだけでも相当な使い手であることが窺(うかが)い知れる。

逸(はや)るアンジェリカを抑えながら男の戦いぶりをつぶさに観察したヨハンは、身体強化の魔法〝剛風〟をその身に施した。

淡い緋色の光がヨハンの体を優しく包み込む姿に、アンジェリカが目を丸くした。

「ヨハン様？」

「あれは俺が相手をする。アンジェリカは巻き添えを食わないように下がっていろ」

「えー。大丈夫ですよ。あたしにドンと任せてください！」

言って男の下に向かおうとするアンジェリカの肩をヨハンは強く押さえ込む。振り返ったアンジェリカの双眸からは、ありありと不満の色が滲み出ていた。

「俺の言うことが聞けないのか？」

「だから平気ですってば。あたしの剣の錆にしてやりますよ」

「ここでお前を失うわけにはいかない。いいから黙って俺に任せろ」

「ぶーっ。……わかりました」

頬を蛙のように膨らませたアンジェリカを宥めつつ、改めてヨハンは男の動きを追う。まるで流水のような動きは華麗に舞い踊っているようですらある。そして、このような動きで戦う人物をヨハンはすでに知っている。

（そう。俺はよく知っている）

男はヨハンの視線に気づいたのか、剣に付着した血糊を地面に打ち払うと、悠然とした足取りでこちらへ向かってくる。

程なくして二人は一定の距離を置いて対峙（たいじ）した。

「あなたがこの部隊の指揮官――魔法士ですか？」

先に口を開いたのは、ヨハンから見ても美丈夫だと思わせる男だった。

「ほう。近くで見ると凄（すさ）まじいまでの色男だな。さぞやもてるだろ？」

「……よろしければ私の質問に答えていただきたいのですが？」

眉間に皺を寄せる男に対し、ヨハンは大仰に肩を竦（すく）めてみせた。どうやら雑談に応じる気は一切ないらしい。それならばと、ヨハンも眉根を寄せる。

「質問をするのならまず名乗るのが礼儀ではないのか？　お互い生まれ落ちた場所は違えど、作法はそう変わらないはずだが。それともアースベルト帝国ではそれが普通なのか？」

「よく私がアースベルト帝国の人間だとわかりましたね」

深い蒼色の瞳が僅かに見開かれる。ヨハンは思わず苦笑した。

「その鎧を見て気づかないほうがどうかしていると思うが」

鎧を指さしてそう言うと、男も苦笑して即座に居住まいを正した。

「失礼しました。私は帝国軍大将、フェリックス・フォン・ズィーガーと申します」

ヨハンは腹の中で唸（うな）った。フェリックス・フォン・ズィーガーといえば蒼の騎士団を束ねる総司令官であり、彼自身は帝国軍最強と謳（うた）われる男。アストラ砦（とりで）の戦いにおいて、魔法士のアメリアを軽くあしらった相手でもある。

おそらくはストニア軍の目付け役であろうが、それにしてもこんな大物が参戦しているとはヨハンも予想だにしていなかった。

「俺は聖翔軍上級千人翔、ヨハン・ストライダー。お察しの通り魔法士だ」

ヨハンは左手を突き出すと同時に、挨拶代わりの火球を放った。ゴウと迫りくる火球に、しかしフェリックスはなんら動じた様子もなく上段に構えた剣を振り下ろす。すると、突風と共に火球はフェリックスに届くことなく四散した。

「うそ……!?」

背後からアンジェリカの息を呑む音が聞こえてきた。

「ただの刃風で火球をいなすか……。どうやら俺の勘は正しかったらしい。お前さんもあの少女と同じ化け物の類といったところか」

「あの少女と同じ……？　もしかしてオリビア・ヴァレッドストームのことを知っているのですか？」

フェリックスは意外そうな顔を覗かせた。

「まぁな。一緒に飯を食うくらいには知っている仲、とでも言っておこうか」

ニヤリと笑ってみせたヨハンは、刀身に女神シトレシアの神言が刻まれたレピアを水平に構えた。今回の戦いに向けてソフィティーアより下賜された稀代の逸品である。

「……なるほど。どうやらあなたには色々と聞かねばならないようですね」

そして、フェリックスもまた剣を突き出すように構えるのであった。

VI

（先を取る）

先に仕掛けたのはヨハンだった。正眼に剣を構えるフェリックスに走り寄る。剛風によって強化された体は疾風のごとき速さで距離を縮め、伸ばした腕は稲妻のごとき突きを可能とした。だが、フェリックスには僅かな動揺も見られない。それどころか剣に体を捧げるがごとく自ら一歩前へと踏み出してきた。

「むっ……!?」

突如目の前に巨大な壁が立ち塞がったかのような感覚を抱いたヨハンは、咄嗟に地面を蹴りつけ真横に飛ぶ。直後、獣の咆哮のごとき刃風と共に、フェリックスの剣が振り下ろされていた。

（魔法で身体強化をしているわけではない。にもかかわらずなんて速さで剣を振り下ろすんだ。初めからわかってはいたことだがやはり一筋縄ではいかないか。どうやら魔力を温存している場合じゃなさそうだな）

再び剣を正眼に構えるフェリックスは冷静そのもの。ヨハンは改めて化け物を相手にしていることを認識した。実際に今もフェリックスから感じる〝圧〟は、オリビアと対峙したときに感じたものとほぼ同等だと言える。もしも二人が戦えばどういう結果になるか俄然興味は尽きないが、

（今は己が戦いに集中するのみ）

ヨハンは左腕をスッと真上に伸ばし、四つの青い火球を放つ。放たれた火球は徐々に鳥の形へと姿を変え、ヨハンを中心に前後左右へと分かれていった。

「炎を纏う小鳥……？」

空中に漂う小鳥を見つめながらフェリックスが訝しげに呟く。

「別にこれであんたを攻撃しようってわけじゃない。これは念のための用心といったところだ」

大地を蹴りつけ、フェリックスに向けて再び駆けるヨハン。最初に放った火球よりも大きな火球を手のひらに具現化すると、今度は前方の地面に向けて放った。着弾と共に炎が勢いよく燃え盛り、相手の視界を奪ったことを確認したヨハンはすかさず跳躍。空中で体を捻りながらフェリックスの背後に着地する。

完全に死角へと滑り込んだ圧倒的有利なこの状況。だが、なにせ相手は尋常ではない。神速の剣を背中に突き刺すより先に、フェリックスはヨハンの視界から瞬時にその姿を消した。と同時に、背後の小鳥からピイィと鋭い鳴き声が発せられる。

ヨハンは振り向きざまに剣を一閃する。刹那、激しく火花が散った。

「オリビアと同じ動きをすると思ったよ。やはり用心して正解だったな」

目の前には双眸を驚愕の色に染めるフェリックス。交錯している剣からギリギリと刃の重なり合う音が奏でられる。

並みの使い手なら今の攻撃に反応すらできず一撃で沈んでいたのは想像に難くない。アメリアがフェリックスを魔法士と勘違いしたのも頷ける。ヨハンとてアメリアから話を聞いていなければ、それなりのダメージを負っていたかもしれない。

実際オリビアとの戦いでは、瞬間移動のごとき速さに終始翻弄されたヨハンである。予め探知魔法〝焔〟を使っていなければ、即座に対応することはできなかっただろう。

（まさにあの戦闘は無駄ではなかった。オリビアには感謝しないといけないな。……もっともオリビアからしたら子猫がじゃれついてきた感覚しかないのかもしれんが）

無邪気な笑みを浮かべるオリビアが目に浮かぶ。

そのまま数度剣を打ち合った後、お互いの様子を窺うかのように、二人は一定の距離を置いた。油断なく剣を構えるヨハンへ、フェリックスが興味深げに尋ねてきた。

「今オリビアと同じ動きと言いましたよね？」

「……確かにそう言ったな」

「もしかして彼女も私のように俊足術の使い手なのですか？」

「ほう。その動きは俊足術というのか。なるほど。言い得て妙だ」

ヨハンが感心してみせると、フェリックスがもどかしげに言う。

「質問にお答えいただけると嬉しいのですが」

「少なくとも俺の目には同じ動きに見えたな」

「そうですか……」

なにかを考えるような仕草を見せた後、おもむろに剣を鞘に収めるフェリックス。

――臆したか。

一瞬そう考えたヨハンをあざ笑うかの如く右足を大きく前に踏み込んだフェリックスは、そのまま前傾気味に腰を沈めていく。蒼の瞳はより深みを増していき、呼吸は浅く時に深い。動から静への移行。どう見ても先ほどまでの雰囲気と違う。

――なにをする。

フェリックスの異変に、ヨハンは即座に剛風を施す。再び緋色の光に体が包まれる中、時を置かずヨハンの骨という骨、筋肉という筋肉が悲鳴に似た軋みを上げ始めた。

(くっ……。さすがに二度目ともなるとかなりの負荷がかかるな。だが奴は必ずなにかを仕掛けてくる。ここは先手必勝で余計な真似をさせないのが肝要だ)

ヨハンは体の痛みを誤魔化すように大きく息を吸って肺に空気を送り込むと、太ももに込めた力を解放して地面を蹴り抜く。限界まで身体強化を行ったことによりヨハンの視覚、聴覚、触覚、味覚、嗅覚の五感が極限まで研ぎ澄まされる。

そのうちのひとつ、視覚がフェリックスの口元が微かに開かれたのを捉え、さらには聴覚が呟かれた言葉を拾った。

――俊足術・極。

途端、なにかが派手に砕ける音と共にフェリックスの姿が掻き消える。あとに残されたのは円形状に大きく陥没した地面のみだった。

(消えたッ!?　馬鹿なッ!?)

今のヨハンの両眼はあらゆる事象を捉えることが可能。オリビアと対峙したときとはわけが違う。だが、その目をもってしてもフェリックスを見失ったのだ。

ヨハンが焦りを覚えた刹那、右わき腹に衝撃と同時に痛みが走った。そのまま真横に吹き飛ばされたヨハンの双眸に映し出された光景。それは土煙が派手に舞い上がる中、右拳を突き出しているフェリックスの姿であった。

それから遅れること数秒。地面に倒れたヨハンの頭上で小鳥が思い出したかのように警戒音を奏でていた。

(くくっ……。まさか焔が感知できないほどの速さとは。これは恐れ入ったわ)

ヨハンは瞬発的に体を浮かせて跳ね起きると、付着した泥を丁寧に払っていく。

実際派手に吹き飛ばされはしたものの、そこまでのダメージは負っていない。剛風の効果により打撃に対する耐性が上がっていることもあるが、なによりも全力の一撃というわけでもなかったのだろう。それはともかくにもオリビアの情報を聞き出したいフェリックスの無意識な手加減だとヨハンは考えた。

「まだ続きをしますか？」

「当然だろう」

「そうですか……どうやら私の役目は果たしたようですし、あとは彼女の、オリビア・ヴァレッドストームに関する情報を教えていただければそれで良いと思っているのですが」

フェリックスは一瞬蒼の騎士団が戦っている方角に視線を向けたが、すぐにヨハンへと向き直った。その言葉からしてフェリックスの目的は足止めであったことが推察される。

蒼の騎士団の活躍はヨハン率いる中衛部隊を釘付け（くぎづ）にし、ストニア軍に撤退する猶予を与えることに十分貢献している。帝国最精鋭の看板に嘘（うそ）偽りなしといったところだろう。

「さすがの帝国もオリビアにはかなり手を焼いているようだな」

「……ええ。そこは否定したくともできませんね。彼女が現れなければファーネスト王国との戦争はおそらく終結していたはずですから」

両手を腰に添えたフェリックスは自嘲気味に笑った。

フェリックスの言は誇張でもなんでもなくヨハン自身そう思う。もしもオリビアがいなかったと仮定した場合、今頃神国メキアはアースベルト帝国と全面戦争に突入していたかもしれない。それほどまでにオリビアという存在は周囲に多大なる影響を及ぼし、またそれゆえにどんな煌めく星々よりも強く激しく光り輝いているのだから。

「ま、あの少女は並みの使い手ではまず止められない。あんたも化け物じみた力を有しているが、それでも一筋縄ではいかないだろうよ」

「無論、承知しています。だからこそ彼女の情報を欲しているのです」

「それはそうだろうが、だからといって敵であるあんたに俺が素直に教えるとでも？　こちらに寝返るというならいくらでも答えてやるが」

言ってにたりと笑うヨハンに、フェリックスは盛大な溜息を落とす。そして、柄に手をかけると、再び剣を引き抜きながら呟く。

「……さすがにありえない話です。あまり腕ずくというやり方は好きでないのですが」

「まるで腕ずくなら可能とでも言いたげに聞こえるな。一応言っておくが、たとえ拷問されたとしても俺は口を割る男ではないぞ」

ヨハンも命をかけて貴重なオリビアの情報を得たのだ。現在の帝国がオリビア・ヴァレッドストームの情報をどの程度摑んでいるかは知らないが、間違いなく魔術に関しては把握していないはず。黄金の山ですら霞むほどの情報を易々と教えてやる義理も道理もない。

「それは承知しています。出会ってそう時も経ってはいませんが、あなたの人となりはなんとなくわかるつもりです。それでもあなたの意志に関係なく情報を引き出すことは可能です」

「俺の意志に関係なく？　そんなことが本気で可能だと……!?」

ヨハンは思わずフェリックスを凝視した。本人の意志に関係なく口を割らす。本来なら到底不可能な話だが、こと魔法士ならその限りではない。だが、フェリックスが魔法士でないことはアメリアの証言によって明らかになっている。

ヨハンが言葉の真意を測りかねていると、

「なにも魔法士は神国メキアの専売特許ではありません。もちろん帝国にも魔法士は存在します。もっとも少々変わり者の魔法士ではありますが……」

最後はそう言って苦笑するフェリックス。アメリアの報告書に帝国の魔法士について触れられていたことを今更ながら思い出し、ヨハンは己の迂闊さに内心で苦笑した。

（話しぶりから察するに、〝独自型〟に属する魔法士でまず間違いなさそうだが……）

魔法士は概ね四つの〝型〟に分類することができる。

ヨハンやアメリアのような戦闘型。

武器や道具などに魔法を付与する支援型。

ラーラのように戦闘型と支援型を併せ持つ万能型。

そして、それ以外の独自型だ。

さらにそこから本人の性格、思考などによって様々な系統に分かれていく。ヨハンが得意とする火炎系や、アメリアの束縛系といった具合だ。

ちなみに独自型は数少ない魔法士の中でも滅多に存在しないばかりか、未知なる部分も多いと聞く。フェリックスの言いぐさではないが、彼の人となりから判断して、到底はったりを言う人物ではないとヨハンなりに信用していた。

「それはまた厄介だな」

「そう思うのでしたら考え直していただけませんか？」

フェリックスが走り寄りながら口を開く。

「だから寝返るなら教えてやると言っているだろう。あんたほどの男なら聖天使様は三顧の礼をもって迎えるぞ？　無論、今の地位に相応しい待遇を用意してな」

耳を切り裂かんばかりの金属音と火花が飛び散る中、再度ヨハンは誘いをかけてみた。

そもそも神国メキアが小国ながらも栄華を誇っているのは、なにも良質な鉱山を多く抱えていることや、優れた加工技術を有していることだけが理由ではない。ソフィティーアは優秀であれば身分の上下に関係なく要職に就かせているのも大きな理由だ。

ラ・シャイム城〝一の門〟を守護するアンジェリカとて、元をただせば孤児院の出身である。まして相手が帝国最強と呼び声高い人物なら、間違いなくソフィティーアは手厚く遇することだろう。しかしながらフェリックスの瞳は僅かな揺らぎも見せることはない。それどころか怒りに満ちた光を帯び始めた。

「私は皇帝陛下に絶対の忠誠を誓う者。たとえこの命尽きようとも寝返るなどあり得ません。それはあなたとて同じではないのですか？」

「ふっ。違いない。聖天使様を裏切るなど死んでもお断りだ。ま、所詮俺たちは武に生きる者同士。言葉で決着がつかないのは最初からわかっていたがな」

「では決着をつけましょう」

互いに不敵な笑みを交わしながら剣を交錯させ、弾け合うように再び距離を取る。

すかさず魔法陣に魔力を注ぎ込んだヨハンは、灼熱の輝きを放つ左手を思い切り振り払った。地面という地面から勢いよく炎が噴き出すと、瞬く間にフェリックスを取り囲む。

「この炎……ただの炎ではありませんね」

フェリックスは炎蛇のごとくうねる炎を見渡しながら呟く。その姿はどこまでも冷静でいて、かつてのオリビアを彷彿とさせた。

「お察しの通りだ。どういう結果になるかは冥府でゆっくり確かめるがいい」

ヨハンが左手を強く握り込むと同時に、炎はその輪を徐々に縮めていく。それに対しフェリックスは、再び剣を鞘に戻すと腰を深く沈めた。一見すると俊足術・極を彷彿させる。だが、先ほどと違うのは右手が柄に触れている点だ。

（オリビアは魔術でもって風華焔光輪を防いでみせた。だが魔術は言うに及ばず魔法も奴には使えないはず。たとえ俊足術を使ったとしても風華焔光輪の炎は触れた途端に黒砂と化す。言ってしまえば〝詰み〟の状態だ。それなのに腹の底から湧き上がってくるこの不安感はいったいなんなのだ？）

オリビアのときは完全に油断した。同じ轍は踏むまいと油断なくフェリックスの動向を探っているヨハンの耳に、鮮烈なる声が響いてきた。

「阿修羅豪旋風ッ!!」

閃光の速さで抜き放たれた剣から竜巻の如き風が吹き荒れる。フェリックスを取り囲んでいた炎は螺旋状に舞い上がる風と共に上空へと上り、やがて空中で四散した。

（なんてこった……）

ヨハンが呆気に取られていると、フェリックスが涼やかな表情で語りかけてきた。

「おそらく今の魔法が奥の手だと見受けましたが？」

暗にまだ続けるのかと言わんばかりの口振りに、

（奴の言う通り風華焔光輪は奥の手。それをこうも易々と防ぐとは……まさに化け物だな）

剛風によって極限まで身体強化されたヨハンをしてそう思った。そして、このままでは到底フェリックスに勝てないということも。

（さてどうする？　さらに剛風を施すか？――いや、さすがに死ぬな）

ヨハンは自分を落ち着かせる意味でも自問自答する。これ以上の重ねがけを行えば確実に体の崩壊が始まる。魔法自体は神の御業であったとしても、扱うのは所詮か弱き人間である。どんなに体を鍛えたとしても自ずと限界というものはあるのだ。

ヨハンは次なる策も見いだせないまま、レピアを水平に構えていると、

「あたしのヨハンを困らせることは許さないッ!!」

怒気を振りまきながらフェリックスに向かうアンジェリカの姿をヨハンは捉えた。

「やめろアンジェリカ！　お前が敵う相手ではない！」

「でもッ――！」

悲痛な声を上げて振り返ったアンジェリカの顔が一転、喜色に満ち溢れた。

「――上級千人翔ともあろう方が随分とお困りなようで」

背後から聞こえてくるどこか人を食ったような言葉。それと同時にフェリックスの前方から巨大な蔦が無数に飛び出してくる。フェリックスはなんら動じた様子を見せることなく、自身へと伸びる蔦を素早く剣で切り裂きながら大きく後退していく。

ヨハンが振り返った先では、アメリアが剣を片手に薄青色の髪を掻き上げながら近づい

てくる。そのさらに後方からアンジェリカと同じく十二衛翔のひとりであるジャン・アレクシアと、ブラッディーソードの紋章旗を掲げる前衛部隊が姿を現した。

「アメリアちゃんアメリアちゃん！」

脱兎のごとくアメリアに駆け寄り、嬉しそうに抱きつくアンジェリカ。アメリアは辟易した様子でアンジェリカを引き離した。

「戦場でその呼び方はお止めなさい。——それにしてもまたお会いできましたね。こんなところにいるとは意外ですが光栄の極みです」

ヨハンの隣に並んだアメリアは、酷薄な笑みをフェリックスへと向けた。対するフェリックスは、表情を険しいものへと変化させる。

「アメリア・ストラストですか……。アストラ砦の件であなたには色々と思うところもありますが、さすがに魔法士二人を相手にするのは骨が折れますね」

四方八方から襲いかかる蔦を全て切り裂いたフェリックスは、ヨハンとアメリアを交互に見やりながら大きく息を落とした。

「ならば退いても一向に構いませんよ」

「意外ですね。見逃すと？」

「ええ。あなたをここで殺すのは私の予定に入っていませんから。しかるべきときに、しかるべき場所で殺して差し上げます。今は束の間の生を十分お楽しみください」

アメリアは酷薄な笑みをさらに深め、両腕を殊更に広げてみせた。どこまでも人を食った態度ではあるが、このときばかりは頼もしい限りだとヨハンは思った。

「……ではそうさせてもらいます。オリビア・ヴァレッドストームの情報を聞き出せなかったことは残念ですが、それなりに収穫はありましたから」

踵(きびす)を返したフェリックスは、悠然とした態度で立ち去っていく。あまりにも隙だらけなその姿に背後から襲うことも考えたが、結局行動に移すことはなかった。戦場である以上なんら卑怯(ひきょう)だとも思わないが、それでもヨハンの美学に反していたからだ。

（まぁ仮に背後から襲ったとしても徒労に終わるだろうが……）

それから程なくして蒼(あお)の騎士団もまた整然と後退していった――――。

「ふぅ……。正直アメリア嬢のおかげで助かった。さすがに今回ばかりはジリ貧だったからな。魔力もほとんど底をついていたし」

ヨハンはドカッとその場に座り込んだ。新鮮な空気を肺に送り込み、大きく息を吐く。かなりの負荷を体に強いていたこともあって、しばらくはまともに動けそうもなかった。

アメリアは得意げな表情でヨハンを見下ろし、手のひらを腰に当てて言った。

「ま、ひとつ貸しですよ」

「アメリアちゃん、とってもかっこよかったよー」

「またこの子は……」

アメリアは腕に絡みつくアンジェリカを鬱陶しそうに見つめながら言う。アンジェリカはにへらと笑いながら、ピョンピョンと楽しそうに体を跳ねさせていた。

(やはりアンジェリカは笑っている顔がよく似合う)

ヨハンの顔からも自然と安堵の笑みがこぼれた。

「さて、と。あとのことはラーラ聖翔に任せるとするか」

「ええ。勝ち戦となればこれ以上私たちがでしゃばる必要もないでしょうから」

そう言って二人は本隊が進撃する方向に視線を向けるのであった。

VII

ヨハンとフェリックスの戦いはアメリアの介入もあって一応の決着を見た。

一方オーギュスト率いる殿軍はというと、ラーラ率いる本隊と熾烈な戦いを繰り広げていた。後世の吟遊詩人によって語り継がれるほどの激戦であったという。

「ははは っ!　聖翔軍の小童どもめ!　その程度の腕でわしを討ち取れると思うなよ!」

バッカスが豪槍〝鬼道丸〟を縦横無尽に振りまわしながら聖翔軍の行く手を阻む。彼に立ち向かった者はそのことごとくが突き殺されるか、叩き潰されるかしてその生を終えた。

目に映る老いが偽りだと感じさせるほどの動きは、修練に修練を重ねた者だけが体得できるものであった。

「このおいぼれがッ!!　一斉に槍を突き立てろッ!!」

十人翔の命令を受け、五人の衛士たちが一斉に槍を突き立てる。バッカスは見事な体捌きでもってことごとく躱すも、転がっていた軀に足を取られて体勢を崩してしまう。

その一瞬の隙を突き、ひとりの衛士が死角である背後から一撃を見舞った。

「ぐぬうぅ……」

「今だッ！」

動きを止めたバッカスに対し、ここぞとばかりに槍を突き刺していく衛士たち。バッカスの体からとめどもなくどす黒い血が流れ落ちていく。

「討ち取ったぞッ!!」

衛士たちの顔に笑みが広がったのも束の間――――。

「こ、こいつ死なないぞッ!!」

バッカスは倒れることなく血塗れた歯を見せ、にぃっと衛士たちに笑いかける。衛士たちは刺したことも忘れ、呆然とバッカスを見つめてしまった。

戦場において心の隙はそのまま死に直結する。剝き出しになった彼らの命をバッカスは豪槍を薙ぎ払うことで次々と刈り取っていった。

「このじじい不死身かッ‼」

信じがたい光景を目の当たりにした衛士は、畏怖の表情を浮かべながら一歩、また一歩と後ずさりする。バッカスは狂気をはらんだ笑い声を上げながら豪槍を頭上で回転させると、槍把の先端を何度も何度も地面に叩きつけた。

「げぇひゃぁひゃひゃッ‼　見えるか？　わしの後ろにおわす軍神ゾルベス様の神々しいお姿が。今もゾルベス様はわしに力を与えてくださる。屑神たる女神シトレシアを崇める者など恐れるに足りんと申しておるぞ」

「お、おのれーッ‼　創造神たる女神シトレシア様を屑神だとッ‼　好き勝手言わせておけばッ‼　構わんッ‼　この死にぞこないにありったけの矢をぶち込めッ‼」

声を荒らげたのは信仰心厚い百人翔だった。憤怒に満ちた表情で唾をまき散らしながら部下に指示を出す。彼らが散々矢を浴びせかけると、最後は魂を凍てつかせるほどの不気味な笑みを残してバッカスはその命を燃やし尽くした――。

オーギュストの下にひとりの伝令兵が現れたのは、二十人目の衛士を斬り殺し、刃先が欠け落ちたときだった。

「オーギュスト閣下、バッカス中佐討ち死にしました。率いていた部隊も全滅です」

淡々と報告を行う彼の背中には複数の矢が深々と突き刺さっており、流れ出る血は今もその身を赤く染め続けている。誰の目から見ても致命傷であることは明白だ。

「奴(やつ)の最期はどうであった?」

「一歩も、ただの一歩も退くことなく実に見事な最期でした」

誇らしげな顔で答える伝令兵に、オーギュストは大きく頷(うなず)いてみせた。

「そうか……報告ご苦労。あとのことは我々に任せて貴様はゆっくり休め」

「お心遣い感謝いたします。ではお言葉に甘えて……」

そう言って伝令兵は静かに倒れ伏す。僅かに上下させていた体は静かにその動きを止めた。勇者がまたひとり戦場に散ったのだ。

「いずれ冥府で会おう」

オーギュストは折れた剣を投げ捨て、自身が殺した男の傍らに落ちている剣を拾う。それなりの階級をもつ者だったのか、質も良くしっくりと手に馴染(なじ)んだ。

「まだまだいけそうだな……」

そう呟(つぶや)くオーギュストもまた、バッカスと同じく狂気の笑みを浮かべるのであった。

ラーラ率いる聖翔軍本隊と、オーギュスト率いる殿軍の戦いが始まってから二時間が経過しようとしていた。今や狂兵と化したストニア軍は、たとえ隣の者が殺されたとしても眉根ひとつ動かさない。退かず顧みず、ただただ目の前の敵を殺しつつ前進していく。

そこにはなんの戦略も戦術もない。まるで知性なき獣のごときだ。にもかかわらず聖翔軍は進軍を阻むことができないばかりか、後退に後退を重ねていた。

(まさに死の壁といったところね。あれは生半可な攻撃では崩れない。あーあ。このまま楽に終わると踏んでいたのに……)

チラリと隣を覗き見ると、十五年来の友人が仁王立ちで戦況を見つめている。端麗な顔立ちに、ヒストリアにしか気づかないであろう僅かの陰りを見せながら。

(この様子だとしばらくラーラは動きそうもないし……仕方がないか)

内心で溜息を吐いたヒストリアは、右側の鐙を外して颯爽と白馬から下り立った。

「――行くのか?」

ラーラの問いかけに、ヒストリアは腰に差した二振りの得物を抜くことで回答とする。月のように輝く青銀色の双剣。〝蒼月〟と銘打たれた剣は、相手の懐に深く入り込むヒストリアの戦闘スタイルに合わせ、通常の剣よりもかなり短めな刃渡りとなっている。神国メキア随一の鍛冶師であるダガン・アサイラムが心血を注ぎ作り上げた逸品だ。

「仕方がないでしょう。このままだとこちらの損害も無視できないし。それともラーラの魔法で圧殺してくれる? それが一番手っ取り早いんだけど」

たとえ死の壁であろうがラーラの魔法が行使されれば一挙に崩れ去るだろう。一番確実かつ安全な方法であり、なにより楽ちんだ。

しかしながら当の本人は鼻を鳴らすと、事もなげに言い放った。

「馬鹿を言うな。狂気に身を落とさねば戦えない愚者の集まりではあるが、これはこれで絶好の機会だぞ。あっさり魔法で仕留めては元も子もない」

「絶好の機会？」

聞いたヒストリアに、ラーラは薄ら笑いを浮かべて首肯する。

「あのような者たちをどう制していくか、衛士たちにとって得難い経験となるだろう。聖翔軍をさらなる高みに上げる絶好の機会だ」

「得難い経験ねぇ……。ま、ラーラならそう言うか」

ラーラの目指すところは簡潔明瞭。聖翔軍をデュベディリカ大陸最強の軍隊へと育てることにある。それは一にも二にもソフィティーアのためであることは明白であり、たとえ反対したとしても無駄なことはわかりきっていた。

（それにしたってラーラの要求はちょっと過剰だけど。帝国には蒼の騎士団もいるし……）

ラーラの理想に付き合わされる衛士たちに多少の同情を感じながら、準備運動代わりに手首を使って蒼月を自在に回転させていると、

「久しぶりの妙技。しかとこの目で見させてもらうぞ」

ニヤリと口の端を上げるラーラに対し、ヒストリアは盛大な溜息を吐いた。

「私の剣技を大道芸かなにかと勘違いしていない？　総督様は実にお気楽なことで」

「信頼しているからこその言葉だが？」

まるで当たり前のように言うラーラに、ヒストリアは背中がむず痒くなるのを感じた。

普段滅多に人を褒めることをしない人間だけに、たとえ友人であっても気恥ずかしさを覚えてしまう。ヒストリアは慌てて取り繕った。

「はいはい。ほんと物は言いようだよね！」

「返事は一回でいい。双流剣のヒストリア」

再び忌み嫌う言葉を口にするラーラに、戦車の御者をしている男がプフと吹きだした。

ヒストリアは御者越しにラーラを睨みつけ、

「だ・か・らッ!!　その異名で呼ばないでって言っているでしょ!!」

言って死の壁に向かって颯爽と駆けていく。

怒号と喧騒が溶け込む戦場で、ヒストリアに気づいたひとりの老兵が口の端を吊り上げながら長巻を薙ぎ払ってきた。対してヒストリアは大地を舐めるように体を深く沈めてこれを回避しながら、老兵の懐にするりと入り込む。

「さようなら」

同時に右手の剣を逆手に持ち替え、老兵の頸動脈を瞬時に切り裂いた。

「…………」

間欠泉のごとく血飛沫を噴き上げてくずおれる老兵を気にした様子もなく、近くにいた三人の男たちが目をぎらつかせながらヒストリアに斬りかかってくる。最初に剣を突きつけてきた男の手首を蹴り上げると、主から切り離された剣は回転しながら宙を舞う。

さらに残る二人の斬撃を軽やかな足さばきで回避しつつ、落下してくる剣の柄に足裏を合わせたヒストリアは、そのまま蹴り抜き男の胸へと押し込んだ。

「ガヒュッ!!」

男は胸を掻き毟りながら仰向けに倒れていく。その頃には蒼月がさらなる攻撃の暇を与えることなく、左右から同時に迫る男たちの心臓を貫いていた。

「この女、かなりの手練れだぞッ!!」

どこからともなく声が上がり、狂気に染まった視線が一斉にこちらに向けられたのを感じた。ヒストリアは構うことなく両の剣を引き抜き、剣先から糸を引くように垂れてくる血を地面へと叩きつける。意味を成さない言葉を吐きながら次々と迫りくるストニア兵たちを前に、ヒストリアは軽い手招きをもって挑発した。

「ぶち殺せえぇぇぇぇぇッ!!」

猛然と得物を振りかざす彼らに対し、袈裟斬りと思えば横薙ぎ、突きと思えば逆袈裟など変幻自在な剣捌きをもってストニア兵を次々に屠っていく。天賦の才によって裏打ちされた荒ぶる剣技は、瞬く間に屍の山を築き上げていった。

「――ま、大体こんなところでしょう」

落ち着き払った態度で屍の前に立つヒストリアに、ストニアの兵士たちもさすがに警戒心が芽生えたのか、次々にその足を止めていく。

そして、その隙を見逃すヒストリアではなかった。

「足が止まった今が好機！　このまま一気に突入しなさい！」

ヒストリアは自らが切り開いた一角に剣を向けて高らかに告げる。

衛士たちは嵐のような雄叫びを上げながら進撃を再開した。

――――一万三千と五千。

ヒストリアが死の壁に穴を穿ったこと。そして、元々の兵力差があったこともあり、殿軍の死傷者が凄まじい勢いで増えていく。いくら狂気に身を落とそうが所詮は人間である以上限界は必ず訪れる。まして老兵なら尚更だ。

時間が経過するごとに殿軍は勢いを失くし、趨勢は完全に聖翔軍へと傾いていた。

「ふう。これで私の仕事はおしまい。あとはラーラに任せればいいよね」

蹂躙されつつある殿軍を尻目に、ヒストリアはラーラのいる方向へ視線を送った。

（いよいよ進退極まったか……）

僅か二百人にまで討ち減らされた殿軍は、今や完全に包囲されていた。大盾を周囲に張り巡らしながら抵抗の意思を見せる殿軍に対して、聖翔軍は徐々に包囲網を縮めていく。しばしのにらみ合いが続くかと思われた矢先、突如として包囲網の一角が開かれた。

オーギュストが固唾を呑んで状況を見守っていると、四頭立ての黒馬に引かれた乗り物が姿を現す。セシリアが口にしていた異様な乗り物であることに疑う余地はなかった。

（そうなると……）

オーギュストの視線は二人の人物を捉えている。

ひとりは黄金の鎧を身に着けた御者らしき男。もうひとりは男の肩当てに片足を乗せ、威風堂々と立っている白銀髪の女である。

「止めろ」

女は左手を水平に掲げ、停止の命令を発していた。立ち振る舞いといい、この女が聖翔軍の司令官で間違いないとオーギュストは判断した。

（しかし司令官が女だとはな。国を統べるのも女なら軍を統べるのもまた女ということか。それにしてもセシリアと大して変わらん年齢に見受けられるが……）

なんとなく腑に落ちないながらも、オーギュストはここまで生き残った側近に告げた。

「防御陣を決して崩すなよ」

側近が黙って頷くのを確認したオーギュストは前へと進み出る。女はオーギュストを一瞥すると、颯爽と乗り物から降り立った。

若き獅子と老いた獅子。時代の流れを象徴するかのような二人が向かい合う。

「貴様がこの部隊を率いていた指揮官で間違いないか？」

ハリのある若い声に、オーギュストは内心で老いを強く感じながらそうだと答えた。

「そうか。では改めて神国メキアに牙を剝いた愚か者の名を聞こう」

「……俺の名はオーギュスト・ギヴ・ランバンスタイン」

促されるままオーギュストが名を告げると、女はスッと目を細めた。

「ほう。元帥が殿を務めるなど実際聞いたことがないが……実に面白い。我は聖翔軍を率いる総督、ラーラ・ミラ・クリスタル聖翔である。その無謀なる勇気に免じて私と一対一で相見えることを許してもよいがどうする？」

こちらの身分まで明かした覚えはないが、ラーラと名乗った女は正確に階級を言い当ててきた。宣戦布告から開戦までの日数は僅かに二週間。にもかかわらず入念な諜報活動を行ったことが透けて見え、オーギュストは敵ながらも素直に感心した。

それはそれとして、ラーラの提案はオーギュストにとって渡りに船の話であった。どちらにせよ状況を覆すには総司令官を討ち取るしかないと思い定めていただけに、まさか本人から決闘の申し出をしてくるとは予想外だった。

すぐに承知した旨を伝えようとした刹那、ラーラの隣にいる銀眼の女が呆れたように口を開いた。

「さすがにそれはないでしょう。このまま蹂躙すれば済む話がどうして一対一の決闘に繋がるのですか？　全くもって理解不能です」

「そうか？　私は元帥という身分にもかかわらず殿として残った心意気を高く評価した。それに〝敵に塩を送る〟という言葉もあるしな」

「それにしたって送り過ぎですよ。どれだけ塩漬けにしたいのですか？……ま、ラーラらしいといえばらしいけど」

銀眼の女は呆れたように肩を竦めると、あっさりと後ろに引き下がった。その様子を見る限り、一対一で負けることがないと信じていることが窺える。周囲の兵士たちも冷静そのもの。動揺の色は微塵にも見せていなかった。

「――話の途中で悪かったな。で、どうする？」

視線をオーギュストに戻したラーラが改めて問うてきた。

「こちらとしては是非もない話だが……本当にいいのか？　どうやら大層腕に自信があるようだが、そういう者こそ足をすくわれるぞ」

大口を叩いた挙句、自らの剣によって倒れた者のなんと多いことか。それはオーギュストなりの純粋な老婆心から出た言葉であったが、当の本人は薄い笑みを浮かべていた。

「なるほど。元帥の言葉ともあればそれなりに聞く価値があるかもしれん。だがそう案ずるな。貴様の剣が私の体に一瞬たりとも触れることはないとここに宣言しておこう」

「……ふん。青二才の小娘が。それを人は傲慢と呼ぶのだ」

言って大上段に剣を構えたオーギュストの体を一陣の風が吹き抜けていく。ラーラはというと、剣を抜く素振りも見せずただ悠然と立ち尽くしていた。

「貴様、仮にも元帥であるこの俺を愚弄する気か。腰の剣はただの飾りではあるまい。さっさと抜いたら……よもや今になって恐れをなしたのではあるまいな？」

怒気を含ませたオーギュストの言葉に、しかしラーラは物怖(ものお)じひとつせず、飄々(ひょうひょう)とした態度で告げてきた。

「そうそう、ひとつ言い忘れたことがある」

「言葉を交わすときはとうに過ぎている。この期に及んでなんだ？」

「私は聖翔軍を統べる総督であるが、同時に魔法士でもある」

「なにッ!?」

「一対一の約束は果たした。ではさらばだ」

颯爽(さっそう)と踵(きびす)を返し、無防備な背中を晒(さら)して立ち去っていくラーラ。

ラーラの意図がまるで読めず軽い混乱に陥っているオーギュストの足元で、ドサリとなにかが落ちる音がした。視線を下げると、赤黒い剣を固く握りしめた両腕が転がっている。

あまりにも見知ったその腕に、オーギュストは数度の瞬きをした。

「これは俺の――――腕、か？」

身の異変はさらに続く。先程まで正常だった視界がいつのまにか上下にずれているのだ。

自軍から悲鳴にも近い声が沸き上がる中、蒼天のような澄み切った声が響いてくる。

「我が魔法は風を自在に操り空中に不可視の刃を作り出す。それは鋼ですら瞬時に断つ無慈悲なる刃。元帥殿に対してせめてもの手向けだ。遠慮なく受け取ってくれ」

ラーラの言葉が終わる頃には、オーギュストの体はバラバラに崩れ去っていた。

「――あとの始末はヒストリアに任せる」

すれ違いざま、ラーラは淡々とした口調でヒストリアに告げる。

溜息交じりに頷いたヒストリアがゆっくり左腕を上げると、聖翔軍は雪崩を打って動揺する殿軍へと向かっていく。

ストニア公国軍――死者四万人。

聖翔軍――死者三千人。

帝国の策謀により始まったリベラ会戦は聖翔軍の圧勝で幕を下ろした。

第四章 ◆ 初陣

I

稲妻の如き速さで拳を繰り出し、舞うように回転しながら放った蹴りは空気を切り裂く。

時は光陰暦九九七年。

茜色に染まる太陽を背に、少女が訓練場で思う存分に体を動かしていると、不意に目の前の空間が歪み、そしてバリバリと裂けながらドロドロとした黒い液体が流れ落ちてきた。

少女が動きを止めて眺めていると、黒い液体は徐々に見知った形を成していく。

『ゼット、どうしたの?』

『――今日ハ狩リニ行カナイノカ?』

ゼットが西の空を眺めながら少女に尋ねてきた。

『うん。まだ昨日の分が残っているから』

少女は訓練場の隅にある石造りの小屋を指さした。以前ゼットにおねだりして建ててもらった貯蔵庫だ。少女はこの貯蔵庫をとても気に入っていた。ゼットの魔術のおかげで貯蔵庫の中は一年中冬みたいに寒い。おかげで獲物が簡単に腐らずに済むのだ。

今も扉を開ければ血抜きをした氷漬けの吸血鳥が縄に括られてぶら下がっている。

ゼットは体を貯蔵庫に向けるも、すぐに少女へと向き直った。

『私ニ構ワズ続ケロ』

『わかった！』

少女は俄然張り切った。なにせ観察のとき以外にゼットが傍にいてくれることは数えるくらいしかない。日頃の成果を見せつけるように、少女は連続して技を繰り出していく。

『やっ!!』

最後に放った少女の上段蹴りは、ゼットの喉元で動きを止めた。風圧によりフードがはらりと落ちるも、ゼットは微動だにしない。

相も変わらず黒い靄をゆらゆらさせているだけだ。

『どうかな？』

『……最後ノ蹴リ、僅カダガ左足ガ外側ヲ向イテイタ。爪先モ若干浮イテシマッテイル。体ノ軸ガブレテイル証拠ダ。今ノ二点ニ注意シテ、モウ一回蹴リヲ放ッテミロ』

『わかった！』

指摘された箇所を意識しつつ呼吸を整えた少女は、再びゼットに向けて右蹴りを放つ。

直後、パァン！と空気が弾かれたような音と共に、ゼットのローブが派手にたなびく。

少女は思わず自分の右足を凝視してしまった。

『今ノ感覚ヲ忘レルナヨ』

ゼットがパチリと指を鳴らす。すると、少女が〝不思議で不思議な不思議箱〟と名付けている黒い渦が現れた。無造作に手を突っ込んだゼットは、真っ白でフアフアな手ぬぐいを取り出すと、少女の顔を丁寧に拭き始める。あまりに突然のことと妙な恥ずかしさも相まって、少女は足を伸ばした状態のまま固まってしまう。

『ゼ、ゼット？』

『オ前モモウ十四歳カ……』

少女の汗で濡れた手ぬぐいを不思議箱に放り込みながら感慨深げに言うゼット。いきなり顔を拭き始めたことといい、今日のゼットはなんだかおかしいと少女は感じた。

『ゼット、なにかあったの？』

少女が尋ねると、ゼットはしばらく無言を貫いていたが、

『――二週間前ノ教育ヲ覚エテイルカ？』

と、質問してきた。ゼットは復習の意味で過去の教育内容を質問することはあるが、それは観察の時間内に限られているので、とても珍しいことだった。

少女は不思議に思いながらも頭の中に構築した〝記憶の輪〟を素早く回転させて、二週間前の出来事を思い起こす。これは少女特有の記憶術だ。

『ええと。兵士の能力に頼るのではなく、勢いに乗せるための環境作りが大事ってやつか

な？』

　平地で丸太を置いても動かないが、山地で丸太を置けば勢いよく転がっていく。戦いに勝利するためには優勢になりやすい状況をいかに整えるかという教えだ。

『違ウ』

『じゃあいかに敵を騙すかって話？』

『ソレモ違う』

　戦いは騙し合いが本質。虚実を巧みに操れば弱兵であっても強兵に勝るという教え。

『あと残っているのは……アースベルト帝国がファーネスト王国のキール要塞に攻め入ったこと？』

『ソウダ。アースベルト帝国ハキール要塞ノ奪取ニ成功シタ。コノママダトソウ遠クナイ未来ニ、アースベルト帝国ガデュベディリカ大陸ヲ統一スルコトニナルダロウ……』

『ふーん』

　少女は気のない返事をした。日々の教育の中で世界情勢に関しても叩きこまれている。

　二年前、アースベルトの皇帝ラムザ十三世は、大陸統一を宣言してファーネスト王国に大軍を送り込んだ。いわゆる〝第二次大陸統一戦争〟の始まりだ。

　今は二国間の戦いが飛び火してどこもかしこも戦争をしているのは知っているけれど、少女にとっては本当にどうでもいいことだった。どちらが勝ったところでここでの生活が変わらなければそれでいいと思っている。

『もしかしてゼットはアースベルト帝国が大陸統一すると困るの？』

ゼットが何かに興味を持つところを少女はただの一度も見たことがない。そんなゼットがたかが人間の戦争に興味を抱くはずがないと思いつつも尋ねてみた。

ゼットは少女の質問に答えることなく『モウアマリ時間ガナイ』との独り言を残して虚空へと消えていく。

（時間がない？）

その言葉の意味するところは全くわからないが、ただなんとなく不安を搔き立てる言葉だと少女は思った。

ゼットが少女の前から姿を消す一年前の出来事である。

Ⅱ

ファーネスト王国　レティシア城

聖翔軍とストニア軍の戦いから一ヶ月余りが経過した頃。

新設された第八軍による軍議が開かれようとしていた。

「これから軍議を始めるよー。みんな座って座ってー」

なんとも緊張感のない声で着座を促すのは、五階級特進により少将となったオリビア・ヴァレッドストーム。ファーネスト王国の歴史においてもっとも若い将軍であり、さらには一軍を率いる総司令官であったとファーネスト王国史に記されている。

彼女が長卓の上座に腰を下ろすと、改めて第八軍に配属された将校たちも左右に分かれ、きびきびとした動作で椅子に座り始めた。

軍議に参加するのは以下の八名である。

総司令官、オリビア・ヴァレッドストーム少将。

副官、クラウディア・ユング中佐。

軍師、アシュトン・ゼーネフィルダー少佐。

ガウス・オズマイヤー少尉。

ジャイル・マリオン准尉。

エリス・クロフォード准尉。

エヴァンシン・クロフォード少尉。

ルーク・クロフォード大尉。

第八軍の総兵士数は三万五千。これは現在の王国軍において第一軍の次に戦力を有することを意味している。

どれだけコルネリアスがオリビアに期待を寄せているかがわかるだろう。

「第八軍最初の任務は──帝国領侵攻作戦である」

口を開いたクラウディアに、しかし高揚感はなかった。王国南部及び北部を帝国軍から奪還できたのは喜ばしいことだが、同時に多大なる犠牲も出している。守っているばかりでは事態が好転しないのは理解しているものの、帝国軍に比べれば王国軍に余力はないのも事実。兵数だけはそれなりに数を揃えたが、蓋を開けてみれば新兵のなんと多いことか。それだけに万が一侵攻作戦が失敗に終わった場合、手痛い逆撃を受けるのは目に見えている。最悪ファーネスト王国が滅ぶ可能性も秘めている作戦だ。

それは居並ぶ彼らも理解したのだろう。一部の者たちを除いて困惑の表情を浮かべている。さらに最終目的が帝都オルステッドの制圧だと伝えると、たまらず声を上げる者がいた。隻眼の大男、ガウス・オズマイヤー少尉である。

「いやいやいや。さすがに無理があるでしょう。今さら言うことでもないですがあえて言いますぜ。帝都オルステッドにはかの有名な蒼の騎士団が駐留しています。彼らの実力は未知数ですが帝国最精鋭の看板は伊達ではないでしょう。さらに言えば我々に敗れたとはいえ、紅・天陽の両騎士団もいまだ健在。当然我々の侵攻を阻んでくると思われます。それら全てを第八軍のみで相手にしろと？　死ねと言っているのと同じではないですか」

ガウスは自嘲気味に笑う。すると、天陽の騎士団との戦いでオリビアの影武者を務めたエリスから嘲笑めいた言葉が投げかけられた。

「はっ！　図体ばかりでかくてなっさけないわねー。男なら俺に任せとけくらい言いなさいよ。それに誰が第八軍を率いると思っているの？　絶世にして至高の美少女、オリビアお姉さまよ。オ・リ・ビ・ア・お・ね・え・さ・ま！　三騎士団はゆうに及ばず、たとえ相手が女神シトレシアであったとしても全く問題ないに決まっているじゃない」

髪の毛を元の茶色に戻したエリスは、顔が整っていることもあって大人しくしていれば深窓の令嬢然としている。そんな彼女を男たちが放っておくはずもないのだが、そのことごとくが無慈悲な舌鋒に見舞われ、最後は這う這うの体で退散していくのが常である。

「女神シトレシアってお前なぁ……」

呆れ返ったガウスの視線を一顧だにせず、陶然とした表情をオリビアに向けるエリス。そんなエリスの隣で何度も頷く男がいた。元狩人のジャイルである。

彼はオリビアの初任務から行動を共にし、今や多くの兵士を指揮する立場にある。部下たちからの評判もすこぶる良い。また意外にも頭が切れ、さらには勇気も兼ね備えている。陽気な性格も相まって、ムードメーカー的な役割も果たしている有能な人材だ。

だが、いかんせんオリビアを過剰なまでに偶像視するきらいがある。

「全くもってエリスの言う通りだな。オリビア隊長ならどんな困難でも必ず打ち破ってくれる。なぜならデュベディリカ大陸最強の戦乙女だからな。なんなら地上に舞い降りた天使と言ってもいい。異論は何人たりとも認めない」

　声高々にのたまうジャイルへ、エリスは色気のある視線を流す。

「……ふーん。確かジャイル、だっけ？　オリビアお姉さまのことをそこまでわかっているなんて中々見どころがあるじゃない。気に入ったわ」

「ああ、中々どうしてエリスもやるな」

　二人は同時にニヤリと笑みを浮かべ、どちらからともなく握手を交わす。その二人の様子にエリスの兄であるルークは呆れた表情を浮かべ、弟であるエヴァンシンは頭を抱えていた。

（また面倒な二人が意気投合したものだ。これは先が思いやられるな）

　クラウディアが溜息を落としていると、同じように溜息を落としているガウスが目に映る。顔に似合わず意外と苦労性なのかもしれないとクラウディアは思った。

　ちなみに渦中の人物であるオリビアはというと、

「ねぇ。まだかなー？　まだかなー？」

　と、振り子のように体を揺り動かしながらワゴン台に熱い視線を注いでいる。

「……そろそろ頃合いですね。本日の茶葉はレイグランツを使用しています」

「それ知ってる。神国メキア産の紅茶だよね？」

「よく御存じで」

レティシア城の裏方を取り仕切る使用人長、マリエッティ・コンテニュがすまし顔で答える。七十歳という高齢にもかかわらず、六十歳を迎えたクラウディアの祖母であるパトラ・ユングよりも大分若く見えるのは、ひとえに背筋がシャンと伸びているからであろう。綺麗に整えられた白髪と、しわひとつ見当たらない紺色を基調としたシンプルなロングドレスは、彼女の潔癖さを雄弁に物語っている。銀縁の眼鏡越しからでもわかる鋭さを湛えた瞳といい、鉄仮面と揶揄されるあのオットーが一目置くことも頷けた。

マリエッティは実に優雅な所作で青白磁のティーポットを手に取り、整然と並べられたティーカップに向けて赤橙色の液体を注ぎ込んでいく。ほのかな湯気が立ち上り、会議室に心地良い香りが漂い始める。

オリビアは「ほうっ」と熱い吐息を漏らしていた。

「レイグランツの茶葉は時間を置くと深みとコクが出てきます。二杯目はミルクを入れて召し上がるとまた格別です」

銀色に輝くミルクジャグをティーカップの隣に置くマリエッティに、オリビアは蕩けるような視線を向けた。その様子からしてもジャイルとエリスの会話は言うに及ばず、最初から話を聞いていなかったことが窺える。

クラウディアが多少の呆れをもってオリビアを眺めていると、ルークが数度の咳払いと共に話しかけてきた。

「クラウディア中佐、我々は軍人です。戦うことそれ自体に異存はありません。ですがもう少し具体的にお話し願えますか？　私もガウス少尉の懸念は至極当然のことだと思いますので」

クラウディアは首肯した。

「言葉足らずだったのは謝る。今から詳細を説明するので各自よく聞いてほしい」

エリスやジャイルの横槍が入ったおかげで話が逸れてしまったが、今まで防戦一方だった王国軍が帝国領、それも帝都オルステッドに侵攻しようというのだ。当然第八軍のみが動くわけもなく、第一、第二、第七軍を加えた総勢十二万を超える一大反抗作戦である。生命線でもある輜重兵を含めれば、実に総兵士数の八割が動員されることを意味していた。

まず作戦の第一段階として、第一軍と第七軍がキール要塞に向けて進撃を開始する。当然帝国軍はキール要塞を死守すべく、天陽の騎士団を主軸とした軍が迎撃に打って出るだろう。だが、王国軍にキール要塞を奪取する意図はない。派手に戦争を行うこと、それ自体が目的である。つまりは規模を極端に大きくした陽動だ。

そうやって帝国軍の目がキール要塞に向けられている間に作戦の第二段階を発動。本命である第二、第八軍がアストラ砦に向けて進撃を開始する。

第二軍は立ち塞がる敵の露払いであり、できるだけ第八軍を無傷な状態で帝都オルステッドに向かわせるのを主任務としている。

　そして、作戦の最終段階。第八軍は帝都を守護する蒼の騎士団と対決。これを打ち破り皇帝の座する居城リステラインを制圧すれば任務完了となる。ちなみに今回反攻作戦に参加しない第六軍は、王都防衛の任に当たることが決まっている。

　言葉にすれば容易いが、実際には多くの困難が待ち受けているのは想像に難くない。この未曾有の作戦計画を改めて聞かされた将校たちは、大いに口元を引き結んでいた。

「そして今回の作戦は神国メキアとの共同戦線でもある」

　最後にクラウディアがそう伝えると、場が一斉にざわめき立つ。オリビアが目を輝かせながら呑気に飲んでいる紅茶も、元をただせば友好の証として神国メキアから送られてきたものだ。今まで敵対する国は数あれど、ファーネスト王国に味方する国は皆無であった。しかし、それも当然のことだとクラウディアは思っている。

　群雄割拠の末期。当時のファーネスト国王であるラファエル・セム・ガルムンドが、今の帝国と同じく大陸全土を手中に収めんがため各国に軍隊を派遣し、強大な武力を背景に侵略を推し進めたという歴史がある。

　その爪痕は半世紀が経過した現在も色濃く残り、アースベルト帝国が大陸統一を宣言してファーネスト王国に攻め入ったときには、率先して協力を申し出た国もあったと聞く。それだけに彼らの反応はごく自然なものであった。

「聖イルミナス教会の総本山があるあの神国メキアで間違いないですか？」

　エヴァンシンが実に訝しげな表情で尋ねてくる。それに対してクラウディアは、軽い頷きをもって答えとした。

「王国側が協力を申し出たのですか？」

「いや、神国メキア側から共闘の誘いがあったらしい。詳しい経緯は私も聞かされていないのでわからないが……」

　ありのままを伝えると、エヴァンシンばかりでなくほかの者たちも複雑な表情を見せ始めた。彼も口にした通り、神国メキアは国そのものよりも、アルテミアナ大聖堂が鎮座する聖地として一般的には知られている。

　また、遥か西方に位置する国ということもあって情報が乏しく、クラウディアの知識も精々が神国メキア産の鉱石や装飾品などが高値で取引されているといったことくらいだ。ここに居並ぶ者たちの知識もおそらくは似たようなものだろう。

　そう思いながらクラウディアは忌々しい記憶を思い出す。亜麻色の髪に整った顔立ち。名を、そして身分を偽って祝賀会にまんまと潜り込み、オリビアに接触してきた男のことを。

　神国メキアの人間だったとオリビアに教えられたときは単純に驚いたものだが、今回公式に接触してきたことを踏まえると、一連の行動は諜報活動の一環と捉えることができる。

本当に忌々しい限りだと、クラウディアは目の前の紅茶を一気に飲み干した。

「わが軍は帝国軍に比べ人員・物資などあらゆる面において余裕がありません。神国メキアの加勢はもちろんありがたいのですが……その……」

なんとも歯切れの悪いルークの言葉を補うように、エリスが口を開いた。

「兄貴はこう言いたいんでしょう？　たかが小国の軍隊ごときが本当に役に立つのかと。下手に他軍が絡むとこちらの連携が崩される可能性も出てくるし。いかにも糞真面目な兄貴の考えそうなことで」

最後は皮肉めいた笑みを浮かべるエリスに、ルークはなにか言いたげに唇を上下に動かすも、結局は不承不承といった体で頷いた。エリスの指摘は概ね間違っていないのだが、今回に限っては杞憂だとクラウディアが伝えると、ルークが間髪容れずに問うてきた。

「杞憂とはどういうことでしょう？」

「それをこれから説明する。まずは今から配る資料に目を通して欲しい」

クラウディアが目くばせすると、控えていた従卒が手早く資料を配り始める。全員に資料が行き渡ったことを確認したクラウディアは、資料片手に口を開いた。

「今から一ヶ月ほど前の話だが、隣国のストニア公国が神国メキアに攻め入ったらしい」

「帝国の属国となったストニア公国が神国メキアに？……また随分とキナ臭い話ですな」

言ったガウスはしきりに顎を撫でつけながら資料に目を落とす。

「私も同感だ。距離からいってもあの二国間に接点があるとは思えない。どういう意図かは不明だが背後で帝国が暗躍しているのは確実だろう」

「ま、そんなところで間違いありませんね」

「だが問題はそこではない」

「と、言いますと？」

ガウスが口を開くより先にエリスが聞き返してきた。

「問題は聖翔軍――神国メキアの軍隊は聖翔軍というらしいが、六万からなるストニア軍を僅か半数の兵でもって返り討ちにしたらしい。しかもたった半日での出来事だ」

それが意味するもの。すなわち神国メキアは小国ながらも精強なる軍隊を有しているということだ。クラウディアがそう付け加えると、室内は水を打ったように静まり返る。それぞれがなにかしらの思いにふけっているようだ。

言葉にすれば易いが、実際二倍の敵を打ち払うだけでも容易なことではない。それが僅か半日ともなれば空恐ろしいものをクラウディアは感じてしまう。戦場に身を置くものであれば当然の感情だ。

「――それは実に頼もしい限りですが、神国メキアがなんの見返りもなく協力を申し出るとも思えません。そのあたりはどうなのでしょう？」

終始静かに話を聞いていたアシュトンが口を開いたことで、皆の視線が彼に集中していく。これまで数多の軍略をもって王国軍の勝利に貢献してきた彼は、非公式ながらパウルが稀代の軍師と評したこともあって、軍内部における存在感を大きく増していた。

クラウディアはアシュトンを見つめる。

今では女兵士から熱の籠もった眼差しを向けられることも珍しい光景ではない。中には露骨に誘惑してくる輩もいる。色事で腑抜けになってしまう男が少なからずいるため、クラウディアが事あるごとに追い払っているのが実情だ。

アシュトンが腑抜けに該当するかは神のみぞ知るところだが、彼もすでに二十歳。年頃の男である以上、用心に越したことはないだろう。

（もっとも当の本人は、今の現状にかなり戸惑っている様子だが）

こちらの瞳を射貫くような視線を返してくるアシュトンへ、クラウディアは咳払いをひとつしてから答えた。

「当然なにかしらの要求はあったと思う。だがこうして共同戦線が決まった以上、過度の要求ということでもなかったのだろう。それがなにか気になるのか？」

「そうですね……気にならないと言ったら嘘になります。なぜ今この時期にファーネスト王国に味方しようと考えたのか……オリビアはどう思う？」

アシュトンと同じく静かに——というよりは紅茶を飲むことに勤しんでいたオリビアは、ティーカップを置くと、事もなげに言った。

「もちろんなにかしらの意図はあると思うよ。今になって手を差し伸べてくるのはちょっと不自然だからね」

「やっぱりオリビアもそう思うか」

「うん。要求そのものが偽装の可能性も十分考えられるし」

「要求そのものが偽装か……なるほど。十分あり得る話だな」

アシュトンが遠くを見つめるように目を細めた。

「うん。真なる目的を悟らせないためにね。兵法でもよく使う手だよ」

オリビアは椅子ごと体を大きく後ろに傾けながら気楽に言う。普通なら椅子ごと倒れてしまうほどの傾きなのだが、絶妙なバランスを保っている。

相当に体の軸が鍛えられていないとできない芸当だ。

「その真なる目的とやらの見当はつくのか？」

アシュトンの質問に皆の視線がオリビアに集中していく。オリビアはどこか困ったように頬をポリポリと掻いて答えた。

「さすがにそれはわからないよ」

「てっきりオリビアのことだから、それこそ野生の勘とかでわかるかと思った」

「なんだか酷い言いようだよね。ただなんにしても警戒はすべきだと思うよ」

最後はそう締めくくったオリビアに、アシュトンは黙って頷いた。

「閣下、そのことと関連があるかは不明ですが、近々レティシア城にて盛大な晩餐会が催される予定です。その——」

「それがどうしたの？　この間も祝賀会があったばかりだし。別に珍しいことでもないよね」

　話の腰を見事に折ったオリビアは不思議そうに小首を傾げる。

「私の話を最後までお聞きください。その晩餐会にアルフォンス王は賓客として神国メキアの国主を招待したそうです」

　オリビアはティーカップの縁を指で弾きながら「ふーん」と気のない返事をする。どうでもいい情報だと思っているのだろう。

　クラウディアもここまでの話なら気に留める必要もなかったのだが。

「その国主ですが……なぜか閣下の出席を強く望んでいると聞いております」

「オリビアを？」

　真っ先に反応したアシュトンが表情を翳らす。勢いよく椅子から立ち上がったエリスは、アシュトンとは正反対の恍惚とした表情を浮かべていた。

「西方の小国にまでオリビアお姉さまの名が轟いているなんてもう最高っ！　ジャイルだってそう思うでしょう？」

「もちろんだとも。大陸全土にオリビア隊長の名が広まるのも時間の問題だな」

呆れるくらい呑気な発言をするエリスとジャイルを横目に、クラウディアはオリビアとアシュトンの会話を反芻していた。

(閣下の推測が正しいとすれば、神国メキアの国主が閣下の出席を強く望んでいること、すなわち真なる目的とやらが閣下そのものにあったとしてもそこに違和感は生じない。むしろヨハンの行動を考えればしっくりとくる。……どうやら閣下の身辺を大いに警戒する必要がありそうだな)

クラウディアの瞳に黄金の光が灯る。

その後も軍議は粛々と進み、各々がそれぞれの役割を頭に叩き込んでいく。クラウディアが解散を告げると、それぞれが決意を込めた表情で退出していくのであった。

Ⅲ

ファーネスト王国　レティシア城　コルネリアス元帥の執務室

多忙な日々を送るコルネリアスの下にひとつの情報がもたらされたのは、突き刺さるような灼熱の陽光が降り注ぐ真夏のような日だった。

「――サザーランド都市国家連合が不穏な動きを見せているじゃと？」

執務机にゆったりと腰かけるコルネリアスは、目の前に立つ眉目秀麗な金髪の若者――

ナインハルト少将を見上げた。

「はっ。正確にはサザーランド都市国家連合第十二都市、ノーザン＝ペルシラが軍を集結させています。詳しくはこちらをご覧ください」

差し出された書類を手に取ったコルネリアスは、机の引き出しから老眼鏡を取り出し、覗き見るように書かれた文字を追っていく。内容はノーザン＝ペルシラがサファ砦に兵を集結させているというものだった。サファ砦は王国の国境沿いに位置する砦。考えるまでもなく王国に対しての軍事行動であることは明らかだった。

一通り目を通したコルネリアスは報告書にサインをし、ナインハルトへと戻した。彼は恭しく受け取ると、堰を切ったように口を開く。

「いよいよサザーランドが動きだしたということでしょうか？」

「それでほぼ間違いあるまい。帝国軍が退いている今、絶好の機会とでも捉えたのだろう。――ところでこの報告書によるとノーザン＝ペルシラ以外のことは書かれていないようだが、ほかの都市の動きはどうなっているのかね？」

従卒が差し出してきたお茶を手にしながらナインハルトに尋ねた。

「現在活発な動きを見せているのは第十二都市のみです。残る都市に関しては今のところ目立った動きはないとの報告を受けております」

「そうなるとサザーランドの総意というわけではなさそうだな」

コルネリアスは安堵した。最悪のシナリオはサザーランドが全軍を挙げてファーネスト王国に侵攻してくることだ。その場合、総兵力は低く見積もっても二十万はくだらないだろう。

今の王国にサザーランドとまともに戦うだけの兵力はない。そのことは誰よりも王国軍を統べるコルネリアスが熟知していた。

「ノーザン＝ペルシラ独断の可能性が高いと元帥閣下は思われるのですか？」

「うむ。都市とは言ってもそれぞれが内政自治権を有している。おそらく今回の件にほかの都市は関知していないとわしは睨んでいる」

それでも帝国に対する反攻作戦に向けて着々と準備を進めている今このときに、王国への侵攻を企てるノーザン＝ペルシラは厄介極まりない存在だとコルネリアスは重い息を吐く。

「ご安心ください。一都市のみの戦力であればいくらでもやりようはあります」

ナインハルトの言葉はコルネリアスを苦笑させた。若者に気を使わせてしまったことに対する申し訳なさと、その気遣いを彼の副官であるカテリナに正しく向けてやれないのかという二重の意味をもつ苦笑である。

先日、たまたま廊下ですれ違ったカテリナにそれとなくナインハルトとの進展具合を尋ねたところ、しばし石像のように固まるカテリナであったが、やがて恥ずかしそうに俯きながら『そっち方面はとても疎い方なので……』と、呟いていたのが印象的だった。

（あの手の男にははっきり伝えねばわからぬとアドバイスはしてみたが……はたしてどうなることやら）

「元帥閣下、どうかされましたか？」

「ん？――いや、なんでもない。そうだな。では誰に対処を任せるか……」

誤魔化すように言いながらも、既にコルネリアスの頭の中には見目麗しいひとりの少女が浮かんでいた。彼も察したようで、すぐに苦笑いを浮かべた。

「オリビア少将率いる第八軍ですね」

「うむ。予定にはなかったが初陣を飾るにはまたとない機会だからな」

ランベルトは今もオリビアが第八軍を率いることに納得はしていない。既に決定事項のため批判めいたことを口にする男ではないが、それでも付き合いが長いだけに彼の心境が手に取るようにわかってしまう。

ここで第八軍の実績を示せば、さすがのランベルトも納得せざるを得ないだろう。

「ではオリビア少将を呼び出しますか？」

「ふむ……彼女は今どこに？」

「今頃は郊外の練兵場にいるかと。新兵たちに訓練を施している時間なので」

「では練兵場まで会いに行くとするか」

肘掛けに手を掛けながらコルネリアスはゆっくり立ち上がった。ナインハルトが慌てて手を差し伸べるのを、軽く左手を上げることで拒否する。

「なにも元帥閣下自ら足をお運びにならずとも……」

「なに、オリビア少将が新兵たちにどのような訓練を施しているか興味もあるしな」

個としての並み外れた武力のみでなく、戦略・戦術眼も尋常ならざるものと聞いている。さらに独立騎兵連隊を短期間で精鋭に育て上げた手腕は見事の一言に尽きる。コルネリアスも武に半生を捧(ささ)げた身。気にならないといったら嘘になるだろう。

「では私もお供します」

即座に同行を求めるナインハルトへ、コルネリアスは静かに告げた。

「杖(つえ)がいるほど耄碌(もうろく)はしていないつもりだが？」

ナインハルトは各軍の調整役として日々多忙を極めている。そんな彼を気遣ったコルネリアスなりの拒否であったのだが、しかしナインハルトは一瞬困ったような表情を浮かべ、すぐに顔を引き締めて再度同行の許可を求めてきた。

（やれやれ。これ以上は無駄なようじゃな）

内心で溜息(ためいき)を吐(つ)きながらも同行を許可するコルネリアスであった。

Ⅳ

　レティシア城郊外にある練兵場に到着すると、勇ましい声と共に異常ともいえる光景をナインハルトは目にした。声の主がクラウディアであることはすぐにわかったのだが。

「あれは訓練なのか？」

「訓練、だとは思うのですが……」

　酷く困惑したようなコルネリアスの問いに、ナインハルトも正直答えようがなかった。なにしろ全身鎧(よろい)を身に着けた新兵たちを複数の獣が追いかけているのだ。ともすればなにかのショーのように見えなくもないが、新兵たちからすればたまったものではないだろう。

「あの獣、わしの目が正常なら夜眼白狼(やがんはくろう)に見えるのじゃが……」

　思いもよらぬ言葉に振り返ると、顔を強張(こわば)らせるコルネリアスと目が合う。滅多に見ることない常勝将軍の表情に、ナインハルトは再び獣に視線を移した。

（……本当だ。あれは夜眼白狼で間違いない。これはどういうことだ？）

　夜眼白狼は紫色の瞳と輝く白銀の毛で覆われた危険害獣一種の獣である。人類への脅威度は比較的低いものの、それでも危険害獣二種に比べればという話だ。群れを成せば人間など瞬く間に骨と化す恐ろしい獣であることに違いはない。

　無論、人間に懐くなどあり得ないことで、いわんや飼い慣らすなど到底不可能である。

（もっとも飼い慣らそうとする人間などいるはずもないが……）

とにかく事情を聞こうとナインハルトは声を張り上げるクラウディアに視線を移す。すると、壇上の脇でしゃがみこんでいたオリビアがこちらに気づいたらしい。

小枝らしきものを放り出すと、元気に手を振りながら土手を駆け上ってきた。

「お魚――ナインハルト少将とコルネリアス閣下だ。訓練の様子を見に来たの？」

笑顔で尋ねてくるオリビアに、ナインハルトは数度の咳払いをした。

中央戦線の功によりナインハルトも少将に任じられた。よって互いに敬語を使う必要はなくなったにしても、元帥であるコルネリアスは違う。オットーのように口うるさく言うつもりもないが、それでも最低限の礼は失するべきでない。

「――じゃなくて訓練の様子を見に来たのでありますか？」

オリビアは咳払いの意図をすぐに察してくれたらしい。軍靴の踵をカツンと鳴らし、見事な敬礼を披露した。初めて出会った一年半前に比べれば随分空気を読むようになったと、ナインハルトはオリビアの成長に感慨深い気持ちになった。

「それもあるがオリビア少将にちと話もあってな」

「そうなんでありますか！」

「ところであれは訓練で間違いないのかね？」

盛大に泣き叫ぶ新兵たちに視線を送りながらコルネリアスは問い質す。オリビアも一瞬視線を練兵場に向けると「訓練です」と短く答えた。

三人の間にしばしの沈黙が流れる。新兵たちの声がやたら耳に届く中、コルネリアスはせわしなく髭をしごきながら改めてオリビアに問い質した。

「あの兵士たちを追い立てている獣は夜眼白狼だと思うが……相違ないか？」

「はい。夜眼白狼で間違いありません」

あっさりと夜眼白狼であることを認めたオリビア。きょとんとした表情から察するに、それがどうしたと言わんばかりだ。

二人が思わず顔を見合わせている前方で、「ほらほら！　死ぬ気で逃げないと夜眼白狼の餌になってしまうぞ！」と、クラウディアの物騒な声が響いてくる。壇上のすぐ近くでは、アシュトンに向かって必死に訴えている者たちも見受けられた。

（さすがに見て見ぬふりというわけにもいかないか……）

オリビアは名実ともに第八軍の総司令官。訓練のやり方にいちいち口を挿むべきではないが、さすがにこの状況を捨ててもおけなかった。

「オリビア少将、クラウディア中佐の言い草ではないが、あのままだと本当に食べられてしまうのではないか？　私にはなんの訓練を施しているのかまるで見当もつかないが、いくらなんでもやり過ぎではないか？」

新兵とはいえ貴重な兵士であることに変わりはない。訓練の結果夜眼白狼の餌になりました、では済まされないのだ。当然オリビアも承知していることだとナインハルトは思うのだが、それでも問わずにはいられなかった。

「え？　食べないよ。新兵たちには内緒だけど、人間は食べるなって教えているから」

だが、忠告などどこ吹く風。オリビアは相も変わらず平然とした口調で言う。しかしながら発せられた言葉の内容は、ナインハルトを困惑させるには十分だった。

「教えているというのは夜眼白狼に？」

「もちろんそうだよ」

いつもながら想像の外を行く発言にナインハルトが困惑を深めていると、証拠を見せると言って口の端に指をあてがったオリビアは、勢いよく口笛を吹き鳴らした。それと同時に、あれだけ新兵を追い立てていた夜眼白狼がピタリとその動きを止める。そのまま首をゆっくりとこちらに傾けた夜眼白狼は、猛烈な速さで迫ってきた。

「むっ!?」

「元帥閣下ッ!!」

咄嗟にコルネリアスを背に庇いつつ剣を引き抜いたナインハルトへ、オリビアは「平気だって」と、呑気に笑いながらその場にしゃがみ込み大きく手を広げてみせた。

夜眼白狼はオリビアに襲いかからんばかりの勢いで飛びかかり――――。

「あははっ！　そんなに舐めたらくすぐったいよー」

押し倒されながらもオリビアは、心底楽しそうに足をばたつかせていた。少なくとも眼前の夜眼白狼にオリビアを食い殺そうという気配は感じない。それどころか甘えるような鳴き声を発しながら頭をすり寄せているのだ。

まるで白昼夢でも見ているかのような光景に、ナインハルトは二の句を継げなくなる。代わりに口を開いたのは、額に脂汗を滲ませるコルネリアスだった。

「その夜眼白狼は本当にその……大丈夫なのか？」

ゆっくり半身を起こしたオリビアは、夜眼白狼の頭を優しく撫でながら言った。

「うん。さっきも言ったけど人間を絶対に食べないよ――です。その代わりにちゃんと好きなご飯もあげていますし。わたしは美味しくないからあんまり好きじゃないですが」

「好きなご飯？」

夜眼白狼が好む餌など知る由もない。というか考えたことすらなかった。コルネリアスが聞き返す横でナインハルトが多少の興味を抱いていると、

「うん。丁度ご飯をあげる時間だから一緒に来る――じゃなくて、来ますか？」

オリビアがズイと顔を近づけてくる。二人はオリビアに気圧されるような形で頷いた。

「では一緒に参りましょう。――クラウディア！」

オリビアの呼びかけに、クラウディアは慌てた様子で土手を駆け上ってきた。

「出迎えもせず失礼いたしました！」

開口一番非礼を詫びてくるクラウディア。ナインハルトは予定になかった訪問なので問題ないと告げた。

「これからミケとタマとポチにご飯をあげてくるからしばらく休憩ね」

「はっ、了解しました。――ところで元帥閣下も行かれるのですか？」

「うむ。そのつもりじゃが」

「そうですか……」

クラウディアはそう言って心配そうにコルネリアスを見つめる一方、自分に対してはニヤリとした笑みを向けてくる。まるで悪戯を仕掛けた子供のような笑みだ。

（妙だな。なにかあるのか？）

気になったナインハルトが声をかけようとしたところ、アシュトンの呼ぶ声に応えたクラウディアは、そそくさと練兵場に戻ってしまった。

「では参りましょう」

訝しむナインハルトを尻目に、オリビアは足早に歩を進めていく。オリビアの周囲を守るかのように歩く夜眼白狼の姿はさながら親衛隊のごとしである。

一定間隔で振り返ってはこちらの様子を窺ってくるのが本当に不気味だった。

（今さらながらとんでもないところに来てしまった。元帥閣下をおひとりで行かせなくて本当に良かった）

ナインハルトからすれば、いくらオリビアに太鼓判を押されようとも所詮は獣。しかも、危険害獣一種ときている。その辺の獣とはわけが違うのだ。獰猛な爪と牙がいつこちらに向けられるかわからない以上、警戒を絶やすことなどできようはずもなかった。

二人で一定の距離を置きながら小さな花が咲くのどかな小道を進んでいくこと約五分。右手の山肌に大きな口を開けた洞窟が見えてきた。

洞窟に向かって方向転換したオリビアは、意気揚々と歩を進めていく。

「あの洞窟が目的地なのか？」

「そうだよ」

あくまでも夜眼白狼を刺激しないよう声を小さくして尋ねるナインハルトに、オリビアは真っ直ぐ前を向いたまま「洞窟の中は涼しいから食べ物を保存しておくにはちょうどいいんだよ」と、あっけらかんとした口調で答える。

程なくして洞窟の入口にたどり着いた三人と三匹。オリビアの「いっておいで」との声に、夜眼白狼は涎を垂らしながら洞窟の奥へと駆けて行った。

「我々も行きましょう」

オリビアに促されるまま洞窟内に足を踏み入れると、ナインハルトの体はひんやりとした空気に包まれた。

「本当に涼しいな」

「でしょう？　ここはお昼寝をするにも絶好の場所なんだよ」

得意げに言いながらも、オリビアは洞窟の奥へと進んでいく。入口の広さに比べて洞窟内は思いのほか浅く、少し歩くと三人はすぐに最奥へとたどり着く。

日の光も松明(たいまつ)を必要としないほどには届いていた。

「オ、オリビア少将、あれが、あれが夜眼白狼(やがんはくろう)の好物なのか？」

「うん、美味しそうに食べているでしょう」

コルネリアスが息も絶え絶えに指を差し示す先には、美しい黄金の毛皮と鋭利な一本角が象徴的な巨獣が力なく横たわっていた。

（見間違うはずもない。あれは、あれはまさしく一角獣……！）

在りし日の感情が一気に溢(あふ)れ出し、背中に冷たい汗が滲んでくる。ナインハルトが危険害獣二種である一角獣と邂逅(かいこう)するのはこれで二度目である。

一度目はナインハルトが士官学校を首席で卒業してから半年後のこと。

突如として里に現れた一角獣の討伐を命じられたナインハルトは、百人の手練(てだ)れと共に一角獣と壮絶な戦いを繰り広げることとなる。最終的にはナインハルト自身も手傷を負いながらも、八割以上の兵士を犠牲にしてようやく討伐に成功した。

人々はこぞってナインハルトを英雄ともてはやしたが、当時は流した血の量の多さにもっと上手(うま)くやれたのではないかと落ち込んだものである。

（あの忌まわしい悪夢のような一角獣を再び目にするとはな……）

ナインハルトは自分を落ち着かせる意味で大きな深呼吸をひとつする。酷く疲れた様子のコルネリアスが手頃な岩に腰を下ろす一方、オリビアは一角獣のはらわたを貪り食う夜眼白狼を笑顔で眺めていた。

「まさか新兵たちと一緒に一角獣を討伐したのか？」

そう聞いてはみたものの、新兵がいくらいようとも一角獣相手にどうこうできるとはさすがに思えない。案の定オリビアは、新兵たちは全く関わっていないと答えた。

そうなると導き出される答えはひとつである。

「オリビア少将が単独で仕留めたのか？」

「うん。この辺りの山や森にはあんまりいないみたいで、探すのに結構苦労したけれど」

なんでもないようにカラカラと笑うオリビア。ナインハルトは戦慄した。

思い起こせばランブルク砦奪還作戦の折、運悪く一角獣と遭遇したがオリビアによって瞬殺されたとの報告書があった。そのときは新兵による報告書ということもあって気にも留めていなかった。実際、一角獣と類似している獣がいないわけでもない。が、目の前に横たわる一角獣を見れば否が応でも信じざるを得なかった。

ひとしきり一角獣の肉を堪能したのか、夜眼白狼は再びオリビアの下に集まりだす。それぞれが満足したようにオリビアの足に頭をこすりつけていた。

「みんなお腹一杯になったみたいだね。――では練兵場に戻りましょうか？」

「戻るのは一向に構わんが、その前に先ほどの訓練の意味を教えてもらってもよいかね？わしにはなにをしているのかまるで見当がつかなくてな」

疲労感を滲ませたコルネリアスの問いに、オリビアは足腰の鍛錬だと告げた。

戦いを制するのは力でも技でもなく速さだとオリビアは言う。個は言うに及ばず、速く動ける軍はそれだけ敵の虚をつくことができるというのが彼女の持論だ。夜眼白狼を訓練に用いるのは足腰の鍛錬もそうだが、恐怖を飼い慣らすためでもあるらしい。

聞けば発案者はアシュトンらしいのだが、彼らしくない危険な思想にナインハルトは大いに首を傾げた。「わたしは夜眼白狼なんて野良犬とそんなに変わらないと思う」とのオリビアの発言には、二人ともただただ閉口するしかなかった。

V

クラウディアが訓練の終了を告げたとき、新兵は茜色に染まる地面に倒れ伏していた。すすり泣く新兵たちを尻目に、オリビア、クラウディア、アシュトンの三名は、コルネリアスが待つレティシア城に向けて歩を進めていた。

「はぁ……」

「アシュトンって溜息が好きだよね。これで十回目だよ」

「なに律儀に数えてんだよ。大体好きで溜息吐く奴なんかいるわけないだろ」

「じゃあなんで溜息ばっかり吐いているの？」

「……コルネリアス元帥閣下がいきなり来るなんて聞いてないよ」

さすがに夜眼白狼を使った訓練はやり過ぎだったと反省するアシュトンに、先頭を歩くクラウディアが重い息を吐いて振り返る。

「今さらなにを言っているのだ？　過ぎたことを口にしたところで意味はないだろう」

「そりゃまぁそうですけど……そもそもオリビアがいけないんだぞ。野良犬よりも夜眼白狼をけしかけたほうが訓練になるなんて言うから」

アシュトンがどこか恨みがましい目で見つめてくる。とんだ言いがかりだ。

「アシュトンも真面目な顔で『それはいいな。より訓練に身が入る』って言ってたじゃない。知ってる？　そういうの手のひら返しって言うんだよ」

オリビアはこれみよがしに両の手のひらを返してみせた。

「あのなぁ。そんなの冗談に決まっているだろう。本当に夜眼白狼を連れてくるなんて普通誰も思わないぞ。――クラウディア中佐だってそう思いますよね？」

「まぁ、確かにそうだな」

クラウディアはぎこちなく笑う。

「なんで冗談だと思ったの？」

　夜眼白狼はデュベディリカ大陸に広く分布している。別に見つけることは難しくないし、実際近くの森林で夜眼白狼の群れと簡単に遭遇した。

　オリビアはその内の三頭を捕まえて練兵場に連れて来たのだ。

「なんでって夜眼白狼は危険害獣一種の獣だぞ。そこらの犬猫を連れてくるのとはわけが違うだろ」

　アシュトンたっての希望ということもあって、訓練のとき以外は新兵たちが鬼気迫る勢いで作った大きな檻の中に夜眼白狼を入れている。オリビアからすれば甚だ不本意だ。獣は外で元気に駆けずり回るのが自然なのだから。

「別に危険じゃないもん。ミケもタマもポチも可愛いし」

「なにがミケにタマにポチだ。夜眼白狼に愛らしい名前をつけるな」

「別にいいじゃない。それにわたしが言った通り新兵だって食べなかったでしょう？」

「当たり前だ！　万が一にも餌になっていたら今頃大騒ぎになっている。大体、夜眼白狼を可愛いなんて評するのは世界広しといえどオリビアくらいなもんだぞ」

　そう言って呆れるアシュトン。オリビアは内心で首を傾げた。愛らしい紫紺の瞳に、夏雲を全身に巻きつけたかのようなモフモフの毛。可愛い要素がてんこ盛りだ。

「そんなことないもん。――あ、クラウディアならきっとポチたちの可愛さをわかってくれるよね？」

「私ですか？――閣下の統制下にありますので今のところポチたちに危険は感じていませんが、さすがに可愛いとまでは……」

困ったような表情で視線を逸らすクラウディア。それみたことかと言わんばかりにアシュトンがうんうん頷いている。オリビアは即座に反論した。

「え？　それは絶対におかしいよ」

「なにがおかしいのですか？」

「だってクラウディアの部屋にはポチたちに似たぬいぐっ――!?」

不意に伸びてきたクラウディアの手に引き寄せられ、オリビアの口が問答無用で塞がれる。突然のことに動揺するオリビアの耳に、クラウディアが唇を寄せて囁いた。

「閣下、突然どうかされたのですか？」

いきなり口を塞いでおいてどうしたもこうしたもないと思うが、絶対に今のクラウディアは夜叉に変身している。怖くて顔を見ることはできないけれどそれはもう間違いなく。なによりもアシュトンの顔が引きつっているのが動かぬ証拠だ。

最近はアシュトンもクラウディアの夜叉化がわかってきたようで、なるべくクラウディアを変身させないようにと二人で示し合わせている。もちろんクラウディアには内緒で内緒だ。

オリビアがすぐさま両手を上げて害意のないことを示すと、クラウディアの手がゆっくりと離れていく。おそるおそる顔を覗き見ると、そこには真面目な顔をしたいつものクラウディア。どうやら変身は解かれたらしい。

(今日は変身が短くて良かった。……でもなんで夜叉に変身したんだろう？)

疑問に思いつつもオリビアはホッと胸を撫で下ろす。

「そ、そういえばコルネリアス元帥閣下とナインハルト閣下は訓練の様子を見るためだけにわざわざ練兵場まで足を運んだのでしょうか？」

最近空気を割と読むようになったアシュトンの質問に、クラウディアは苦笑する。

「作戦に向けて元帥閣下もナインハルト兄――少将閣下もご多忙の身だ。さすがに訓練を視察している暇はないと思うが……」

暁の連獅子と名付けられた帝国に対する一大反抗作戦。オリビアは帝都オルステッドの制圧を課せられている。そのためには帝国軍最精鋭と謳われる蒼の騎士団を倒さなければいけない。クラウディアが連日必死になって新兵たちを鍛えているのもそのためだ。

オリビアも蒼の騎士団を率いるフェリックス・フォン・ズィーガーのことはよく知っている。キール要塞で行われた捕虜交換のときに一度見ただけだが、あの顔は絶対に忘れない。後にも先にもオリビアが警戒した唯一の人間なのだから。

「――――ないのか？」

「ん？　なになに？」

「話を聞いていなかったのかよ」

　アシュトンが白い目を向けてくる。

「あはは。ごめんごめん。それでなにかな？」

「オリビアはコルネリアス元帥からなにも聞かされていないのか？」

「ああ、そのこと。なんかね。よくわからないけど大事な話があったらしいよ」

「大事な話？　ならなんで話さずにそのままお帰りになったんだ？　ここだけの話、どちらにとっても二度手間だと思うけど」

「確かに妙な話だな……」

　まるで示し合わせたかのごとく同時に腕を組むクラウディアとアシュトン。最近の二人は息ピッタリだ。なんだか嬉しくなったオリビアは二人の仕草を真似ながら言った。

「よくはわからないけど疲れたらしいよ」

　練兵場へと戻る道中、オリビアは改めて城へ出向くようコルネリアスに命じられた。レティシア城と練兵場はそこそこ離れている。オリビアにとってはどうってことのない距離だが、コルネリアスはかなりのおじいちゃん。きっとそれなりに堪えたのだろう。

「そりゃ疲れるわ。夜眼白狼もそうだけど、一角獣なんか見させられた日にはな」

「さすがのコルネリアス閣下も一角獣には度肝を抜かれたに違いない」

クラウディアとアシュトンはお互いに苦笑している。

「なんで一角獣を見たら疲れるの？」

がっかりするのなら話もわかる。一角獣は食べてもあんまり美味しくないから。

「あのなぁ。オリビアは見慣れているかもしれないけど、普通の人間はそうそうお目にかかる代物じゃないの。むしろ、一生お目にかかりたくないの」

そう言って、アシュトンは体をぶるりと震わせた。

「私もアシュトンに聞くまでは冗談の類だろうと思っていました」

どこか遠い目をしながらクラウディアがしみじみと答える。結局疲れる理由はわからないままだけど、さして気にもならないのでそのまま流すことにした。

「ま、お城に行けばコルネリアス閣下がまた美味しいお菓子を出してくれるかもしれないし、わたしは二度手間でも全然構わないけど」

二人の腕を自らの腕に引き寄せたオリビアは、にししと笑う。


その後コルネリアスの執務室に出向いた三人は、ノーザン＝ペルシラ軍がファーネスト王国に向けて侵攻する可能性大であると伝えられた。侵攻の際は第八軍に討伐命令が下されることがわかると、アシュトンとクラウディアに緊張が走る。

オリビアだけがなにも置かれていないテーブルで、ひとり大きく肩を落とすのであった。

第五章◆ヴィラン会戦

I

光陰暦一〇〇〇年　炎天の月。

サファ砦を発したアーサー重銀将率いるノーザン＝ペルシラ軍は、国境を接するファーネスト王国南部、フェルドナ丘陵から満を持して侵攻を開始した。

総兵力はおよそ四万。アーサーは小規模な砦を制圧しつつ北北東に進路を取りながら、現在は三日月の形をした《シス湖》で休息を兼ねた軍議を開いていた。


「至急お伝えしたいことがあります」

ひとりの兵士がアーサーの側近であるラジー・ハイル銀将に耳打ちする。ラジーは二度三度と頷くと、神妙な顔でアーサーに近づいてきた。

「なにかありましたか？」

「斥候部隊が王国軍の脱走兵を何人か捕らえたようです。そのうちのひとりが自分と部下の命を助けてくれるなら有益な情報を我々にもたらすと言っているようですが……いかがいたしますか？」

「有益な情報？　脱走兵の情報などあまり期待はできませんが……まぁいいでしょう。その者をここに連れてきなさい」

「はっ」

ラジーが兵士に指示を与えると、縄を打たれた脱走兵が時を置かずに現れる。悪びれた様子もない脱走兵に対し、アーサーはまず問うた。

「脱走とはあまり感心しませんね。見たところ勇猛そうですが」

目の前の男は理知的な光を瞳に宿していた。そして、一切無駄のない引き締まった肢体。少なくとも無能ではないと感じさせる風貌の男は、しかしここぞとばかりに含み笑う。

ラジーは不遜な男の態度を窘めつつ、この男の階級が大尉だと耳打ちしてきた。

「これ以上沈みゆく船に乗るのはごめんですから」

「沈みゆく船か……その表現は概ね正しいが、そもそも貴様にファーネスト王国に対する忠誠心はないのですか？」

王国の現状を鑑みれば脱走もわからなくはない。ただし、強制徴募された兵に限っての話だ。裏付けがあるわけではないが、様相からしても大尉であることに疑いはなかった。つまり雑兵とは訳が違う。いかに王国軍が斜陽の一途をたどっているとはいえ、大勢の兵を率いる士官が簡単に脱走するのは情けない限りだとアーサーは思ってしまう。

「忠誠心ですか……。忠誠心とは捧げる相手がいてこそ持ち得るもの。残念ながら今の王国では忠誠心を持つことそれ自体が叶いません」

脱走兵の言葉にはアーサーも一定の理解を示した。アルフォンス・セム・ガルムンドの愚王振りはアーサーの耳にも届いている。

忠誠心を刺激する対象に程遠いのは考えるまでもないだろう。

「その件はいいとしましょう。では改めて有益な情報とやらを教えてもらいましょうか」

「その前にお約束ください。部下共々必ず命は助けると」

「それは内容次第です」

「必ずご満足いただけると確信しています」

「それを判断するのは貴様ではないが……まぁいいでしょう」

たかが虫けら数匹の命を見逃したところで大勢に影響が出るはずもない。

アーサー・マウ・フィンの名をもって約束を守る旨を告げると、脱走兵は唇を滑らかに動かしていった――――。

「――大方総督が予想した通りの展開ですね」

ラジーが驚いた様子でアーサーを見つめてくる。話を聞き終えた居並ぶ将たちの反応も似たり寄ったりであった。

「別に驚くことではないでしょう。帝国軍との戦いで兵力が絶対的に不足していることはわかりきっていることですから」

「ですが僅か一万の兵力しか用意できないとは……獅子(しし)の国も落ちぶれたものです」

すでにノーザン＝ペルシラ軍は三つの小規模な砦をただの一兵卒も損なうことなく制圧している。それはとにもかくにも敵兵がおらず、まさにもぬけの殻状態であったためだ。

大軍に対して籠城策がいつも正しい選択だとは限らない。籠城というのはあくまで援軍ありきの策だからだ。それでも堅固な砦と守備たり得るだけの兵士、そして、潤沢な兵糧を備蓄していれば退けることは可能かもしれない。

だが、これまで制圧した砦はどう見ても群雄割拠初期の代物だった。お世辞にも堅固とは言えなく、ましてサザーランドによる経済封鎖は今もって続いている。潤沢の兵糧など今の王国にとっては夢のまた夢だろう。

実際食糧庫を開けてみると、パンの一欠片(ひとかけら)さえ残されていなかったとの報告を受けている。兵力もなく食料も乏しい。必然、王国軍の戦略は限られており、それは戦力を集中した奇襲であることは脱走兵の言葉からしても明らかであった。

「それで王国軍はどこに布陣する予定ですか？　ちなみにこのあたりだと私は踏んでいるのですが？」

机上に広げられた王国南部の地図、その一点をアーサーは手にした指揮棒で指し示した。

――ギャロック渓谷。

現在の場所からだと二日ないし三日の距離に位置するギャロック渓谷は、マドロス川の浸食により形成された鶴翼型の大渓谷である。寡兵で迎え撃つには絶好の地だ。

「閣下のおっしゃる通り、王国軍はギャロック渓谷に布陣する予定です」

脱走兵は即座に肯定した。

「では話は簡単です。ギャロック渓谷を迂回しましょう」

隣接するカルバディア丘陵、もしくはオルストイの森を抜ければヴィラン高原へと出る。そのまま南下すれば敵の背後を突くことが可能だと、ラジーは地図を指でなぞりながら言う。側近らしい実に堅実な策を提示するラジーを、しかしアーサーは一蹴した。

「迂回していては時間がかかり過ぎます。このままギャロック渓谷に向かいます」

「このまま、ですか?」

ひとりの硬銀将から疑問の声が上がる。

「このままです」

「ではあえて敵の罠に飛び込むと言うのですか?」

ラジーのみならず脱走兵もまた、驚きの目でアーサーを見やった。居並ぶ将たちの間にもさざ波のような動揺が広がっていく。

「このままと言いましたが、もちろん全軍ではありません」

「と、言いますと？」

アーサーが語った作戦案は概ね次のようなものだった。
・軍を二手に分け、アーサー率いる二万の本軍はそのままギャロック渓谷に向けて直進。待ち受けている敵と一戦交える。
・残りの二万はバルゼ金将に預け、ギャロック渓谷を左右から同時に迂回させる。ヴィラン高原にて合流後、すみやかに南下し、敵の後背を突くという算段だ。
「お任せください。このバルゼ、見事敵の背後を突いて見せましょう」

猛将で知られるバルゼは、厚い胸板をことさらに叩いて断言した。一方ラジーは、思考を巡らすときの癖である眉を執拗に撫でながら口を開く。

「二万の軍勢をさらに分けて左右から迂回させるのですか？　どちらか一方ではなく？」

「敵が同じ手を打ってくる可能性もゼロではありませんから。ただそうは言っても兵力は精々数千でしょう。対してこちらは一万。負けることなどまずあり得ません。敵は挟撃に失敗し、少ない兵と士気をさらに失うことになります」

「総督のお考えは理解しましたが……そもそも敵はどんな罠を仕掛けてくるのでしょう」

「それがわかれば苦労はしませんが、要は敵に先手を取らせなければよいのです」

あえて砦に固執せず放棄したことからも、敵の指揮官はある程度優秀であることが窺える。そして、優秀であればあるほど活路を見出そうとするものだ。それこそが敵が仕掛ける罠なり奇襲だが、対するアーサーは〝隙〟という餌を鼻先にぶら下げてやればいいと考えている。自ら立てた戦術を放棄してしまうほどの魅力的な隙を。

あとは蛾が篝火の光に吸い寄せられるように集まってくるところをバルゼと共に叩けばいいとアーサーは説明した。

「――なるほど。相手の動きを誘導して逆に罠を張るのですね」

「隙を晒す箇所を限定すれば進撃ルートは容易に推察できます。あとは型にはめればそれで終わりです。もしかするとバルゼの到着を待つことなく決着がつくかもしれませんね」

「王国軍の出方によってはそれもあり得ます。たとえ敵が慎重に慎重を期してこちらの誘いに乗らなかったとしても、結局は挟撃の憂き目に遭う。二段構えというやつですな」

「そういうことです、いずれにせよ近いうちに女王陛下へ良い報告ができそうです」

ドレイク重金将はあずかり知らぬことだが、早々に事を成し遂げた暁には重金将に昇格、さらには序列第一位がカサンドラより内々に約束されている。つまりドレイクに成り代わり、アーサーがノーザン＝ペルシラ軍の頂点に立つということを意味していた。

(とりあえず最初の仕事はドレイクを含めた化石共の一掃ですね。そのあとは――――)

アーサーが内心でほくそ笑んでいると、

「――――った通りになった……」

「ん？　なにか言いましたか？」

声を発した脱走兵の目には、なぜか畏敬の波が漂っている。

「いえ……閣下のような者と相対する王国軍は哀れだなと言いました。やはり脱走して正解です」

口を歪めて奇妙に笑う脱走兵。

アーサーにはどうにも癇に障る笑い方であった。

Ⅱ

王国南部　サルトニア地方　カイザルの屋敷

「本当に大丈夫なんだろうな？」

王国の南西部に広大な領地を所有するカイザル・フィン・サルトニア辺境伯は部屋を何度も往復した後、整った顔立ちをした若い士官――エヴァンシンに詰め寄った。

エヴァンシンが数名の部下と共に屋敷の門を叩いたのは今から一週間前。ノーザン＝ペルシラ軍が侵攻を始める半月ほど前のことである。

「そこはご安心ください。オリビア閣下は若いですが戦略・戦術に長けています。決してサルトニア辺境伯の期待を裏切ることはございません」

自信満々で述べるエヴァンシンは、慇懃に頭を下げてくる。カイザルはその身を深くソファーに沈めると、テーブルに置かれた一通の封筒を一瞥する。

流麗な文字でコルネリアス・ウィム・グリューニングと書かれた封筒を。

「そこだ。私が以前から危惧している点は。十六歳の少女が一軍を率いる総司令官？　わしでなくともなんの冗談かと思うぞ。安心しろというのが土台無理な話なのだ……」

新たに新設されたという第八軍。知己であるコルネリアスが全幅の信頼を寄せているとエヴァンシンが携えてきた手紙に書かれていたため、カイザルは少女の指示に従って各砦に配置している兵士の撤退を渋々ながらも承諾した。

本来であれば侵略者に対して一戦も交えずに引くなど絶対にあり得ない。先代たちが手塩にかけて育て、そして守り抜いてきた領地であればなおさらだ。

「砦を全て放棄したことで敵もさぞかし驚くに違いない。――いや、腰抜けも度が過ぎると、敵の司令官はあざ笑うことだろうよ」

カイザル自身も皮肉を込めて笑った。

「僭越ながら砦はすぐに取り返せます、それに戦わずに引くこともまた兵法のひとつです。――まぁこれはオリビア閣下の受け売りでありますが」

言いながらエヴァンシンは照れくさそうに鼻筋を掻いた。

「小娘が兵法を語るか。これも時代が変わったと見るべきなのだろうが……」

戦乱に明け暮れた時代が数百年も続いたためか、今次大戦におけるもっとも大きな特徴として女兵士の比率が高いことが挙げられる。

　実際カイザルを守護する親衛隊にも女兵士は少なくない。男女関係なくあくまで能力重視のカイザルではあるが、だからといって十六歳の少女が戦場に、しかも総司令官として立つことに肯定も許容も簡単にできはしない。

　だが、すでに賽は投げられている。あとは天命に従うよりほかないと、カイザルはテーブルに手を伸ばし、赤い液体で満たされたグラスを一気に呷った。

「サルトニア辺境伯、重ねて申し上げますがどうぞご安心ください。オリビア閣下がノーザン＝ペルシラ軍を見事打ち払ってご覧に入れます」

「見事打ち払うか……大した自信だな」

「はい。私はオリビア閣下と出会ってまだ日も浅いですが、それでも信頼にたる司令官であること疑いようがございません。また過去の実績もそれを証明しています」

　魑魅魍魎が跋扈する貴族社会をカイザルは生き馬の目を抜くように生きてきた。そんなカイザルの目から見たエヴァンシンは間違いなく聡明な若者である。そんな彼が盲信に近い信頼を寄せる少女に、カイザルが興味を抱くのはある意味必然と言えた。

（オリビア・ヴァレッドストームか……。死神の異名を冠する少女がどれほどの人物であるのか、一度会ってみたいものだな）

　カイザルはグラスに映る自分の顔を見つめながら少女に思いを馳せる。

王国軍とノーザン＝ペルシラ軍の決戦は間近に迫っていた。

Ⅲ

ファーネスト王国の最南端に位置するテムズ砦は、ラファエル・セム・ガルムンドが大陸の南を征服するための橋頭堡として造らせた砦である。

そのテムズ砦で警戒に当たっていた兵士の報告によりノーザン＝ペルシラ軍の侵攻を知ったコルネリアスは、改めて第八軍に迎撃するよう命令を下した。

それから二日後――――。

「閣下、第八軍出撃準備が整いました」

「じゃあそろそろ出発しようか？」

「その前に激励のお言葉をお願いします」

クラウディアに促されるまま壇上に上がったオリビアはエヘンと咳払いをした。

「人間は戦争で簡単に死ぬ。死んだら美味しい――――」

「総員、オリビア総司令官に対し敬礼ッ!!」

「え!?」

クラウディアの号令に、整然と立ち並ぶ三万五千の兵士たちが一斉に敬礼を行う。

オリビアがひたすら首を傾げる中、第八軍は民衆の熱烈な声援を一身に受けながら王都フィスを進発。二日が経過した現在は一万の兵と共に王国南西部に位置するタル街道を進軍していた。

（第八軍の初陣だというのに、相変わらず閣下は緊張感の欠片もないな）

愛馬であるコメットに何事かを話しかけているオリビアへ、クラウディアは新たに入手した白馬を寄せた。かつて名を轟かせた馬種〝アダルシラ〟の血統であり、美しいたてがみにしなやか且つ強靱な脚を有している。精神面でも忍耐強く従順であるため、馬主の技量によっては素晴らしい能力を発揮してくれる名馬だ。クラウディアが中佐に昇進してまもなく母方の祖父であるシエル・フェンダースから贈られたものである。

コメット、そして〝カグラ〟とオリビアに名付けられた白馬は、大きく尻尾を振りながら互いを確認するように嘶いている。カグラの名の由来は《昼下がりの蛇王女》という本に出てくるお姫様の名前らしい。普段は優しいお姫様なのだが、一旦怒り出すと凄まじく怖いとのこと。なにゆえ自分の馬にお姫様の名を与えたのかを尋ねるも、オリビアは笑って誤魔化すばかり。クラウディアの中では今もって謎のひとつだ。

王都を発してから五日目────。

各地に放った伝令兵が再びクラウディアたちの下に姿を見せたのは、タル街道を抜け、ギャロック渓谷付近に差し掛かった日であった。

「ご報告いたします。ノーザン＝ペルシラ軍は北北西に進軍しています。このまま進めば二日ほどでギャロック渓谷に到達します」

「閣下」

「うん。ルークは上手くやっているみたいだね」

オリビアがコメットの背を撫でながら機嫌よく答える。

「作戦は順調ということですか」

「そうだね。ただ、敵の司令官は制圧した砦に固執していないようだし、もしかするとルークが情報を流さなくてもこちらがギャロック渓谷に布陣すると読んでいたかもしれない。割と優秀そうな司令官だから仲間に引き入れてみようか？」

「敵の司令官を懐柔するのですか？」

「だって一番楽に勝てる方法だし」

おどけたような仕草で言うオリビアに、クラウディアは呆れてしまった。どこの世界に誘いをかけて裏切る司令官がいるというのだ。

「閣下、このようなときに戯言は困ります。――これ以上は兵の士気にもかかわりますので口をお慎みください」

大いに不審がる新兵たちを尻目に、最後は声を殺して告げた。

「あはは。ごめんごめん」

「さすがはオリビア隊長です。一軍を任されたというのに全く気負いがありませんね」

「閣下の気負いがないのは今に始まったことではないからな。――ところでジャイル。お前はなぜこんなところにいるのだ？」

前衛に配置しているはずのジャイルが、なぜかクラウディアの隣でうんうんと頷いている。ジャイルは神々しいものを見るような視線をオリビアに向けて言った。

「もちろんオリビア隊長のご尊顔を崇めにきました。戦いの前の景気づけというやつです。これをやるとやらないとでは自分の士気に大きく差が出ますから」

オリビアが「へぇ。そうなんだ」と、顔を引きつらせているのを横目に、クラウディアは大きな溜息を吐いた。総司令官の薫陶よろしく曲者ばかりが集まっていると思いながら。

「なにが景気づけだ。勝手に隊を離れていい理由にはならんぞ。お前は軍の規律をなんだと思っているのだ」

「これ以上ない十分な理由だと思いますが？」

「ならんと言っているだろ！　それと隊長ではなく閣下だ。いい加減呼び方を改めないか」

ジャイルやガウスなどはいまだにオリビアを隊長と呼ぶ。エリスに至ってはオリビアお姉さまだ。当然是正するべきところなれど、呼ばれている当の本人はまるで意に介していない。それどころか出発して早々〝敬語絶対に禁止令〟を出してくる有様。さすがに規律というのもがある以上、全力でもってオリビアを翻意させて今に至る。

オリビアのことをよく知らない新兵たちはさすがに緊張を解きほぐす冗談だと受け止めたらしいが、それにしても先が思いやられるクラウディアであった。

「――そういえばアシュトンの準備はどうなっているかな？」

「先ほど報告がありました。準備は滞りなく進んでいるとのことです」

「問題はなさそうだね。ところで護衛は誰だっけ？」

「もうお忘れですか？　元帥閣下よりリフル殿を借り受けています」

「そういえばリフルがいるんだった。じゃあ大丈夫か」

アシュトンの重要性はパウルのみならずコルネリアスもまた熟知しているようで、王国十剣がうち〝一の剣〟リフル・アテネをアシュトン直属の護衛として送り込んできた。

王国十剣は兵士でも騎士でもなく剣士。剣を極めたとされる者の集団だ。クラウディアの父であるソリッド・ユングなど一部の例外はあるものの、彼らは基本、軍に属してはいない。よって彼らの役割は戦争で剣を振るうことではなく、あくまでも王であるアルフォンスの守護を旨とする。アルフォンスにとっては正真正銘最後の〝盾〟なのだ。元帥であるコルネリアスを護衛するならいざ知らず、一少佐の護衛ごときに王国十剣は尋常ならざる対応と言っていいだろう。

ちなみにリフルは王国十剣の中でも独特な剣技を持つことで知られているらしい。実際に彼女の剣技を見せてもらったオリビア曰く、紅の騎士団の総司令官であるローゼンマリーの剣技と似通っているとのこと。護衛としては申し分ないと太鼓判を押していた。

　クラウディアもオリビアの言葉や王国十剣であるリフルの腕を疑うわけではないが、ことはアシュトンの生命に深くかかわってくる。出陣の前、クラウディアは非礼を承知でリフルに模擬戦を願い出たものの、すげなく断られてしまったという経緯がある。

　研鑽を重ねた者の太刀筋からは得られるものが多く、技術が盗まれるのを嫌う者は少なからずいる。それゆえリフルに断られたのだと最初は判断した。だが、オリビアには自ら率先して模擬戦を申し込んだと聞いている。

　なぜ自分にはとの思いが多少なりともあったが、結局理由を尋ねるには至らなかった。彼女の中でなんらかの線引きがあるのだろうと解釈したからだ。

（今回は作戦上アシュトンのそばにいてやることができない。どうか無事に生き延びてくれよ）

　頼りなく笑うアシュトンの笑顔を思い浮かべながら、クラウディアはふと空を見上げた。瞳に映る雲はこの時代を象徴するかのような速さで流れていく。コメットの背中に寝そべりながら鼻歌を歌うオリビアの姿を、クラウディアは頼もしげに見つめるのであった。

ヴィラン高原　別働軍

秘かにヴィラン高原へ布陣した二万五千からなる別働軍。部下たちへの指示もあらかた済み、アシュトンが木陰でひとり息をついていると――。

「アシュトン……君」

「な、なんでしょう？」

結い上げた髪は黒く、淡い菫色の双眸はどこか虚ろ。顔そのものは端麗といっても差し支えないリフルが、華やかな装束を鎧の上から身に纏っている。

（確か〝東華装〟は大昔に滅びてしまったウル族の戦装束だったはず。ということは、リフルはウル族の末裔なのか？）

そんなリフルを見るアシュトンの表情には多分に困惑の色が交じっている。突然背後から声をかけられたと思ったら、そのあとはぼんやりと立ち尽くしている。

こんなことが数度も続けば当然の帰結だろう。

「………」

「え、ええと。なにか御用でしょうか？」

またただんまりかと思いながらも再度尋ねてみるアシュトンへ、リフルは重そうな瞼を何度か上下させると、一瞬にして腰の剣を抜き放った。

顔と動きの完全な不一致に、アシュトンが大いに戸惑っていると、

「リフルの剣技……見る？」

「え？」

「見る？」

言うと、樹齢百年は超えてそうな立派な大木に向かってリフルは歩き出す。まともに会話が続くことにも驚いたが、それ以上に剣技を見せるとの発言にアシュトンは目を丸くした。

「剣技を見せてくれるんですか？」

「うん……」

頷き、青々と生い茂った葉を見上げるリフル。

最近ではすっかり剣の稽古を怠っているアシュトンである。それも皆が皆、声を揃えて時間の無駄だとのたまうからに他ならない。もはや自分の力で身を守ることが壊滅的に危うい以上、屈強な護衛が常に傍にいてくれるのは心強い。しかしながら王国十剣の名は知っていても、リフルがどの程度の実力なのかは全く見当がつかないのも事実。

ことは自分生命にかかわる。今後のためにも見せてくれるというのなら是非お願いしたいところではあるが、ここでアシュトンにひとつの疑問が生じた。

「でもクラウディア中佐との模擬戦は応じなかったと僕は聞いていますが？」

「クラウディアの剣は……まだリフルの足下。でも伸びしろは全然……ある。だから、見せない。ダメ」

最後は「ブブー」と妙な擬音と共に、リフルは両手で大きなバツ印を作ってみせた。

（要するに将来ライバルになりそうな人間に手の内を見せたくないってことかな？　リフル特佐の考えもわからなくはないけど……）

そう思いながらもアシュトンの脳裏には、屈託なく笑う少女の姿が浮かんでいた。

「あれ？　でもオリビアには剣技を見せましたよね？」

「うん。見せ、た。オリビア大先生は──」

「ちょっ、ちょっと待ってください」

「な、に？」

「今、オリビア大先生って言いました？」

なぜオリビアがいきなり大先生呼ばわりなのか。思わず突っ込むアシュトンへ、リフルは淡々と言葉を続けていく。

「言った。オリビア大先生。彼女は……オリビア超先生の剣は別次元。リフルの剣とは……根本的に違う。だから……見せた。正確には……見ていただいた。さすがに死神の異名を持つことだけは……ある」

「ええと。いきなり大先生から超先生に変わったことに理由はあるのですか？」

「言っている意味が……よくわからない」

小首を傾げるリフル。これが獅子王学院の先輩であるクラレスだったら絶対にからかわれていると思うのだが、なにせ相手が相手である。

「とくに難しいことは言っていないつもりなんですけど……ま、まぁリフル特佐がオリビアに剣技を見せた理由はわかりました」

「わかってくれて……嬉しい」

リフルは花のつぼみのような小さな笑みを浮かべた。

これまでオリビアの強さを間近で見てきたアシュトンとしては、今さらリフルの言葉に異論があるはずもない。だが、別次元と言われても正直ピンとこない。きっとそれも含めて武芸の才がないということなのだろう。

アシュトンはいつの間にか自嘲の笑みを漏らしていた。

「では改めて聞きますけど、僕には見せていいのですか？」

「うん……。アシュトン君はだいじょう……ぷぷっ！」

急に顔を背けたリフルは小刻みに体を震わせ、指先だけで小さな円を作ってみせた。なんだか馬鹿にされているようで非常にもやもやとするアシュトンである。

「じゃあ……見せてあげる。今から落ちてくる葉に……ご注目」

右足をするように前に出しながら腰を落としたかと思うと、リフルは大木に向かって左蹴りを放つ。小柄な体軀に似合わず強烈でしなやかな蹴りは、ズンと腹に響く音と共に大木を揺らし、同時に複数の葉を舞い散らしていく。

アシュトンがリフルの言いつけどおりに落ちてくる葉を眺めていると、

「胡蝶（こちょう）の……舞」

葉に向かって五月雨に剣を振ったリフルは、

「お粗末……さま」

そう言って、ゆっくりと剣を鞘（さや）に納める。視線を地面に落とすと、落ちた葉はひとつの例外もなく左右均等に切断されていた。余程卓越した技能を持っていないとできない芸当であることは、さすがのアシュトンでも理解できる。

王国十剣の名がまさに伊達（だて）ではないことが証明された瞬間だった。

「ど、う？　安心……した？」

葉に見入っているアシュトンに、リフルが背後から声をかけてくる。振り返ると奇妙な仕草でリフルが立っていた。

「まぁ元から心配はしていませんでしたが……ところでそれは？」

「リフル、かっこ……いい」

「え？……あ、ああ。そうですね。格好いいと思います」

アシュトンは若干目を逸（そ）らしながら答えた。

「十剣のみんなは、変だ……と言う。アシュトン君は……かなりのセンスがある。気にいっ……た。よく見ると……結構可愛いし」

つつとアシュトンの隣に並んだリフルは、まるで老人がするような仕草で腕を擦ってくる。アシュトンはリフルの手をやんわりとほどきながら礼を述べた。

「そ、それはありがとうございます」

「どう……いたしまして」

満足そうに頷いたリフルは、瞬く間に木立の中へと姿を消す。すると、入れ替わるように姿を現したガウスが、視線を木立に送りながら話しかけてきた。

「今のが例の王国十剣って奴ですか？」

「そうだね」

「ふーん。とてもそんな風には見えませんがねぇ……」

そう言いながらガウスはひとしきり顎を撫でると、突然ニヤリと笑った。

「――その笑いはなに？」

「いやね。今の様子をクラウディア中佐が見たらどう思うかなどと色々考えましたらつい」

「クラウディア中佐？――ああ。僕に悪い虫ってやつね。さすがにそれはないよ」

アシュトンは照れくささ交じりに鼻先を掻いた。

ここ最近どういうわけか女兵士に誘われる機会が多い。アシュトンも男である以上、好意を持たれて悪い気は当然しないのだが、それでも戦争を理由に断り続けている。

今では任務に支障が出ては困ると、クラウディアが水際で叩いてくれるので大助かりだ。

「いや、まぁそういう意味ではないのですが……」

「じゃあどんな意味があるっていうのさ？」

ガウスの言っていることが理解できず、アシュトンは問い質す。ガウスはそんな上官の様子を見て、哀れみともとれる視線を送ってきた。

「上官に対してこんなことを言うのは失礼ですが、あなたはまだまだお若い。一途なのも結構ですが、派手な花ばかりでなく、ときには傍らでひっそりと咲く花を愛でるべきだ」

「花？……本当になにを言っているのかわからないんだけど？」

ガウスは困ったとばかりに頭をガリガリと掻き、

「まぁいいでしょう……では改めて報告します。部隊の配置、全て完了しました」

一転、堂々と敬礼する。

「あ、ああ。報告ご苦労様」

全く腑に落ちないながらも敬礼を返す。その後お互い口を開くことなく部下たちを眺めていたが、不意にガウスがしみじみとした様子で口を開いた。

「しかしサザーランド都市国家連合と戦うのは初めてですが、不思議なもので不安を全く感じませんなぁ……」

「ガウス少尉らしくない発言だね」

歴戦の猛者ほど油断はしない。たとえ相手が格下であってもだ。油断は隙を呼び、隙は自らを滅ぼすきっかけともなり得る。ガウスが常日頃部下たちに言っていることだ。

まじまじとガウスを見つめるアシュトンに、「アシュトン少佐を信じていますから」と、ガウスは臆面もなく言い放った。アシュトンも今回の作戦に自信がないわけではないが、それでも不安というものは常に付きまとう。

次なる言葉が出てこないアシュトンに向かって、ガウスは分厚い大きな手のひらで背中をバンバンと叩き始めた。見た目相応の力に、アシュトンは思わず前につんのめる。

「ゲホッゲホッ！——いったいなー!!」

「ははは。オリビア隊長ほどとは言いませんが、アシュトン少佐はもう少し飯を食ったほうがよいですな。——では自分は部下を待たせておりますのでこれにて失礼いたします」

再び敬礼するガウスへ、アシュトンも慌てて敬礼を返す。これではどちらが上官かわかったものではない。はた目には間違いなくガウスが上官として映ることだろう。

（ま、威厳がないのは今に始まったことでもないけど）

「あ、ところでさっきのよくわからない話なんだけど——」

呼びかけるもガウスは振り返ることなく立ち去って行った。

（結局ガウスはなにが言いたかったんだ？）

アシュトンにガウスの言葉を反芻する暇はなかった。

程なくして現れた伝令兵により開戦が告げられたためである。

Ⅳ

ギャロック渓谷　ノーザン＝ペルシラ軍　本陣

ギャロック渓谷にて第八軍とノーザン＝ペルシラ軍の火蓋が切って落とされてから数時間後、続々と本陣に届けられる戦況報告に、居並ぶ将たちは俄然活気づいていた。

「今の状況が王国軍の実態をよく表していますね」

「にしてもこれは惨いです。こちらが数で勝っているとはいえ、敵には地の利があります。それにもかかわらず統制は児戯に等しい。帝国の二大騎士団を打ち破ったとのことですが、どうも絵空事のように思えて仕方ありません」

そう言うラジーの顔はただただ呆れていた。ラジーの言はもっともで、王国軍に統制らしい統制は全く見られない。こちらの攻撃に対して無秩序に反撃している有様だ。

これでは獅子どころか子犬にすら劣る戦いぶりである。

「ラジーの疑問に対する答えは簡単です」

「……教えていただいてもよろしいですか？」

「わかりませんか？　今我々が戦っている敵は全くの別物だということです」

「別物……もしや二大騎士団を破ったのは常勝将軍ですか？」

「だろうと私は思っています」

常勝将軍の異名を持つコルネリアスがレムリア皇国との戦で披露したとされる〝グルカ殲滅戦〟は今もって戦術の手本とされている。死んだとの噂も聞かないので、紅と天陽の両騎士団を退けたのはコルネリアスで間違いないとアーサーは確信していた。

「ではなぜ此度は出てこないのでしょう？」

「二大騎士団と戦えばさすがの常勝将軍も無傷では済まなかったのでしょう。でなければ生まれたばかりの雛のような軍を送ってはこないでしょうから」

「……ではこのまま一気に押し潰しませんか？　こう言ってはなんですが策を用いる必要性もないと愚考しますが」

「ラジーの考えは理解できます。なにせ私の予想を大きく超える体たらくぶりですから」

「でしたら――」

「だからこそ罠に誘い込み徹底的に叩いておくのです」

一時的に退いているとはいえ、帝国軍は間違いなく再侵攻してくるだろう。今の王国軍が同時に二国の軍を相手にできるとは考えにくい。ここで徹底的に叩いておけば、次なる軍を差し向ける余裕などあるはずもなく、新たに得た領地を整備する時間を確保できるとアーサーは判断した。貴族の財産を没収し、窮乏にあえぐ平民共に与えてやれば統治も円滑に進む。彼らにとっては国の存亡よりも、今を生きるための金なり食糧なりがなによりも優先されるのだから。

「ではそろそろ始めるとしますか」

「ですがこうなるとあえて隙を作るのも至難の業ですが……」

ラジーが作戦の開始を渋っていると、新たな伝令兵が飛び込んできた。

「申し上げます！　王国軍撤退を始めました！」

その一報を聞いたアーサーとラジーは思わず顔を見合わせてしまった。

「……総督」

「どうやらとんだ茶番を演じてしまったようですね」

アーサーは笑った。口を歪めて笑い続けた。出来が悪い喜劇でもこうはいかない。開戦から数時間足らずで撤退とはさすがのアーサーも予想だにしなかった。

(帝国に蹂躙されるのも頷ける。落日の王国ここに極まれりですね)

もはや勝利は揺るぎようがない。それでもアーサーの心は徒労感で満たされていた。

「これより追撃戦に移行します」

ラジーは控えめな口調で言う。

「――そうしてください。カサンドラ様は完全なる勝利を望んでおられる。兵士たちには一兵残さず血祭りに上げよと伝えなさい」

「はっ」

「それと、総司令官を討ち取った者には、たとえ平将であっても銀将に取り立てると約束しましょう」

「はっ！」

第八軍　本陣

「閣下、現在のところ我が軍はかなりの劣勢を強いられています」

高地から見渡した第八軍は完全に押し込まれている。地の利も上手く活かせていない。このまま戦いが好転しなければ、第八軍の命数は早くも尽きることになるだろう。

総司令官たるオリビアは「そうだね」と、まるで他人事のように嘯く。だが、クラウディアを始めとしてオリビアを責める者は誰もいない。

事は彼女の意図した通りに進んでいるからだ。

「ところでそろそろ決着がつく頃かな？」

オリビアは懐から取り出した懐中時計を開いた。

「順当にいけばですが……」

クラウディアがそう口にしたまさにそのとき、ひとりの伝令兵が息を切らせながら姿を見せた。アシュトン率いる別働軍の伝令兵である。

「首尾は？」

「上々です。アシュトン少佐から作戦の最終段階に移行するよう言付かりました」

クラウディアは破顔した。この場に誰もいなければ踊っていたかもしれない。どうやら二人抜きでもアシュトンは見事大役を果たしたらしい。

「閣下！　アシュトンがやってくれましたよ！」

「さすがは第八軍の軍師様だね。これでほぼ勝ちが決まったよ」

鼻歌交じりに腰の鞄からクッキーを取り出したオリビアは、ひょいと口の中に放り込む。戦場に似つかわしくない仄かな香りがクラウディアの鼻をくすぐった。

「では早速撤退の指示を出します」

「そうして。それにしてもみんなほんとに演技が上手いよねー。敵は絶対にわたしたちが総崩れしたと思っているよ」

感心してみせるオリビアに、クラウディアは嘆息した。予め用意されたシナリオ通りではあるが、新兵たちにとっては演技であって演技にあらず。もちろん全兵士に今回の作戦を伝えてはいるが、実際は目の前の敵に対し、ただがむしゃらに剣なり槍なりを振るっているに過ぎない。彼らも生き残るために必死なのだ。

（まぁ、そうは言っても閣下のことだ。そのあたりも含めて織り込み済みなのだろうが）

僅か十六歳にして何者をも寄せ付けない圧倒的なまでの剣技。そして、卓越した戦略・戦術眼。最近では人並み外れた美貌にもさらに磨きがかかってきたように見える。

　ふとしたときに神が戯れに創りだしたのではないかと真剣に考えてしまうことも一度や二度ではなかった。

　もっともエリスから言わせれば、たかが神ごときでは絶対に創れないらしいが。

「わたしたちもそろそろ動こうか」

　ジャイルお手製の椅子から立ち上がったオリビアは、颯爽とマントを翻してみせた。

　エリスから昇進祝いに贈られたという真紅のマントは、鎧が漆黒ということもあって、より派手さが際立っている。マントの中央には白で縁取られた黒薔薇と髑髏、そして、交差する二挺の大鎌が描かれている。言わずと知れたヴァレッドストーム家の紋章だ。

（アシュトンといいエリスといい、本当に余計な真似をしてくれる。これでは益々死神と揶揄されるではないか）

　クラウディアが内心で毒づいていると、オリビアは「似合っているかな？」と、無邪気な笑顔で聞いてくる。似合う似合わないの話なら激しく似合っているのだが、

「それ以前に私はヴァレッドストーム家の紋章が好きではありませんので……」

　死神オリビアと呼ばれる元凶になった紋章。好きになる道理がない。今日のような結果になるとわかっていたら、ヴァレッドストーム家の継承など体を張ってでも止めていた。

未来のことを予測はできても予知はできない。今となっては後の祭りである。

「クラウディアはこの紋章が嫌いだもんね」

オリビアは胸の紋章に視線を落とすと、たははと笑う。

「死を連想させる紋章など不吉極まりないので」

「でも死＝終わりってわけじゃないから。肉体が活動を停止した後、眠りについた魂はゼロの境界線で浄化されるの。そして新たな生に繋がっていく。つまり生と死は表裏一体なんだよ」

まるで教師のような口振りで話すオリビアの瞳には、郷愁の色が滲んでいた。

（一般的に死後は冥府に旅立つと言われている。閣下の言うゼロの境界線など初耳だ。これも例のゼットという人物から学んだことであろうか……？）

オリビアを育てたというゼットが〝死神〟と名乗っていたことは、すでにオリビアから聞いている。ゼットから骨の髄まで叩き込まれたというオリビアの剣技はまさに一撃必殺。帝国軍を心底恐怖たらしめているのは周知の事実だ。オリビアをここまで育て上げた点を考慮すれば、自らを死神と嘯くのもわからなくはない。それでもほかに表現しようがなかったのかと思いつつ、クラウディアは順次撤退の指示を出していった――。

殿として最前線に立ったオリビアは、的確な指示で味方の撤退を支援しつつ、隣で同じく指揮を執るクラウディアに告げた。

「突出する右翼の敵部隊に攻撃を集中するようジャイルに連絡して」

「はっ。ただちに伝令兵を向かわせます」

クラウディアが伝令兵を走らせる横で、オリビアは鞄に手を突っ込むと、コメットが大好きだというアース南京を与え始めた。

コメットは嬉しそうにもしゃもしゃと口を動かしている。

「閣下、それは今でないといけないのですか？」

「だってお腹が空いたって言うんだもん」

コメットは尻尾を大きく揺らしながら高らかに嘶く。

「ね、そうだって言っているでしょう？」

「申し訳ありませんがコメットの言葉はわかりません」

というか普通は誰もわからないと心の中で突っ込んでいると、オリビアが困ったような目を向けてくる。正直困るのはこちらなのだが。

「せっかくカグラを手に入れたんだから、クラウディアもわかるようになったほうがいいと思う。――ね、カグラ」

オリビアの言葉に、カグラがコクリと首を縦に振る。クラウディアは思わず自分の馬から落ちるという醜態を見せるところだった。姿勢を正し、オリビアを真っすぐ見据えた。

「閣下、今は戦いに集中しましょう」

「もちろん集中しているよ?」

オリビアはカグラにもアース南京を与えながら言う。あまりにも軽い態度にクラウディアは難色を示すが、古参の部下たちにとってはいつものこと。母に抱かれているような安心感を覚えるのであった。

オリビア殿軍　第一中隊

「オリビア閣下より伝令です。突出する右翼の敵に攻撃を集中せよとのことです」

「報告ご苦労」

オリビアの命令を受けたジャイルは大いに奮い立った。

「これより我ら戦乙女からのご神託を伝える。心して聞け」

「「「はっ!!」」」

「戦乙女は突出する右翼の敵部隊に攻撃を集中せよと仰せだ。——というわけで、いよいよお前たち〝千星弓〟の出番だぞ。奴らの鼻先にありったけの弓をぶち込んでやれ」

「「「応ッ!!」」」

ジャイルによって鍛えられた長弓兵の一団は、洗練された動きで所定の位置につく。ギリリと音を奏でながら斜め上空に向けて弓を引き絞ると、すかさず遠眼鏡を持った兵士が敵との正確な距離を測り始めた。

「距離百三十……百……八十。敵、有効射程距離に到達しました」

「三段斉射――始めッ!!」

隊長の合図と同時に無数の矢が解き放たれる。怒濤の勢いで迫りくる敵の先頭集団に散々矢を浴びせた後、ジャイル自らも三百の兵士と共に突撃を敢行。かき乱し、翻弄し、次々に敵を冥府へと送り込んでいく――。


「ええい、足を止めるな！　たかが数百の敵になにを手こずっているのだ！」

馬上から声を荒らげるのは前衛部隊を指揮するゴラン硬金将だった。飛んでくる矢を盾で弾き飛ばしながら、浮き足立つ味方を叱咤する。

「しかし先程までの敵とまるで動きが違います！」

ゴランの側近が顔面蒼白で訴えた。

「だからなんだと言うのだ。所詮は最後の悪足掻きに過ぎない」

「ですが――」

「御託はいい。前進あるのみだ！」

ゴランが馬の腹を蹴り上げようとしたそのとき、舞い上がる土煙の中でひとりの男と目が合った。瞬間、男は素早く矢を番えながらニヤリと笑う。

「むっ!?」

同時に男から放たれた矢は一直線にゴランの下へと向かってきた。

「なめるなッ!!」

気合い一閃（いっせん）、剣を振り下ろすゴラン。矢は地面に叩き落とされ、ゴランを傷つけるにはいたらなかった――――が、しかし。

（な……なにィ!?　もう一本だとおおおおっ!?）

全く同じ線上から放たれた二の矢がゴランの目の前にまで迫っていた。叩き斬ることはおろか回避することすらままならず、矢はゴランの首を深々と貫いていく。ゴランは突き刺さる矢を茫然（ぼうぜん）と見つめると、次の瞬間には大量の吐血と共に馬から滑り落ちた。


ガラスが砕けたような叫び声が上がる中、ジャイルはすかさず声を張り上げた。

「敵の指揮官は討ち取った！　このまま一気に敵を押し返せ！」

「「「応ッ!!」」」

味方からの勇ましい声が大地を震わす。

さらなる指示を部下に与えながらもジャイルの攻撃が止まることはない。素早く矢を番えては、敵兵を的確に屠（ほふ）っていく。後世の歴史に弓の名手として名が残るほどの腕前は、現時点で完成の域に達しようとしていた。

今日彼が残した《道具でも技術でもなく矢は魂で射る》という名言はあまりに有名だが、実は誤って伝えられていることはほとんど知られていない。

本来は《道具でも技術でもなく矢は戦乙女の思いと共に射る》というわけのわからないものである。

「ほらほら！　ぼけっとしているんじゃないわよ！」

背後からの鋭い声にジャイルが振り返る。すると、苦悶の表情でうつ伏せに倒れている敵兵士を踏みつけながら、首筋に向けて長剣を突き立てる女が目に映った。

女は軀から剣を引き抜き、地面に向けて血糊を打ち払う。

「エリス……。ということは第二中隊も突入を開始したのか……」

言いながらジャイルは右腰のナイフからそっと手を離す。すぐさま散乱している死体から矢を回収し始めるジャイルをエリスはジッと見つめた。

「その様子から察するに余計な真似だったかしら。油断はしていないようね」

「油断？――冗談だろ。これは第八軍の初陣であり伝説の幕開けだ。オリビア隊長に死んでも恥をかかせるわけにはいかないからな」

矢筒を血濡れた矢で満たしたジャイルは、弦の張り具合を念入りに確かめながら言う。

エリスはふんと鼻を鳴らした。

「さすがにわかっているじゃない。とりあえず敵の足は止めたけど、全軍を後退させるにはまだ時間がかかる。オリビアお姉さまの作戦を完璧なものにするためにも——ジャイル、気合いを入れなさいよ」

「ああ。エリスもな」

互いの瞳が交錯した後、二人は不敵に笑う。

流麗な動きで再び矢を番えたジャイルは、迫りくる敵に照準を合わせる。エリスは口の端を吊り上げると、地を這うように駆けながら敵に向かって行った。

数時間の戦闘の後、オリビア率いる殿軍は全軍を後退させることに成功する。これまでとは異なり、ギャロック渓谷の地形を最大限に利用した鮮やかな手並みに、アーサーは大いに首を傾げることとなった。だが、すでに勝利を確信している彼は最後の抵抗だろうと深く考えることを放棄してしまう。

この時点で己の運命が決したとは、今のアーサーは知る由もなかった。

V

ヴィラン高原　バルゼ軍

時は僅かに遡る——。

警戒していた敵の別働隊が現れることもなく、オルストイの森とカルバディア丘陵を抜けてきたバルゼ軍はヴィラン高原で合流。軍の再編制を進めていたバルゼ金将は、妙な胸騒ぎを覚えて思わず周囲を見渡した。

（……とくに変わったことはないな）

高山植物が密生しているため、それほど視界が開けているわけでもないが、光景自体はのどかそのもの。不安を掻き立てる要素などなにひとつない。

この先のギャロック渓谷で繰り広げられている戦いにしても、ノーザン＝ペルシラ軍が圧倒的優勢との報告をバルゼはすでに受けている。

このまま背後から挟撃すれば勝利は約束されたようなもの――にもかかわらずだ。

「先程から浮かない顔をされていますが……いかがされたのですか？」

「――俺にもよくわからん」

バルゼは憮然と答えた。側近であるノートリアスは怪訝な視線を向けてくる。だが、ほかに言いようがない。それでもしいて言うのなら妙に静か過ぎるということだ。心を落ち着かせる静けさではなく、不安を掻き立てるような、そんな静けさ。

「まさかとは思いますがバルゼ様は伏勢の心配をされているのですか？」

表情だけは硬いノートリアスだが、言葉に重みは感じられなかった。それはノートリアスばかりでなく、兵士全体からも弛緩した空気が漂っている。誰もが勝ち戦になることを疑っていないゆえだろう。

「いくら我が軍が優勢だからといっても油断はするなよ。今や窮鼠と化しているであろう王国軍は必死だ。そして、必死な者ほどなにをするかわからない。そんなことでは足をすくわれるぞ」

ノートリアスを窘めながらも〝伏勢〟という彼の言葉がバルゼの胸にストンと落ちた。先程からの胸騒ぎも敵が現れる前兆とすれば、なるほど合点がいく。

（ここまで敵の姿がなかったことからしても挟撃の可能性はないと考えていいだろう。別働隊がどこぞに潜伏していたとしても、アーサー様が言われた通り精々数千のはず。仮にこちらの予想を超えていたとしても、一万以上であることは考えられない。そもそもまとまった兵が存在するなら、ギャロック渓谷に集結させるのが常道だ。――結局は俺の思い過ごしということか……）

バルゼが改めて周囲を見渡すも状況に変化はない。茂みから顔を出した灰兎が不思議そうにこちらを覗いてくることくらいだった。

（だが万が一ということもある。さらなる警戒を促しておくか……）

バルゼが命令を伝えようと伝令兵を呼び寄せたまさにそのとき、前方の兵士たちから慌てふためく声が上がり始め、そして瞬く間に波及していった。

「何事だ!?」

ノートリアスが口を開く前に、上空から無数の矢が飛んでくるのをバルゼは視認した。

即座に剣を引き抜き、浮き足立つ兵士たちを一喝する。

「うろたえるな!!　すぐに防御陣を展――」

だが、バルゼの命令は途中で遮られる。悲鳴にも似た兵士たちの声が一斉に上がり始めたからだ。

「左側面から敵多数!!」

「右側面にも敵が!!」

「背後より急襲!!」

「バルゼ様！　我々は四方から攻撃を受けております!!」

「あり得ない。なんて展開の速さだ……!?」

王国軍が満を持してこちらを待ち受けていたとしても早過ぎる。まるで俊足で知られる〝精獣ゴラム〟のようだ。バルゼが最初に抱いた感想がそれだった。

「――――様!!」

「バルゼ様ッ!!」

ノートリアス必死の呼びかけにバルゼは我に返った。

「すでに我が軍は混乱の極みにあります！　ご采配を！」

「と、とにかく防御陣を展開しろ！　敵の数はそれほど多くないはずだ」

だが、バルゼの予想は最悪の形で裏切られることとなる。精々数千と考えていた伏勢は、しかし見る見るうちに膨らみ、最終的には二万以上の軍勢に取り囲まれた。

そればかりではない。獅子が描かれた真紅の軍旗とは別に、血のように赤い薔薇と白い髑髏、さらには二挺の大鎌が交差したなんとも怖気を催す黒旗が掲げられている。

谷底から吹き上げる風に乗り、林立する黒旗をこれみよがしにはためかせていた。

（気味の悪い旗を堂々と掲げおって！　我々を徹底的に揺さぶるつもりか！）

兵の絶対数も劣り、すでに士気は天と地の開きがある。士気だけでも回復させようとバルゼが声を荒らげて叱咤するも、まるで兵士たちに届いていない。兵士たちの様子を鑑みるに、不気味な黒旗も十分にその役割を果たしているようだ。

不意を衝かれた軍ほど脆いことは今の有様が証明している。しかも、誰もが――バルゼですら勝ち戦になることを信じて疑わなかっただけに余計だ。

「二万以上の軍勢が伏せているとは……我々はまんまと王国軍に出し抜かれたようです」

「どうやらアーサー様も俺も王国軍を侮り過ぎたということか……」

己の迂闊さに、バルゼは歯を砕かんばかりに噛みしめた。

戦いが始まってから二時間後――――。

「戦況は？」

「混乱は大分落ち着きを見せました。ですが依然劣勢なことに変わりはありません。ここは一刻も早く撤退すべきかと……」

「撤退とノートリアスは言ったのか？」

「そうです」

「ノートリアスの冗談は全くもって笑えんな。どこに撤退する余地があるというのだ？」

口元を歪めたバルゼは大袈裟に周囲を見渡してみせた。ノートリアスに言われるまでもなく、撤退できるものならとうの昔に撤退している。不意を突かれた段階で真っ先に検討したことだ。今の状況は撤退しようにも瞬きの間に退路を塞がれ、仕方なく踏みとどまっているに過ぎない。

（敵の包囲網はほぼ完成している。たとえどんな戦巧者であろうともここから抜け出すことなど不可能だ。――こうなったらひとりでも多くの兵を道連れにして死んでくれるわ）

一軍を率いる武人として無様な姿を晒す真似だけは許容できない。

バルゼが柄を強く握りしめ、玉砕の覚悟を決めたときだった。

「バルゼ様!!　あれをご覧ください!!」

歓喜の声を上げる硬将に従って遠眼鏡を向けた先、まるで波が引くように敵が後退していくのが映し出された。遠眼鏡を握るバルゼの手に自然と力が入る。

「あれはオルガ鉄将が率いる部隊だな……」

「バルゼ様、これは千載一遇の好機です。今なら撤退することが可能かもしれません」

ノートリアスが興奮気味に口を開く。言うまでもなく今こそが撤退の好機であることになんら疑いはなかった。不名誉極まりないことに変わりはないが、それでも全滅するよりはましだと、バルゼは即座に命令を下す。

「崩れた敵の一角から撤退を図る。至急オルガにその旨を伝えよ」

「はっ！」

別働軍　本陣

「少佐、右翼の敵が北に回り込みつつあります」

「ユーラス川の手前か……第七小隊を向かわせて。ただし、絶対に川を渡って攻撃しないようトクマ軍曹に付け加えることを忘れないように」

「はっ！」

「アシュトン少佐。第三中隊のアガサ――」

「左翼の包囲網が若干薄いと言ってきているんだよね？」

「は、はい。その通りです」

「すでに二個小隊を送り込んでいるから安心するよう伝えて」

「は……はっ！　で、ではその旨を伝令兵に伝えます」

アシュトンは鳥が空から戦場を見下ろしているかのように的確な指示を出していく。

（さながら神が盤上で人間という駒を動かしているごとしだな……）

サルトニア辺境伯との折衝後、アシュトンの参謀付きとなったエヴァンシンが畏怖を込めてアシュトンを見つめていると、ひとりの伝令兵がやってきた。

「敵はガウス少尉の部隊に向けて戦力を集中し始めております。ガウス少尉は予定地点に向かって後退を始めました」

伝令兵からもたらされた報告に、将校たちから歓声が上がった。

「アシュトン少佐。どうやら敵は上手く誘いに乗ってくれましたね」

ひとりの将校が満面の笑みでアシュトンに話しかける。

「そうだね。撤退するにしろ引いて態勢を整えるにしろ、敵はなんとしてもこの状況を抜け出したいはずだから当然と言えば当然だけど」

「しかしこうも予想通りに動いてくれると、私としてはそら恐ろしいものを感じます」

「相手が滅びの美学なんてものを持ち出してきたら別だけど、少しでも活路を見出せばそこに向かうのは必然だから。同じ立場だったらきっと僕も飛びつくんじゃないかな？」

片目をつぶっておどけたように言うアシュトンだが、本当にそうだろうかとエヴァンシンは内心で首を捻っていた。アシュトンがこれまでに成し遂げた偉業を考えれば簡単に〝餌〟に食いつくとは思えない。それこそありとあらゆる事態を想定して動くはずだ。

圧倒的な輝きを放つオリビアの陰に隠れがちではあるが、彼の偉業そのものはオリビアと遜色ないものだとエヴァンシンは思っている。

　おそらく本人に伝えたら全力で否定することは目に見えているが。

「ところでオリビア閣下からの連絡はまだですかね？」

「報告はまだ受けていないけど……心配？」

　どこか探りを入れてくるような目で尋ねてくるアシュトン。そういうところは非常にわかりやすく、エヴァンシンは思わず苦笑してしまった。

「なにか可笑しかったかな？」

「いえ、オリビア閣下に関していえば心配など杞憂だと思いまして」

「そうだね。むしろ心配されているのはこっちじゃないかな。とくにクラウディア中佐には心配そうな目を何度も向けられたから」

　言ってアシュトンは後ろ首を掻く。

「案外そうかもしれませんね」

　エヴァンシンは小さく肩を竦めた。果たしてクラウディア中佐は自分の気持ちに気づいているのだろうかと、そんな益体なことを思いながら。

「まぁ、あとは手筈通りガウス少尉が上手くやってくれるでしょう」

「ああ見えて意外に演技力があるからね」

待機する伝令兵たちに作戦が最終段階に入ったことをアシュトンが伝えると、彼らは鍛え抜かれた俊足でもって四方八方に散っていく。

新たな指令を出す男の背をエヴァンシンは頼もしげに見つめた。

バルゼ軍　オルガ大隊

「敵は怯(ひる)んでいるぞ！　このまま一気に突き進め！」

後退する王国軍を追ってヴィラン高原から北西に位置するトレド峠まで部隊を進めたオルガ大隊。騎乗の武人オルガ鉄将が、短槍(たんそう)を荒々しく王国兵に突き立てながら声を張り上げれば、続けとばかりに兵士たちが雄叫(おたけ)びを上げ、戦場特有の不協和音を奏でていく。

茜色(あかねいろ)に染まり始めたトレド峠は、攻勢に転ずるノーザン＝ペルシラ軍と、後退に後退を重ねる王国軍で満たされていた。

「オルガ鉄将、バルゼ金将からの緊急連絡です！」

「バルゼ様からだと？」

手綱を強く引き馬を強引に止めたオルガは、側近マルセイユをねめつけた。

「聞こう」

「はっ。『貴官の部隊はこのまま敵を押し込みつつ速やかに退路を確保せよ』とのことです」

「退路の確保だと？――まさか!?」

マルセイユは神妙に頷いた。

「そのまさかです。バルゼ金将は全軍に撤退の指示を下されました」

「馬鹿な。やっと王国軍に風穴を開けてやったというのに撤退だと？　バルゼ様は血迷われたか!!」

敗走する王国兵に対し、オルガは怒りにまかせて短槍を突き穿つ。胸部を貫かれた王国兵はガクガクと全身を痙攣させると程なくして息絶えた。

マルセイユは額に汗を滲ませながら言う。

「ですが現在のところ優勢なのは我が部隊のみ。ほかの部隊は今も包囲殲滅の危機にあります。バルゼ金将の判断は正しいかと……」

「チッ!!　どいつもこいつも不甲斐ない!!」

勇敢にも槍を突きだしてきた王国兵の初撃をかわし、襟首を片手で軽々と摑み揚げたオルガは、そのまま手近な岩肌に向けて馬を進めると、それこそ何度も何度も叩きつける。

「糞がッ!!」

もはや顔の判別が不可能となった王国兵は、血みどろになった手を離すと、岩肌を抱くようにしてずるずるとくずおれた。その様子をマルセイユは息を吞んで見つめている。

「ハァハァ……そう心配するな。無論、命令には従う」

そもそも二千の兵士だけで十倍以上の敵に勝てる道理もないことはオルガも重々承知している。口惜しいことではあるものの、しかし見方を変えれば退路を確保し撤退を成功させた暁には、功が自分に帰するのは明らか。アーサーの覚えも間違いなく良くなるだろう。

オルガの脳は早くも打算で動いていた。

「すでに撤退は始まっている。そういうことでいいのだな？」

「間違いございません」

「ならば敵を追い込みつつ撤退を支援する。そう皆に伝えよ」

「はっ！」

バルゼ軍　本陣

「ここを下ればようやくトレド街道か……」

豆粒ほどの街並みを見つめながらバルゼは息を吐く。すでに半数の兵が墓標無き軀（むくろ）と成り果てたが、オルガが血路を開いたおかげで全滅だけは回避できそうだった。

日が沈み、今やトレド峠を照らすのはか細い銀月の光のみ。視界が極端に狭まったことも影響しているのだろう。今このとき王国軍の追撃は止まっている。

（おそらく次に攻撃を仕掛けてくるとすれば明日の朝だろう。今のうちにできるだけ距離を稼いでおきたいが……兵士たちもかなり疲れを見せているな）

行軍する兵士たちの顔は暗闇でもわかるほど疲労を滲ませている。優勢なときはそれほど感じないが、劣勢なときほど重くのしかかってくるのが疲労である。

(少しだけ休ませるか……)

バルゼが気を抜いた一瞬の隙を突くかのように、突然空を見上げたノートリアスが、闇を切り裂くような叫びを上げた。

「火矢がくるぞおおおおっ!!」

誘われるように顔を上げると、左右の崖上からおびただしい数の火矢が降り注いでくる。完全に不意を突かれた形であったが、それでもバルゼの判断は的確だった。

「密集しつつ盾を頭上に掲げろ!!」

兵士たちは一瞬硬直するが即座に盾を真上にかざす。さすがにここまで生き残ってきた者たちだけに、多少の動揺はあっても統制に乱れが生じることはなかった。流星のように降り注ぐ火矢を、鉄製の盾はなんなく跳ね返し、金属音が峠に響き渡る。

その音を聞きながらバルゼの心の中では疑問が渦巻いていた。

(トレド峠はそもそも一本道。後方にいるはずの王国軍がなにゆえ前方から現れるのだ?)

バルゼの疑問は火矢の攻撃が収まった次の瞬間、冥府の彼方(かなた)へと吹き飛んでしまった。なぜなら巨大な岩が地鳴りのような音を響かせながら転がり落ちてくるのを目にしたからだ。

(あんなものまで用意していたのか!?)

いくら鉄製の盾があろうとも大岩の前ではなんの意味も成さない。

「バルゼ様ああああああああ!!」

「お助け!!――お助けをッ!!」

必死に助けを求める声が峠中に木霊するが、バルゼにはどうすることもできない。兵士たちは大岩に吹き飛ばされ、そして無残に押し潰されていく。

即死できた者はまだましだった。中には下半身が潰れていることにも気がつかず、必死に這いずりながら助けを求める者もいる。それが側近であるノートリアスだと気づくのにバルゼはさしたる時間もかからなかった。

(もはやここまで。メリッサ、そしてヘンリック。こんなところで朽ち果てる愚かな俺を許してくれ……)

バルゼは握りしめていた剣を力なく落とす。目の前に迫ってくる大岩を眺めながら、妻と幼子の笑顔をいつまでも思い浮かべていた。

別働軍　ガウス連隊
風に乗って泣き叫ぶ敵兵の声が崖上まで轟き、崖下ではさながら地獄のような光景が広がっている。ガウスが無言で戦況を見守っていると、新兵の中でも優秀で聞こえるスメリ上等兵が初々しい敬礼を披露した。

「ガウス隊長、敵は戦意を完全に失いました！　我々の勝利は間違いありません！」

「それでも手は緩めるなよ。アシュトン少佐は大量の血を欲している」

「た、大量の血をですか!?」

スメリは素っ頓狂な声を上げた。

「そうだ。トレド峠が敵の血で染まることをアシュトン少佐はお望みだ」

「な、なるほど。かしこまりました」

ゴクリと喉を鳴らすスメリ。その様子にガウスは内心でほくそ笑む。

もちろん聞くだけで恐ろしげな命令をアシュトンが下すわけもなく、ガウスが勝手に言っていることに過ぎない。

軍人としてアシュトンを見た場合、良くも悪くも威厳というものがまるでない。かつてのオリビアがそうであったように。オリビアに関しては戦いぶりを一度でも見ればそれで事足りるが、アシュトンはそうもいかない。ここにいるスメリはもとより、新たに加わった新兵たちは、アシュトンをどうも軽く見ているふしがある。要は箔付(はくづ)けだ。

本人に知られたら間違いなく文句のひとつも言われるであろうが、それでも第八軍のためには必要なことだと、ガウスは己に言い聞かす。

別に新兵を脅して楽しんでいるわけではない。

「これは余談だが、働きが芳しくない新兵は逐一報告するようアシュトン少佐より命令を受けている。なぜだかわかるか？」

「……わかりません。教えていただいてもよろしいでしょうか？」

おそるおそる尋ねてくるスメリに、ガウスは大げさな口調で答えた。

「まぁ新兵のお前が知らないのも当然だが、アシュトン少佐の意に沿わない者はもれなく〝実験部屋〟送りにするためだ」

「実験部屋？　実験部屋とはなんでしょう？」

「俺も詳しくは知らない。ただ実験部屋というからにはなにかの実験を、たとえばそうだなぁ……人体実験なんかをするのかもしれん。アシュトン少佐はあれで学者肌だからな」

言ってガウスは邪悪に笑う。

「人体実験ってそんなまさか……ははは……はは……」

「まぁアシュトン少佐は危険害獣一種の夜眼白狼を平気で新兵たちにけしかけるくらいだ。人体実験は言い過ぎにしても、それ相応のことが待っているのは確実だな」

「ちょっと待ってください。夜眼白狼はオリビア閣下がけしかけたものですよね？　少なくとも私はそう聞いていますが？」

「あん？　それは違うな。新兵たちに夜眼白狼をけしかけようと閣下に提案したのはアシュトン少佐だ」

　アシュトンが冗談のつもりで言ったことだとガウスはもちろん知っている。しかしながら新兵に教えるつもりは毛頭ない。

　本当のことがいつも正しい方向に向かうとは限らないということだ。

「自分はオリビア閣下がけしかけたとばかり…………」

「夜眼白狼を使っていかに新兵を鍛え上げるか楽しそうに話をしていたぞ」

　みるみる顔が青ざめていくスメリの肩を、ガウスは小気味よく数度叩いた。

「で、お前はアシュトン少佐が満足するほどの働きをしているのか？」

「し、失礼しましたっ!!」

　スメリは逃げるように立ち去っていく。聞かせた話はそう時間もかからず新兵たちに伝わるだろう。自分たちにとって不利益な話ほど深く浸透するものだ。

「隊長、あんなこと言って大丈夫すか？」

　傍らで全ての話を聞いていた古参の部下が呆れた様子で言う。

「アシュトン少佐は新兵たちに甘いからな。あれくらい脅かしたほうがいいのさ」

「でもこのことがクラウディア中佐にばれたら間違いなく隊長はぶっ飛ばされますよ」

　まばらに輝く星空の下、ガウスは素知らぬふりで次なる命令を下した。

VI

戦場の舞台をヴィラン高原に移したところで殿軍を追い詰めたアーサーは、最後の止め(とど)を刺すべくガザフ銀将率いる騎兵連隊に命令を下した。

「ぐわははははっ！　わしに止めを刺せとはアーサー総督も粋なことをしてくれる！　者共！　わしに続けえええええぇぇっ!!」

長槍(ながやり)を掲げながら戦場を疾駆するガザフの後を三千の騎兵が追随する。

「邪魔だッ！　雑魚に用はない！」

立ちはだかる王国兵をことごとく薙(な)ぎ払いながら果敢に敵中深くへと斬り込んでいくガザフ。これまでの戦いで疲労の極致にいるのか、敵の動きはすこぶる精彩を欠いていた。

「ガザフ様！　この調子なら指揮官を討つのも時間の問題ですな」

「その意気だヒルス。だが忘れるなよ。わしらの狙いは指揮官ごときの首ではない」

「へへっ……わかっていますぜ。狙うは総司令官の首でしょう？」

「そうだ。そのためにはさっさと目の前の敵を潰し、逃げ回る敵本隊に追いつかねばならん。総司令官を討つのは我がガザフ隊だ」

「ですね。――聞いていたか野郎ども！　こいつらをさっさと片付けるぞ！」

「「応ッ!!」」

猛攻撃を仕掛けるガザフ隊はたちまち敵を分断していく。やがてガザフの双眸は黒馬に跨る指揮官らしき人物を捉えた。

（どうやらあれが指揮官……あれが指揮官なのか!?）

距離が縮まりその姿があらわになると、ガザフは一瞬戦っていることを忘れるほど見入ってしまった。この世のものとは思えぬほど美しい容姿が原因のひとつでもある。だが、それよりも何よりも、ガザフには十代半ばの少女にしか見えなかったからだ。

「ヒルス、あの黒馬に跨っているのは少女で間違いないか？」

「ガザフ様にもそう見えているってことは、どうやら俺の目がイカレちまったわけでもなさそうだ。少女を指揮官に据えるとは王国軍も焼きが回りましたね」

「ヒルスの言う通りだが、少女とはいえ戦場に出てきている以上――ん？　一体なにをするつもりだ？」

少女はなにを思ったのか器用にも鞍の上に立つと、

（なにッ!?　消えただとッ!?）

そう思った次の瞬間、自ら駆る馬の首下で少女が笑みを浮かべて立っていた。あまりに突然のことでガザフは声の欠片も出ない。併走するヒルスは物の怪にでも憑りつかれたような表情で少女をひたすら眺めていた。

「ね、あなたがこの隊を率いる指揮官で合ってる？」

「そ、そうだ」

ガザフは思わず答えてしまった。答えてしまうだけの迫力がこの少女にはある。

「貴様は、貴様はどうして走る馬に平然と立っていられる？」

敵である以上まともな答えが返ってくるとは限らない。そもそも答える義理もない。それでもガザフは問わずにはいられなかったのだ。止まっている馬ならまだ理解もできる。が、走る馬に軽々と立つ人間など尋常ではない。しかも、自分の背に二人分の体重が加わっているにもかかわらず、馬は今も平然と駆けているのだ。疑問に思って当然だろう。

ガザフの問いに少女は数度目を瞬き、

「ああ。それは〝軽身術〟を使っているからだよ」

と、なんでもないように答えた。少なくとも表情からは嘘をついているようには見えない。しかしながら軽身術と言われてもガザフには全く意味不明だ。詳細を問うと、綿毛のようにその身を軽くする術だと言う。普通なら鼻で笑うところだが、目の前の少女はその身をもって証明している。それだけにガザフは戦慄した。

「じゃあ質問にも答えたし、そろそろいいかな？」

少女は柄に手を掛ける。鞘から引き抜かれていく漆黒の剣から黒い靄が漏れ出していく。それを見た瞬間、言いようのない恐怖に襲われたガザフはとっさに馬から飛び下りた。

「ガハッ!!」

当然受け身を取る余裕などあるはずもなく、ガザフは地面に胸をしたたか打ち付けた。

「な、なんなんだ!?　まるで〝死〟が具現化したようなあの黒い靄は!?」

得体の知れない術。不気味な紋章が刻まれた鎧。黒い靄を放つ死剣。人外じみた美しさといい、ガザフはこの世ならざる場所に迷い込んでしまったような感覚に陥った。

「うーん。なんだって言われてもわたしもよく知らないんだよねー」

「なッ!?」

ガザフが慌てて泥にまみれた顔を上げると、そこには先程と変わらぬ少女の笑顔。違うのは漆黒の剣を握りしめている点だ。切っ先から今も黒い靄を垂れ流し続けている。

「で、もういいかな?――じゃなくて、殺すね」

「うおおおおおおおおっ!!」

剣を抜いている暇などない。ガザフは立ち上がりざま少女の顎目がけて拳を突き上げた。かつて熊を殴り殺したこともある巌のごとき拳を、しかし少女は軽々と左手で受け止める。

直後、拳はゴキンと鈍い音と共に砕かれた。

「ぐぐううう……なぜこれほどの力が!?」

慌てて距離を取るガザフに対し、少女は細い腕に力こぶを作って言った。

「もちろん一生懸命鍛えたからだよ」

「鍛えたから?……馬鹿な。鍛錬でどうにかなるレベルじゃない。貴様化け物か?」

「あー。またそれか。化け物じゃなくてオリビアだよ」

自らオリビアと名乗った少女は、心底うんざりとした表情を浮かべた。

「貴様の名などに興味は――」

突然鋭い風切り音が聞こえたと思った刹那、ガザフの天地が逆転する。

「ばいばい」

少女の別れの言葉と共に、ガザフの意識は常しえの闇へと吸い込まれていった――。


血飛沫を噴き上げて膝からくずおれる男を置き去りに、再びコメットに跨ったオリビアは、合図の狼煙を上げるようクラウディアに命令する。

そして自らはマントの裾を翻し、兵士たちに向けて声高らかに告げた。

「陣形を縦に再編制する。第一列は重装歩兵による圧殺攻撃。第二列は軽装歩兵を展開。攻撃と援護の両方を担ってもらう。第三列は弓兵。弓兵は先んじて偏差四段斉射を敢行。これをもって反撃開始とせよ！」


同日、三の刻――。

「最後の悪足掻きにしては随分粘りますねぇ……」

アーサーは独りごちる。ギャロック渓谷での目覚ましい働きといい、少なくとも殿軍の指揮官が優秀であることはわかる。

とはいっても依然アーサーの手の中。寿命がほんの僅か延びたに過ぎないが。

「次の部隊を投入しますか？」

「いえ、これ以上時間をかけられません。このまま一気に包囲網を縮め——」

「アーサー総督！　南から敵が押し寄せてきます！」

血相を変えて飛び込んできた兵士に、アーサーは胡乱な目を向けた。

「新たな敵？　まさか逃げた敵がわざわざ舞い戻ってきたのですか？」

本当にそうだとしたら敵の奮闘は水泡に帰することになる。戦略的に意味はなく、戦術的にもまるで意味がない。もはや奇劇の範疇である。

王国軍の意図が全く読めないアーサーに向かって、兵士は思いもよらぬ言葉を口にした。

「撤退した敵かどうかは不明ですが、総数はおよそ三万！」

「三万だと!?」

声を上げたのはラジーだった。

「三万？——三千ではなく？」

アーサーが尋ねるも、兵士は首を大きく振って否定する。

「三万です！　しかも恐ろしく統率された動きで我々を包囲しつつあります！」

「馬鹿な……そんな馬鹿なことがあってたまりますかッ！」

元々一万足らずだった兵がどうして三倍にもなって戻ってくるというのか。援軍との考えが脳裏をかすめたが、それなら初めから事に当たったほうが余程理に適う。

詳細を確認させるも、わかったことは兵士の言葉に偽りがないということだけだった。

さらに事態を悪化させているのは、包囲していた殿軍が撤退行動に移るわけでもなく、三万の軍と呼応して反撃に転じたことだった。

内と外からの攻撃。とどのつまり形を変えた挟撃戦に他ならない。

「総督……」

「ええい！　バルゼ金将はなにをやっているのですか！　彼が到着すれば兵力は再び逆転できるというのに！」

不吉な紋章が描かれた黒旗を憎々しげに眺めながらアーサーは歯噛みする。内側の敵は別にしても、外側の敵はアーサーが見る限りそれほど練度は高くない。アーサーは三度に亘って包囲網からの突破を試みたが、そのことごとくが失敗に終わっている。

指揮する者が尋常ならざる頭脳の持ち主なのか、アーサーが打つ手をまるで予見しているかのように先手先手で封じてくるのだ。

(それでもバルゼが、バルゼが到着してくれれば)

そんなアーサーの願いは、意外な形で裏切られることになった。

「今……今なんと言ったのですか？」

「バルゼ金将様は討ち死に。軍も壊滅状態です……」

泥と血にまみれた伝令兵は淡々とバルゼの死を口にする。ラジーが声を荒らげて何度も問い質すも、生気のない伝令兵の言葉に変化が生じることはなかった。

つい数時間前まで勝利を確信していただけに、この状況はアーサーにとって到底受け入れられるものではなかった。

(このままではドレイクに……)

アーサーはあざ笑うドレイクの影を打ち払うように指揮棒を叩き折った。

Ⅶ

箝口令を敷いたはずのバルゼ敗北の報は、しかしそれほどの時を必要とせず全兵士の知るところとなった。士気が激減したことにより著しく兵士を失った結果、確実に包囲網は狭まり、怒号や怨嗟の声が本陣にまで届き始めている。

今や立場が完全に逆転したノーザン＝ペルシラ軍はひたすら防御することに甘んじていた。この状況にラジーが蒼白な顔で口を開く。

「総督、このままでは……」

ラジーばかりではなく、ほかの将たちも顔を引きつらせている。状況を打開するための策を提示する者は皆無であり、アーサーの一挙一動を見守るばかりである。

将たちに汚泥のごとき感情を抱く場面にアーサーは事欠かなかった。

「総督！　王国軍の先鋒が第四防御陣に取りつきました！」

その報告が意味するもの。王国軍は防御の要であった第三防御陣を突破したということだ。獅子の爪が手の届く範囲にまで迫っている現実に、アーサーは拳を震わせた。

「総督……撤退のご指示を」

アーサーがあえて頭から切り離していた言葉をラジーがためらいがちに口にすると、立ち並ぶ将たちが一斉に口を揃えて賛成の意を示し始めた。

（無能な輩は優秀な人間の足を引っ張ることに事欠かない。いっそまとめて首を刎ねてやったらどんなにすっきりするか）

一旦は柄に伸ばそうとした腕をアーサーは直前で押さえ込む。今さらそんな真似をしたところで状況に変化が生じるわけもなく、いたずらに混乱を招くだけだと悟ったからだ。

灰色の音色が万華鏡のように形を変え、アーサーの耳に滑り込んでくる。

「総督、もはや選択の余地はありません」

「……仕方ありません」

再び脳裏をかすめるドレイクの幻影を打ち払い、アーサーは全軍に撤退の命令を下した。

時を逸した撤退は指揮する者に多大な負担と柔軟な思考力を要求するが、アーサーは腐心しながらも陣形を鋒矢へと再編し、最終的にさらなる兵士を失いながらも、本陣は重厚な包囲網からの脱出に成功した。

後世の歴史学者は一様にアーサーを凡将と評しているが、今も記録に残るこの脱出劇に限っては高い評価を下している。

それほどまでに困難な脱出であったのだが――。

「総督ッ!!」

「さすがにこのまま見逃すほど甘くはありませんか……」

見事な白馬に跨った女騎士がおよそ三千の兵士と共に側面から襲いかかってくる。鋒矢の陣形は比類なき突破力を有している一方、側面からの攻撃には脆いという弱点がある。

脱出の際に散々側面を突かれたことにより陣形は完全に崩れていた。まさにそこを突かれた本陣がすぐに乱戦状態に陥る中、アーサーは自らの武器、〝弥勒刃〟を手にした。

「貴様らごとき雑兵がこの私に僅かでも傷を負わせるなどと思うなよ！」

群がる王国兵の攻撃を盾で弾き返しては、最適最速の動きで死体の山を築き上げていくアーサー。徹底的に無駄を排したアーサーの戦闘スタイルは、右腕に括り付けた逆三角の盾で相手の攻撃をいなしつつ、弥勒刃で止めを刺す攻防一体の妙技である。

「――かなりの手練れだな。では私が貴様の相手をしよう」

「あなたは……」

白馬に乗っていた女騎士が血濡れた剣を片手にゆらりと近づいてくる。ただならぬ気配を女騎士から感じたアーサーは、即座に盾と剣を構え直す。

「私は王国軍騎士、クラウディア・ユング。貴様の名は?」

「……下郎に教える名など持ち合わせてはいません」

「そうか……。ま、その豪奢な鎧でおよその察しはつくが」

そう言って前傾姿勢で剣を構えるクラウディアにアーサーは瞠目した。彼女の瞳に不可思議な黄金の光を見たからに他ならない。

(なんだ? あの瞳の輝きは……ッ!?)

瞳に気を取られた隙を突くかのように、恐るべき速さで詰め寄るクラウディア。一陣の風と共にアーサーの脇を駆け抜けたと思った瞬間、右腕に激痛が走った。

視線を向けるとぱっくりと開いた傷口から血液が溢れだしている。咄嗟に身を引いていなければ、間違いなく腕をもっていかれていた。

「体の芯がぶれる。まだ御しきれていないな……」

アーサーの背後へと回り込んだクラウディアは、再び前傾姿勢を取り始める。その様子からしても同じ攻撃をしてくるのは確実だろう。だが、次に回避できるかどうかは正直自信がない。それほどまでに尋常ならざる速さなのだ。

ならばと防御しようにも要である右腕は深く傷つけられ、満足に盾を構えることもままならない。アーサーは生まれて初めて死というものを身近に感じた。

（どうする？　この場をどう乗り――――!?）

前傾姿勢のまま冷ややかな視線を向けてくるクラウディアに、アーサーは半死半生の王国兵を抱き寄せながら口の端を吊り上げる。

「……なんのつもりだ？」

「あなたにこの女ごと私を斬ることができますか？」

「…………」

「そうでしょうそうでしょう。あなたにこの兵士を見殺しにすることなどできようはずもありません。あなたはそういう人間です」

目の前の女は騎士であることを高らかに告げた。ならば騎士としての誇りをなによりも重んじるだろうというアーサーの読みは見事に当たった。アーサーからすれば騎士の誇りなど塵芥のごときだが、今回ばかりはそれに救われた。

「改めて言うことでもありませんが、少しでも妙な動きをしたらこの女は即座に殺します」

「…………」

「実に賢い選択です。では私はこれにて引かせていただきます」

後退すべく右足を後ろへ一歩踏み出したアーサーは、しかし次の瞬間には大きく体のバランスを崩し、派手に地面へと倒れてしまう。

「!?」

「なるほど。制御するには技術ばかりでなく強靭な精神力も必要ということか。貴様の卑劣な振る舞いのおかげで私は一歩先に進むことができた。礼を言う」

いつの間にか頭上に立つクラウディアが剣の切っ先を額に突きつけている。ここで初めて足の痛みに気づいたアーサーが視線を下に動かすと、膝から先が綺麗に切断されていた。

「な!?　なあああああああっ!?」

驚きの叫びが断末魔の叫びへと変容するのに、数秒の時も必要とはしなかった――。

Ⅷ

「報告します。クラウディア中佐が敵総司令官を討ち取ったことにより組織的な攻撃は止みました。このまま残敵掃討に移行するとのことです」

伝令兵が満面の笑みで言う。

「さすがクラウディア中佐。どうやら勝利は確定したようだな」

「うん、そうみたいだね。――じゃあわたしはちょっと外すから、あとはアシュトンに任せるね」

　コメットから颯爽と下りたオリビアは「ここで待っててね」と優しく背を撫でると、なぜか西に向かって歩いていく。その先にあるのはただの森だ。

「は？　任せるって森へなにしに行くんだよ。——まさか腹が減ったからまた鳥でも捕まえに行くとか言いださないよな？」

「このあたりには美味しそうな鳥はいないから言わないよ」

「美味しそうなら言うんかい！」

　アシュトンの突っ込みにケラケラ笑いながらも、オリビアの足が止まることはない。これから勝鬨を上げようというのに、肝心の総司令官がいなければ話にもならない。

　そうアシュトンが説明しても「その辺のことは二人に任せるよ」と言って、オリビアは森の奥へと消えていった。


「——随分とかくれんぼが好きみたいだけど、まだ続けるのー？」

　森に分け入ったオリビアは一本の木を見上げる。すると、ザザッと葉が揺らぎ、小さな影が地面に向かって一直線に降りてきた。

「……よくわかったな」

　ゆらりと立ち上がった男は悪びれもせずに言う。黒の装束と仮面。どこかで見たことあるどぶねずみだ。けれど恰好が微妙に異なるし、なりより殺気の〝質〟が大分違う。

どうやら以前とは違うどぶねずみだとオリビアは断定した。

「殺気を上手く紛れ込ませていたみたいだけど、それでもわたしに向け過ぎだよ」

「なるほど。そういうことか」

男はくくっと喉を鳴らして笑う。

「ね、ところでなんでそんなに小さいの？」

オリビアは最初に見たときから気になっていることを聞いてみた。大人なのに男の身長はどう見ても灰鴉亭のパティと同じくらいしかない。成長期にちゃんとご飯を食べなかったにしても低過ぎる。〝不思議で不思議な不思議箱〟くらい不思議だ。

「暗殺稼業を営んでいくにはこの大きさがなにかと適している。ただそれだけのことだ」

男は淡々と答える。

「わざとその大きさになっているってこと？」

「まぁ自らの意思で成長を止めたからそういうことになるな」

「ふーん。これは驚きだね」

自分の意思で成長を止めるなんて本でも読んだことがない。この世にはまだまだ知らないことが沢山あるらしい。オリビアは素直に感心した。

「こっちこそ驚きだ。俺はお前たちが戦争ごっこに興じている間、何度も首を刎ねる機会を窺っていた。だがお前は呆れるほど隙だらけのようでいて、その実まるで隙がない。ならばと必殺の〝気〟を直接当てても、お前ときたらへらへら笑っている。普通の者ならとっくに気絶するほどの気を浴びせたのにもかかわらずだ。さすがに我が宿敵〝深淵人〟といったところか」

化け物、死神と呼ばれるのはいつものことだけど、しんえんびとと呼ばれるのは初めてだった。オリビアが意味を尋ねると、仮面から覗き見える男の双眸が僅かに見開いた。

「自分の出自も知らない？……まぁ無理もないか。お前はまだ赤子だったからな」

「え？　わたしのことを知っているの？」

赤子の頃を知っているのはゼットだけだと思っていただけに、オリビアは目の前の男に俄然興味が湧いた。もしかしたらゼットの行方を知っているかもしれない。

「まさか〝帰らずの森〟に入って生きているとは夢にも思わな――」

「ね、そんなことよりゼットのこと知ってる？」

「ゼット？――それを知ってどうするのだ？」

「知っているんだね!?」

オリビアが勢い込んで近づくと、男は素早く身を引き、ひらりと木の上に飛び上がった。

「教えてくれないの？」

「どの道お前はここで死ぬ。知ったところでどうしようもあるまい」

言うと男は木々と地面の間を縦横無尽に飛び交いながら、オリビアに向けて不規則に棒ナイフを投げてくる。その全てを手刀で叩き落とすと、男は再び地上へと降りてきた。

「昔討ち取った深淵人より遥かに手練れだ。どうりでネフェルが警戒するわけだ……」

「諦めてくれた？　ならゼットのことを教えてよ」

改めて男に近づくオリビアの手がなにかに触れた途端、赤い液体が流れ落ちる。

「あれ？」

目を凝らしてよく見てみると、糸のようなものが周囲に隙間なく張り巡らされている。触れずに抜け出すのは難しいみたいだ。

「ようやく気付いたか？」

「これなにかな？」

ただの糸でないことはわかるが鋼線の類でもない。オリビアは目の前の糸を軽く突きながら質問した。

「〝チャノ〟という繭から取った生糸に俺のオドを練り込んだ特製糸だ。生半可な剣よりもよく斬れる」

男はそう言って左腕を後ろへ引く。張り巡らされた糸がキュルルと音を発しながら迫ってくるのを見たオリビアは、柄に手を掛けた。

漆黒の剣が引き抜かれるのを見たマダラは、オリビアに淡々と告げた。

「無駄な足掻きは止めておけ。俺の糸は剣ごときで斬れるほど易くはない。この〝死斬結界術〟から抜け出すことなど不可能――ッ!?」

ノーモーションから放たれた剣は、起点である手甲から伸びた糸を簡単に断ち切りながらマダラの右肩を貫く。

衝撃で後ろに吹き飛ばされたマダラは、背後の巨木に磔状態となった。

（まさか俺の糸を断ち切るとはな。――ダメージは右肩の裂傷。ほかは……問題ない）

巨木ごと自分に突き刺さった漆黒の剣を抜くため柄に手を掛けると、その上から白魚のような手が覆いかぶさってくる。ほかの誰でもない。オリビアの手だ。

「これ以上ちょこまか動かれると面倒だから」

オリビアが笑顔で剣を押し込んでくる。右肩から激痛と共に血液がとめどなく流れ、マダラは仮面越しに苦悶の表情を浮かべる。漆黒の剣が半分以上木に食い込んだ時点で、ようやくオリビアはその手を離した。

ここまで深く木に穿たれては抜け出すことなど不可能だ。

「これでゆっくり話が聞けそうだよ。じゃあ改めてゼットのこと教えてくれる？」

「ああ。教えてやるとも」

「じゃあゼットが今どこに――」

「俺がゼットなる人物のことをまるで知らないということをな」

「……嘘を吐いたの？」

相変わらず笑みを浮かべているオリビアだが、その双眸からは色が完全に抜け落ちている。背中を伝う一筋の汗が酷く冷たく感じる。

「始めから嘘なんか言っていない。俺は知ってどうすると尋ねただけだ。お前が早合点したに過ぎない」

「はぁ……。ほんと、人間の言葉って難しいよね」

おもむろに伸ばされたオリビアの手がマダラの顔面を包み込む。マダラの顔を覆っていた仮面は派手な音を立てながら地面に散らばった。

「不覚にも俺はお前に敗れたわけだが……これは終わりではなく始まり。今後お前に――深淵人に安息が訪れることは決してない。我ら〝阿修羅〟がそれを許さない」

「それってわたしのことを知っているお仲間さんがほかにもいるってことだよね？」

「それがどうした？」

「――会うのが楽しみ」

尋常でない膂力が側頭骨から伝わってくる。指の隙間から垣間見えるオリビアの顔は、魂が総毛だつほど可憐な笑みに満ちていた。

第六章 ◆ 虚飾の同盟

I

第十二都市ノーザン＝ペルシラ　エス・ルード宮殿　拝殿

「私の記憶違いかしら？　ドレイク重金将には蟄居を命じたはずだけど」

冷ややかな視線を浴びせてくるカサンドラへ、ドレイクは淡々と告げた。

「記憶違いではございません。火急の用件につき非礼を承知でまかりこしました」

「火急の用件？――まぁいいでしょう。それでなにかしら？」

気怠そうに欠伸をしたカサンドラは、艶めかしい脚を組み替えた。

「伝令兵から報告が入りました。我がノーザン＝ペルシラ軍は王国軍に敗北したとのことです。総督のアーサー重銀将は討ち死に。また八割以上の兵士を失いました」

報告が上がったのは今から一時間ほど前。サファ砦の伝令兵からもたらされた情報により明らかとなったのだが、その内容は実に惨憺たるものだった。

カサンドラはドレイクを凝視した後、絞りかすのような声を発した。

「なにかの冗談？」

「女王陛下はすでにおわかりのはず。私が冗談の類を申す人間ではないということを」

「……百歩譲って帝国軍に敗北したならまだわかるけど、相手は瀕死の王国軍じゃない。

——そう、そうよ。きっと伝令兵が間違った情報を寄越してきたのよ。精強なる我が軍が負けるはずがないわ！」

普段の傲慢な態度は鳴りを潜め、カサンドラは必死の面持ちでノーザン＝ペルシラ軍の敗北を否定してくる。ドレイクは黙って首を横に振り、隣に控える女官に携えてきた箱をカサンドラに渡すよう促す。

首を傾げながらも箱を受け取った女官は、スルスルと階段を上り、恭しい手つきでカサンドラへと差し出した。

「……なによこれ？」

膝の上に載せた箱をまじまじと見つめながらカサンドラが尋ねてくる。

「開けていただければわかります」

カサンドラは何度か躊躇する素振りを見せながらも、おそるおそる蓋を開ける。刹那、けたたましい悲鳴を上げながら箱を放り出した。箱は階段を転がり落ちる途中で中身をぶちまける。それを見た女官はカサンドラに負けず劣らずの悲鳴を上げた。

ドレイクの脇を土気色に染まったアーサーの生首がゴロンと転がっていく。

「これで納得いただけましたか？」

「な、なぜ、なぜ我が軍が負けたのです……」

カサンドラは突きつけられた現実を知ってようやく敗北を認めたようだ。これでまともな会話ができると、ドレイクは安堵の溜息を吐いて話を続ける。

「おわかりになりませんか？」

「わからぬから聞いておるのだッ!!」

カサンドラは酒が注がれたグラスを乱暴に握り、ドレイクに向けて投げつけた。グラスはドレイクの顔面に命中し、額から赤い液体が流れ落ちてくる。

息を荒らげ激高するカサンドラに、女官はあからさまに狼狽していた。

「では申し上げましょう。ノーザン＝ペルシラ軍より王国軍のほうが強かった。ただそれだけのことです」

あえて簡潔明瞭に伝えると、カサンドラの顔が酷く歪んだ。

「――姫様、私は再三ご忠告申し上げたはずです。今の王国軍に手を出すのは危険だと。余勢を駆って王国軍が逆侵攻してきたら防ぎきれるものではありません」

その言葉の先にあるものを想像したのか、女官の顔はみるみる青ざめていく。

王国軍がエス・ルード宮殿を制圧するにはイドラ、もしくはサファ砦のどちらかを落とす必要がある。通常であればそれなりの兵が配備されているのだが、アーサーは両方の砦から兵士を駆り出していた。

これでは籠城したとしても大した時間稼ぎにもならず、かといって援軍に出せるほどの兵はその大半がすでに失われている。

エス・ルードに攻め込まれたら最後、玉砕することを前提に戦わねばならないだろう。

「女王であるこの私を脅すのですか？」

カサンドラの細い瞳に仄暗い影が差す。

「私は事実を申し上げているに過ぎません」

「ならばさっさと援軍を頼みなさい！　第三都市なら間に合うでしょう！」

カサンドラはヒステリックな金切り声を上げた。

「なんと言って援軍を乞うのです。王国に戦を仕掛けた挙句敗北しました。逆に攻め込まれそうなので援軍を送ってくださいとでも言うのですか？」

「し、侵略を受けた場合は連合軍で当たることがサザーランド十三憲章に明記されている。そのことはあなたも知っているはずよね？　形はどうであれ断ることなどできないわ」

一転して勝ち誇るかのような笑みを浮かべるカサンドラに、ドレイクはあからさまに大きな溜息を吐いて告げた。

「本当にそうお思いでしたら姫様自らお尋ねになったらいかがですか？」

「私はあなたにやれと命じているのですッ！」

「そう言われましても今は蟄居の身。私にやれとおっしゃいましても……」

すまし顔で答えると、カサンドラは先程以上の金切り声を上げて拝殿の入口を指さした。

「なら蟄居を解くからさっさと行きなさいッ!!」

ドレイクは慇懃(いんぎん)に頭を下げ、委細承知の旨を伝えると、ひとり拝殿を後にする。

(これに懲りて姫様もしばらくは大人しくしているだろう)

目の上のたんこぶだったアーサーが死んでくれたのは僥倖(ぎょうこう)だが、それにしても損害が大き過ぎるとドレイクは重い息を吐く。軍を立て直すことも含めてこれからのことに思いを馳(は)せると、しばらくはまともに睡眠をとれそうにないと溜息を漏らす。

「そうだわ。いっそのこと臨時の十三星評議会を――」

背後でカサンドラがブツブツ呟(つぶや)いているのを、ドレイクは心底呆(あき)れながら聞いていた。

II

ファーネスト王国　レティシア城　獅子王(ししおう)の間

バルバロッサ調のシャンデリアが煌(きら)めく獅子王の間において、王家主催の晩餐会(ばんさんかい)が催された。美しい調べが場を華やかに彩り、部屋の中央に置かれたいくつもの円卓には豪勢な料理や高級酒などがところ狭しと並べられている。

高級将校や豪奢(ごうしゃ)な衣装で着飾った貴婦人たちがグラス片手に笑顔で歓談していた。

「皆、楽しんでいるようだな」

「これも陛下のご威光の賜物でしょう」

「うむうむ」

部屋の端に置かれたテーブルで満足気に頷いているのは、ファーネスト王国を統べるアルフォンス・セム・ガルムンド。久方ぶりに公の場へと姿を見せた王は血色も良く、今までの彼を知る者には驚きの光景だろう。時折隣に立つコルネリアスと言葉を交わしては、にこやかな笑みを浮かべていた。

それというのも北部の帝国軍を国境線まで追い返し、中央戦線での一大決戦もひとまず勝利を収めたことに起因している。予想外であったノーザン＝ペルシラ軍の侵攻も、オリビア率いる第八軍の活躍によって完膚なきまでに叩き潰されていた。

そして〝暁の連獅子〟と銘打たれた今回の一大反抗作戦。防戦一方だった王国が帝国領、それも帝都オルステッドに侵攻しようというのだ。しかも、神国メキアとの共同戦線。アルフォンスが晩餐会に出席することも当然のことだろう。

その一方でアルフォンスの機嫌に一役も二役も買っているオリビアといえば、目尻を思い切り下げ、蕩けるような表情で舌鼓をこれでもかと盛大に打ち鳴らしていた。

聞けば前回の祝賀会に引き続き、今回もオリビアのお気に入りである王宮料理人が腕を振るったとのこと。第八軍の勝利にアルフォンスが自ら応えた形だ。

今や誰もが王国随一の武勇と認めるオリビアは、しかし閣下と呼ばれる身分になった今もまるで行動に変化がなかった。

(相変わらずというか……見ているだけで胸やけがしてくる光景だな)

円卓の料理が瞬く間に消えていく様子に、クラウディアは溜息しか出てこない。ノーザン＝ペルシラ軍との戦いで反撃の下知を下したときの凛々しい姿がまるで幻のようだ。

(少しは将軍としての威厳を出してくれるとこちらとしても助かるのだが……)

そもそも十六歳の少女に威厳を求めるのがおかしいことだと重々承知しているが、しかしながら部下の手前もある。オリビアの武勇を知って、見てなお侮る者などいないだろうが、それでも一軍の将となったからには演技だけでもそれらしく見せてほしいのがクラウディアの本音だ。

過日、たまたま城で再会したブラッドにも相談してみたが、『赤ん坊に戦術論を説くくらい無駄なこと』と、笑いながら一蹴されてしまったという経緯がある。

意外だったのはオリビア自身に多少の意識改善はあったことで、コルネリアスから少将に任じられて自分と別れた直後、偶然出会ったオットーに上官として接したこともあったらしい。だが、最終的に全力で逃げ出したとオリビアは渋い顔で言っていた。

相手が〝鉄仮面〟の異名をもつオットーとはいえ、どう接したら上官であるオリビアが全力で逃げ出す状況になり得るのか、クラウディアにはまるで想像できなかった。

（ま、それも含めて閣下らしいといえばらしいが……）

そう思いながら改めてオリビアを見やる。今宵のオリビアは腰から裾に向かって大きく膨らんだ黒のドレスに身を包んでいる。相変わらず服装には無頓着を決め込むオリビアのため、前回の祝賀会と同様、クラウディアが見繕ったものだ。

今回は胸元と背中が大胆に開いたドレスではなく、フリルのレースとピンタックがふんだんにあしらわれた可愛らしいドレスである。オリビアの容貌からすれば少々子供っぽいかとも思ったが、実際着せてみたところ全く問題がなかった。

結局のところ絶世の美女はなにを着せても似合ってしまうものらしい。

「クラウディアも早く食べないとなくなっちゃうよ？」

オリビアは素早くほかの円卓に視線を走らせながら言う。

「閣下、今さら食べるなとは申しませんが、少しは挨拶をしてください。大勢の方が閣下のことをお待ちしていますので」

先程からチラチラとこちらの様子を窺う者のなんと多いことか。オリビアを見つめる集団の中には高級将校ばかりでなく、王家に連なる者も含まれている。オリビアの知己を得ようとの魂胆がありありと透けて見え、はっきり言ってしまえばこの上なく不快だが、さりとて無視するわけにもいかないのが悩ましいところだ。

貴族社会の常とはいえ、このような状況はクラウディアの好むところではない。もっとも母であるエリザベートが言うには、貴族としての観点が大いにズレているらしいが。

空になった皿にナイフとフォークを置いたオリビアは露骨に顔を顰めた。

「えー。挨拶はクラウディアが代わりにすればいいじゃない。そういうのも副官の仕事でしょう？　今わたしはとってもとーってもも忙しいから」

円卓の料理を全て胃袋に収めたオリビアは、次なる獲物に向けていそいそと移動する。そのあとを追いながらオリビアへ耳打ちした。

「少しはご自身の立場もお考えください。仮にも閣下は第八軍を統べる将軍ですよ」

「そんなこと言われても、なりたくてなったわけじゃないし……」

オリビアは不満そうに口を尖らす。その間も目だけは料理に釘付けだ。

「だとしてもです。そもそも一軍の将とは――」

「あ、誰か来たみたいだよ」

クラウディアの背後を指さすオリビア。振り返ると大扉が厳かに開かれ、目が覚めるような純白のドレスに身を包んだ女が、優美な微笑を湛えて佇んでいた。

「「「…………」」」

まるで時が止まったかのような静けさは、しかし一瞬で過ぎ去った。広間のいたるところから感嘆とも溜息ともつかぬ声が漏れ聞こえてくる。

（あれが神国メキアの国主、聖天使ソフィティーア・ヘル・メキアか……。噂には聞いていたが凄まじいまでの美しさだな。どうして閣下といい勝負だ）

ソフィティーアはピンヒールを高らかに響かせながら実に優雅な足取りでアルフォンスの下へ歩を進めていく。

彼女の後ろに付き従うのは麗人然とした白銀髪の女と、精緻な顔立ちに冷たさを滲ませている薄青色髪の女。きびきびとした動きからしてどちらも軍人であることは間違いない。隙のない足運びからして、かなりの手練れであることが窺えた。

そして――――。

（やはり来たか。よくもまぁ抜け抜けと……）

最後尾を歩くヨハンを睨みつけていると、こちらの視線に気づいたらしい。軽薄な笑みと共に手を振ってくる。オリビアもヨハンの姿に気づいたのか、屈託ない笑顔で大きく手を振り返していた。

（へらへらとあの野郎！　というか閣下もなにを呑気に手を振っているんだ！）

ひとり鼻息を荒くしているクラウディアを置き去りに、アルフォンスの隣に並んだソフィティーアがおもむろに挨拶を始めた。

「ファーネスト王国の皆様方、お初にお目にかかります。わたくしは神国メキアを統べる、ソフィティーア・ヘル・メキアと申します。此度はアースベルト帝国の野望を打ち砕かんがため、共に手を携えられることを嬉しく思います」

　両手を腹に重ねて丁寧に頭を下げるソフィティーアへ、割れんばかりの拍手が沸き起こった。圧倒的なカリスマとでも表現すればよいのか、当たり障りのない挨拶にもかかわらず、ソフィティーアの言葉ひとつひとつに敬意を表してしまうような力をクラウディアは感じた。

　現に少なくない将校が戦意を昂らせた表情でソフィティーアの挨拶に聞き入っていた。

「ソフィティーア殿、此度の合力、誠に感謝いたします。聞けば帝国の属国と成り果てたストニア公国に乾坤一擲の打撃を与えたとか。実に頼もしい限りですな」

「アルフォンス様、こう言ってはなんですが帝国の傀儡ごとき、我が聖翔軍にかかればどうということもありません。帝国は実に愚かな選択をしました。神国メキアに牙を剝くという愚かしい選択を。今後彼らは身をもってそのことを味わうことになるでしょう」

「い、いやはや。全くもってその通りですな。今後は帝国の野望を打ち砕かんため、共に手を携えていきましょう。そしてデュベディリカ大陸に再びの安寧を」

「はい。戦乱の世に終止符を打ち、共に平和を成していきましょう」

　凄みのある笑みを浮かべたソフィティーアに、アルフォンスは顔を引きつらせる。

　斜陽著しいファーネスト王国ではあるが、それでも経済・軍事力共にまだまだ神国メキアが及ぶところではない。そもそも国の規模が違うのだから当然だろう。

しかしながら統治者としてアルフォンスとソフィティーア個人を比較した場合、一も二もなく彼女に軍配が上がるのは誰の目から見ても明らかであった。

「ファーネスト王国と神国メキアの永遠なる繁栄を！」

乾杯の音頭をとったのちアルフォンスは再び歓談を促すと、自らは率先してソフィティーアを貴賓席へと案内する。再び広間ににぎやかな言葉が交わされる中、気づくとオリビアはさらに別のテーブルへと移動していた。どうやら挨拶の最中も手を休めることはなかったらしい。

（本当に閣下には困ったもの……ん？）

不意に背後から視線を感じて振り返ると、ソフィティーアに付き従っていた女が品定めをするかのようにオリビアをジッと窺っていた。オリビアも視線に気づいたらしく、一瞬手の動きを止めていたが、結局振り返ることもないまま食事を続けている。

（あの二人か……閣下の武勇はヨハンから間違いなく聞かされているはず。気になるのもわからなくはないが、これから共に戦う者に対して向ける目ではないな）

負けじと見返すクラウディアの下へ、視界に入れたくもない人物が飄々と割って入る。

亜麻色の髪をこれみよがしに掻き上げる優男の名はヨハン。

クラウディアは自らの拳が固く握り締められているのを自覚した。

「いやぁ。先程は熱い視線を向けられて心臓が張り裂けるかと思いました。それにしてもクラウディア様は相変わらずお美しい」

胸に手を当てて恭しく頭を下げたヨハンは、開口一番歯の浮くような世辞を並べ立ててくる。ヨハンの様子を薄青色髪の女はあからさまに白い目で見つめている。白銀髪の女も大体似たような反応だ。

（案外あの二人とは話が合うかもしれない）

僅かばかりの親近感を二人に覚えるクラウディアではあるが、それはそれとして胡散臭さの塊であるヨハンを思い切りねめつけた。

「よくもまぁ私の前に堂々と姿を現したものだ。知っているか？　貴殿のような男を面の皮が厚いと言うのだ。厚顔無恥とも言うな」

「久しぶりにお会いしたというのに随分と辛辣ですね。ですがそういうところもまたクラウディア様らしく、大いなる魅力のうちのひとつですが」

言って白い歯を見せるヨハン。背中から怖気が走るのはこれで二度目である。

「……それにしても神国メキアの人間だったとはな」

ヨハンは屈託なく笑いながら言う。

「これで私が帝国の人間ではないとわかっていただけましたか？」

「ああ。だが気に入らんな」

「おやおや。なにが気に入らないのでしょう？」

ヨハンはわざとらしく目を見開いた。いちいち小芝居がかった態度に、やはりこの男は生理的に合わないと、クラウディアは強く思った。

「気に入らないことだらけだ。大体だな――」

「まぁまぁ。そんなに怒ってばかりだと小皺が増えるよ」

突然会話に入り込んできたオリビアに、肩をポンポンと叩かれる。円卓の料理はすでに跡形もなく平らげられていた。

「こじ、小皺などありません！　私はまだまだ若いですから！」

クラウディアが思わず声を荒らげると、オリビアはケラケラと笑う。確かにオリビアと比べたら六つほど年上だが、さすがに小皺ができる年齢ではない――と思いたい。

「あはは、ごめんごめん。――それにしても久しぶりだね。元気にしてた？」

オリビアはヨハンに対しても気安く肩を叩く。ヨハンはほんの一瞬目つきを鋭くするも、すぐに笑みを交えて答えた。

「ええ、オリビア様も相変わらずお元気そうでなによりです。前回のドレスも魅惑的で良かったですが、今宵のドレスもまた素敵です。ただ惜しむらくはオリビア様の魅力にドレスが追いついていないということです」

「ね、クラウディア。確かこういうのを口が美味しいって言うのかな？」

人差し指を口元にあてがい小首を傾げるオリビア。

「微妙に違います。あれは口が異常に上手いと言うのです」

クラウディアが訂正していると、ヨハンが首を左右に振った。

「お二人とも違います。私は真実を口にしているだけなので」

「それを口が上手いと言うのだッ！」

再び声を荒らげるクラウディアの耳に、朗らかな笑い声が聞こえてくる。視線を向けたクラウディアの瞳に、グラス片手に微笑むソフィティーアの姿が映った。

「あらあら。これはまた随分と楽しそうですね。よろしければわたくしもお仲間に入れてはいただけませんか？」

（――ッ!?）

最重要警戒人物であるソフィティーアの登場に、しかしオリビアは気軽に「いいよ」と返事をし、そのまま輪の中に招き入れてしまった。クラウディアが呆気に取られている横で、オリビアはこともあろうにソフィティーアのドレスをいきなり触り始める。

「貴様ッ!?」

背後に控えていた白銀髪の女が鬼の形相で止めに入ろうとするのを、ソフィティーアは笑いながら軽く手を上げることで制していた。

「ソフィティーア様！」

「ラーラさん、別に問題ありません」

「ですがいきなりソフィティーア様に対し――」

最後まで言わせることなく、ソフィティーアは手にしている銀の錫杖で床を叩いた。

「問題ないとわたくしは言っています」

「は……失礼しました」

オリビアをキッと睨み、ラーラは数歩後ろへ下がっていく。クラウディアはオリビアを強引に引き離し、改めて無礼を謝罪した。

「こちらこそ臣下が騒がしくしてすみません。――ところでオリビアさん。このドレスがそれほど気になりますか？」

「うん。こんなにキラキラしたドレスを見たのは初めてだよ。凄くスベスベしているし」

ラーラが苦々しげにオリビアを見やるも、当の本人は全く意に介さない。それどころか「あのキラキラは輝銀石を砕いたものかなぁ」などと呑気に呟いている。

ちなみにヨハンは苦笑いで二人のやり取りを眺めていた。

「閣下、お願いですから敬語を使ってください。ソフィティーア様に失礼ですよ」

「え……？　なんで敬語を使うの？　わたしの上官じゃないよ？」

「上官でなくても同盟国の国主様です。敬語を使うのは当然です」

薄青色髪の女がフンと鼻で笑う。そんなこともわからないのかと言わんばかりに。笑われたオリビアはというと、心底不思議そうな顔を向けてくる。

「なんで国主だと敬語を使うのが当然なの？　だって――」

「わかりましたね？」

オリビアの表情が一変し、みるみる顔が青ざめていく。さらには頭を高速で縦に振り始めた。どうやらわかってくれたようだ。

「ごめんね。――じゃなくて、申し訳ありませんでした」

ぎこちなく頭を下げるオリビアへ、ソフィティーアは春の陽だまりのような温かい笑みを向けて、謝罪は不要だと口にした。

クラウディアがホッと胸を撫で下ろしたのは言うまでもないだろう。

「ふふっ。それにしても本当にオリビアさんは敬語が苦手なのですね。ヨハンさんから聞かされていた通りです。わたくしは一切気にしませんから普段の言葉でお話ししてください」

「え？　いいの？」

「もちろん構いません」

ソフィティーアの言葉をクラウディアは無条件で信じることができない。仮にも一国を統べるものが他国の、しかも初めて会ったばかりの者に対してする発言ではないからだ。

（……その言葉が真か偽りか。不敬だが確認させてもらう）

聡明な光をたたえるソフィティーアの瞳を覗き見ると、真実の〝色〟を帯びている。どうやら本気の発言だったらしく、懐の深さにクラウディアは内心で舌を巻いた。

「ほんとにほんと？」

「ソフィティーア・ヘル・メキアに二言はありません」

「でもクラウディアが夜叉に……」

そう呟いておそるおそるこちらに視線を向けてくるオリビアは、なぜかもじもじと指を絡ませている。夜叉とはいったいなんのことか、晩餐会が終わったらしっかり問い質さなくてはならないと、クラウディアは胸に留めておく。

「問題ありませんよね？」

ソフィティーアにそう問われ、クラウディアは言葉に窮した。問題がないと問われれば、当然問題がある。今この場だけのことなら許されるかもしれないが、会話の流れから察するに、どうもこの場だけの話では済まない予感がする。

どうしたものかと頭を悩ませていると、ソフィティーアは顔にパッと花を咲かせ、オリビアの手に自らの手を重ね合わせた。

「ではこうしましょう。わたくしとオリビアさんは今日からお友達です。それでしたら敬語を使わなくとも大丈夫ですよ」

「友達？」

「そうです。お友達です」

「そっか！　友達なら敬語は使わないもんね！」

オリビアは納得いったように何度も頷く。クラウディアが呆気に取られている間にも、とんとん拍子に会話が進み、最終的にオリビアが神国メキアに招待される話にまで及んでいた。慌てたクラウディアは、二人の会話に強引に割って入る。

「ソフィティーア様、無礼を承知であえて申し上げます。そのような大事をお二人の間だけで決めてしまうのはいかがなものかと。互いに立場というものもありますれば……」

ソフィティーアは強く頷いた。

「貴女のおっしゃる通りです。これは少々勇み足でしたね。では今回は表敬訪問という形をとりましょう。その旨をアルフォンス様にお話しすればきっと快諾していただけると思います。なにせわたくしたちはお友達になったのですから」

そう言ってソフィティーアは蠱惑的な笑みを浮かべた。

（なるほど。そこに話をもっていきたかったわけか……。閣下を神国メキアに招き入れていったいなにを企むのだ？）

楽しそうに会話する二人を尻目に、ひとり警戒を強めるクラウディアであった。

Ⅲ

ファーネスト王国　西部

渺茫たる漆黒の森を二頭立ての馬車が進んでいる。馬車を囲むように並走するのは、浅紫の鎧に銀翼の紋章が刻まれた聖近衛騎士の面々。彼らは葉のざわめく音や獣の遠吠えに緊張しながらも、何者も馬車に近づけまいと最大限の警戒を行っている。

当代随一の職人によって造られた華麗な馬車に乗るのは、同じく華麗な衣装に身を包んだ聖天使ことソフィティーア・ヘル・メキア。ほかにもアメリアやヨハン、ラーラといった魔法士たちが万が一の事態に備えて同乗している。

警戒はこれだけではない。十二衛翔筆頭であるヒストリアが手練れの部下二十名と共に先行している。進路の妨げとなる者が現れた場合には遅疑なく処理するようラーラが命じており、万全の警備態勢を敷いていた。

その警備対象であるソフィティーアはというと、しばらく馬車内で雑談に花を咲かせた後、王都フィスを発してから終始険しい表情を浮かべているヨハンに声をかけた。

「ヨハンさんにはなにか気に入らないことでも？」

「――無礼を承知で申し上げますが、危険を冒してまで帰る必要があるのですか？　夜の森が危険だということは聖天使様もおわかりでしょうに」

「ヨハン、聖天使様の決定に異を唱えるのか？」

ヨハンの真向かいに座るラーラが苛立ち気味に口を開く。

「もちろん夜の森が危険だということは認識しています。ヒストリアさんや聖近衛騎士のみなさんに苦労をかけていることも承知しています。それでも神国メキアへの最短ルートである以上、この森を避けては通れません」

比較的安全なルートを選択した場合、神国メキアに到着するのは四日ほど遅れてしまう。これはファーネスト王国が領内整備を怠っているわけではなく、そもそもデュベディリカ大陸において人間の住まう領域などたかが知れているのだ。

そのほとんどは山が連なり森に覆われ、そこには人間の力など及ばない獣たちが跋扈している。とくに危険害獣に指定されている獣は、今も昔も人間にとって脅威そのものだ。非力な人間たちは獣たちに唯一勝る〝知〟を最大の武器とし、長い年月をかけながら彼らの領土を少しずつ切り取っていった。

人間の歴史とはそのまま獣たちとの生存をかけた歴史でもあるのだ。

「聖天使様が危険を承知で帰りを急がれる理由……もしかしてオリビア・ヴァレッドストームを早々に我が国へと招待するためですか？」

ヨハンはひとしきり顎を撫でまわした後、こちらを窺うように尋ねてきた。

「正解です。アルフォンス王はわたくしの願いをなんら疑いもせず承諾してくれました。

そういう意味では実に御しやすい相手です」

これが帝国の皇帝、賢帝と名高いラムザであればこれほど上手く事が運ばなかったに違いない。自国が有する最強の武人であるオリビアを、たとえ同盟を組んだ相手の国であっても易々と行かせはしないものだ。

ソフィティーアがアルフォンスと接した時間は限られたものであったが、それでも彼の器量を推し量るには十分な時間であった。

「聖天使様はオリビア・ヴァレッドストームを神国メキアに引き入れるおつもりですか？」

ヨハンの隣に座るアメリアが無表情で尋ねてくる。だが、ほんの僅かに眉が吊り上がっているのをソフィティーアは見逃さなかった。

「ふふっ。仮にそうだとして、アメリアさんは賛成してくれませんか？」

「聖天使様が決めたことに反対などいたしません。ただ……」

「ただ？」

「……ただ私とは合う気がしません。やたらと食い意地が張っていますし、なりより聖天使様に対して数々の無礼を働いています」

最後はそう言って不快な表情を隠すことなくあらわにする。ラーラが力強く頷いているところから、彼女も同じ思いであることが窺い知れた。

オリビアが物凄い勢いでテーブルの料理を平らげていたのはソフィティーアも知ってい

る。その健啖ぶりにはさすがに驚かされたが、同時にあそこまで美味しそうに食事をする様は可愛らしくもあった。ヨハンから聞いていた以上の美しさも相まって、そこだけ見れば帝国軍を震え上がらせている死神にはとても思えないだろう。

「聖天使様に無礼云々は別にしても、アメリアがそこまで毛嫌いする理由が俺にはわからん。見た目はまだしも気質はアンジェリカと似通っている部分が多いだろ？」

ヨハンの見立てはなるほどとソフィティーアを納得させた。確かに無邪気さという一点では、アンジェリカとオリビアはよく似ている。

案外二人を引き合わせれば仲良くなるかもしれないと、顔を歪ませるアメリアを眺めながら思った。

「……アンジェリカに似ているからといって、それがどうしたというのです？」

「いや、別に」

そう言ってニヤリと笑うヨハンに、アメリアは珍しく盛大な舌打ちを披露してみせた。

「聖天使様、オリビア・ヴァレッドストームを引き入れることに私も異存はありません。――その最終目的はやはり魔術の解明ですか？」

ラーラの言葉にヨハンの顔から笑みがスッと消え、元の険しいものへと変化する。ソフィティーアは微笑みを浮かべて首を縦に振った。

「やはりそうですか……。ですがそう簡単に教えるでしょうか？」

「そのためにもまずはこちら側へ引き込むことが先決です。事を急(せ)いて失敗するほど愚かしいことはありませんから」

さすがのソフィティーアも晩餐会の短い会話でオリビアの人となりを判断することは難しかった。それでも確実にわかったことは、彼女は良くも悪くも立身出世の欲がないということである。多少なりとも欲がある人間であれば、いくらでも籠絡する自信があるのだが。

（それにズィーガー卿(きょう)のこともある）

アメリアばかりでなくヨハンさえも退けたと聞いたときは、さすがのソフィティーアも唖然(あぜん)とした。将来帝国軍と戦端を開くからには、当然フェリックスのことは無視できない。ヨハンの話では神国メキアに寝返るよう誘いをかけたらしいが、一顧だにしなかったらしい。本来なら回避不可能なはずの風華(ふうか)焔光輪(えんこうりん)をオリビアは魔術で防ぎ、そしてフェリックスは剣技でもって防いでみせた。このことからも二人の実力は拮抗(きっこう)していると判断していいだろう。フェリックスに寝返る意思が皆無である以上、こちらの犠牲を最小限に抑えるためにも、オリビアの力は是が非でも手に入れておきたかった。

それだけに慎重に話を進めていかなければと、ソフィティーアは改めて強く思う。

「彼女を引き込むことに俺も異論はありません。ただ、たとえ教えてくれたとしても我々が魔術を会得できるとは限りませんが？」

ヨハンの言い方には多分に魔術を否定するような響きがあった。彼も一流の魔法士である以上、矜持というものがあるのだろう。

その気持ちがわからなくもないソフィティーアは、あえて否定はしなかった。

「それならそれで構いません。王国最強の武力と魔術の使い手。それだけでも神国メキアに計り知れない恩恵をもたらします」

「仮にオリビア・ヴァレッドストームが聖天使様の誘いを受けたとして……どのような待遇をもって迎え入れるおつもりですか？」

そう尋ねるラーラの表情からは、僅かに緊張した様子が伝わってきた。

「確かオリビアさんは少佐から一気に少将に昇格したのですよね」

「聖天使様のおっしゃる通りです」

「彼女の功績からしたらそれでも不足に感じますが……そうですねぇ。最低でも上級千人翔の椅子は用意しないと釣り合いが取れませんね」

馬車内にゴトリと鈍い音が広がった。見るとアメリアが慌てて手にしていたカップを拾い上げている。中身は空だったようで床に敷き詰められた絨毯が濡れることはなかった。

謝罪を口にするアメリアをラーラは冷えた目で一瞥した後、口を開く。

「上級千人翔ですか……。実際のところ私はオリビア・ヴァレッドストームの魔術は言うに及ばず、剣技すら見ていません。それゆえ相応しいかどうかは判断しかねますが」

言いながら、ラーラはヨハンに胡乱気な視線を向けた。

「ラーラ聖翔はまだ疑問をお持ちですか？　俺も認めたくはありませんが魔術は確かに存在します。しかも彼女が振るった魔術は明らかに魔法の上をいっていました。剣技ひとつとっても俺は彼女の足下にすら及びません。正直、上級千人翔でも足りないかと」

「現在の階級において上級千人翔の上は聖翔しかない。オリビア・ヴァレッドストームには聖翔こそが相応しいと、そうヨハンは思っているのか？」

ラーラの髪の毛が微かに揺らめく。ヨハンは戸惑ったように苦笑した。

「この際俺がどう思うかは関係ないでしょう。それら全てを決めるのは聖天使様ただおひとりなのですから」

三人の視線が同時に自分へと向けられるのを感じながら、ソフィティーアは居住まいを正した。

「皆も知っての通り、わたくしが要職に就ける上で判断するのは地位や家柄ではありません。それに見合った実力の持ち主であるか、ただその一点です。ヨハンさんの話をもちろん信じていますし、帝国軍との戦いにおいても彼女の実力はすでに証明されています。それでもわたくしが最終的に判断するのはこの目で見たことのみ。オリビアさんを正式に迎え入れた暁には、当然力を測らせていただきます」

聞いたアメリアとラーラはコクリと頷いた。

本音を吐露するなら、実力を測ることすらないと思っている。死に体であった王国軍がここまで盛り返してきたことがなによりも雄弁に物語っている。

だが、実際にオリビアと剣を交えたヨハンは別として、アメリアやラーラがすぐに納得できないのもわかる。常識という枠に閉じ込められている以上、そこから外れた者を理解するのは難しいものだ。

もちろんソフィティーアが決めたことに異を唱えないことはわかってはいるが、後々しこりを残す結果になるだろう。それでは神国メキアを統べる者として失格だ。

大陸統一を果たすためには、臣下たちに毛ほどの疑念も抱かせてはならない。

（それもこれもオリビアさんがわたくしの誘いに対して首を縦に振るかどうかですが。とりあえず国に戻ったら名うての料理人を集めることが先決ですね。それとオリビアさんに付き従っていた女。おそらくは彼女の副官でしょうがあれは少々目障りですねぇ）

窓越しに見る風景は絶えず生存競争が繰り広げられている苛烈な世界。

馬車はカラカラと小気味よい音を発しながら闇の中を突き進んでいた。

第七章◆白亜の森

I

　帝都オルステッドから遠く離れた北の大地に《白亜の森》と呼ばれる場所がある。一年中雪に閉ざされたこの森は、一角獣や吸血鳥などの危険害獣第二種が跋扈する人外の領域であり、さらに危険害獣三種に指定されている災害級の獣、通称〝咢〟と呼ばれる獣の存在が囁かれている。滅多に姿を見せないことから幻獣とも呼ばれていた。
　古い文献を紐解くと、かつて咢が城塞都市に現れて破壊の限りを尽くし、一夜にして廃墟に変えてしまったという記録が残されている。また別の文献では、数千人の兵士を犠牲にしてようやく討伐したとも書かれている。
　その一方で獣でありながら人語を解したとの眉唾な伝承も残されており、古くから北の大地に生きる〝ガガ族〟の間では、神獣として崇め奉られていた。

（ここを訪れるのも随分と久しぶりだな）

　魔境ともいうべき白き森の中を歩く男——完全武装で身を固めたフェリックスが、降り積もった雪を掻き分けながら目的の場所に向かって進んでいく。

振り子のような動きで巨樹から巨樹へと器用に渡る手長黒猿の群れは、不思議なものでも見るような視線をフェリックスに向けていた。

道なき道を歩くこと二時間あまり。

前方の視界が大きく開け、丸太で組まれた簡素な小屋が見えてくる。ようやくかと白い息を吐いたのも束の間、突然背後から圧倒的な気配を感じたフェリックスは歩みを止めた。

（この気配は……）

明らかに人間が放つ気配ではなく、かといって本能を剝き出しにした獣とも違う。慎重に振り返るフェリックスの瞳に、純白の毛に覆われた獣が映し出された。気品と美しさを併せ持つ巨獣は、一見するだけも王者の風格が感じられ、ほかの獣とは一線を画している。

巨獣は人間など簡単に踏み潰せるであろう凶暴な四足をゆったりと交互に動かしながら、フェリックスとの距離を縮めてきた。

「ご無沙汰しております。獣王金剛杵様」

居住まいを正したフェリックスは、輝く黄金の双眸で自分を見下ろす金剛杵に向かって丁寧に頭を下げた。金剛杵は軽く頷いたような仕草を見せると、地面にどっかと座り込み、獰猛なる白き牙を覗かせた。

「ラサラたちに会いに来たのか？」

「はい。久しく足を運んでいませんでしたので」

「ついこの間も来たばかりだろう」

「私がここを訪れたのは一年ほど前だったと記憶しているのですが……」

フェリックスがそう言うと、金剛杵(ヴァジラ)は大きな鼻息をひとつ落とす。すると、強烈な風と共に雪煙が盛大に舞った。

「一年など我からすれば瞬きほどの時だが……まぁよい。あの娘はあれで割と寂しがり屋なところがあるからな。精々構ってやるがよかろう。それと一応獣たちにはお前を襲うなとの指示は出してある。もっともお前なら後れをとることもないと思うが」

「ご配慮ありがとうございます。私も無闇な殺生はしたくありませんので」

言ってフェリックスは、腰に下げている浅黄色の小袋を撫(な)でた。小袋には獣除(けものよ)けとされている雪中紅花(せっちゅうべにばな)を磨(す)り潰して固形状にしたものが入っている。最近狩人(かりゅうど)たちの間で流行(はや)りだしたものらしく、凶暴な獣であればあるほどこの匂いを忌み嫌うらしい。

前回足を踏み入れたときは二度獣に襲われたが、今回はただの一度も襲われていない。それが雪中紅花の効果によるものなのか、それとも金剛杵(ヴァジラ)の指示が行き届いて襲ってこないだけなのか判断がつかなかった。

「ふん。命軽やかな地に足を踏み入れてなおそんな口が利ける人間はお前だけだろう」

「恐れ入ります」

「用が済んだらとっとと去るがいい。お前自身が放つ匂いのほうが余程獣たちを刺激する」

フェリックスを一瞥した金剛杵（ヴァジラ）はゆっくりと立ち上がる。そのまま身を翻すと、三つからなる尻尾を悠然と揺らしながらいずこかへ去って行く。

金剛杵（ヴァジラ）を見送ったフェリックスは、再び丸太小屋に向けて歩き始めた。

程なくして丸太小屋に到着したフェリックスが、目の前の扉をノックしようとした矢先、懐かしい声が耳に飛び込んできた。

「この匂いはフェリックスだ！」

僅かに開かれた窓から勢いよく飛び出してきた妖精――シルキー・エアが、星屑（ほしくず）をちりばめたかのような軌跡を描きながらフェリックスの肩にフワリと腰掛けた。人間とほぼ変わらない容姿だが、大きさは手のひらほど。決定的に違うのは、鋭利に尖（とが）った両耳と背中から生える鈍色（にびいろ）の四枚羽だ。

フェリックスは無邪気な笑みを浮かべるシルキーの頭を人差し指で優しく撫でる。すると、シルキーはキャッキャと足をバタつかせながら頬にすり寄ってきた。

「久しぶりですね。元気でしたか？」

「僕はいつだって元気だぞ！　だけどラサラが僕をこき使うから大変なんだよー。ま、それもこれも僕の魔法がとびきり優れているからだけどね」

エヘンと胸を張りながらシルキーは言う。

「会うのは一年ぶりですが、しばらく見ない間に随分と綺麗になりましたね」

手のひらに乗せたシルキーをフェリックスはまじまじと見つめた。

前回会ったときは肩にかかる程度であったと記憶している髪が、今は二の腕あたりまで伸びている。元々品の良い顔立ちをしていたが、一年前より幼さが消えているので余計にそう感じるのだろう。爽やかな緑色のドレスが薄桃色の髪とよく合っていた。

「そ、そうか！　僕、そんなに綺麗になったか！」

シルキーは体を優雅に一回転させる。だが、思いのほか勢いがあったらしい。ドレスの裾が大きな広がりを見せると、シルキーは慌ててドレスを押さえた。

「うぅぅ……見た？」

シルキーは顔を真っ赤にしながらフェリックスを睨みつける。恥ずかしそうに振る舞うその姿は、人間の女性となんら変わらない。

「なにも見ていませんよ」

本当に見ていなかったのでそう答えるも、シルキーの表情は変わらない。それどころか疑いの色を深め、さらには激しく地団太を踏み始めた。

「ウソだウソだウソだッ!!　フェリックスは絶対僕のスカートの中を見たッ!!」

「だから見ていませんって」

半ば呆れながら否定するフェリックスへ、「じゃあ何色だった?」と、シルキーが頬を思い切り膨らませながらジト目で問いかけてくる。

その言いようが可愛らしく、フェリックスは思わず笑みを零した。

「あーっ!!　ほらあ!!　やっぱり見たんじゃないか!!」

シルキーはさらに頬を赤く染めながらポカスカと頭を叩いてくる。フェリックスがなすがままにされていると、小屋の中から苛立ったような声が飛んできた。

「どうでもよいことでいつまでじゃれ合っているのだ?」

「どうでもよくないもん!」

「いいからさっさと中に入れ」

その言葉と同時に入口の扉が音もなく開かれると、シルキーが耳元に体を寄せてきた。

「きっとね。ラサラは僕とフェリックスの仲を羨んでいるんだよ」

ふふんと小気味よく鼻を鳴らしたシルキーは、扉の奥へと消えていく。

普段小屋の中はシルキーが行使する結界魔法によって迷路のように入り組んでいる。万が一の侵入者に備えてのことだが、今は結界魔法を解除しているらしく、フェリックスはすぐに部屋の中央で待ち構える小さな女の子と目が合った。

「お久しぶりです。ラサラ様」

金剛杵（ヴァジラ）と同様、フェリックスは敬意を込めて深く頭を下げた。

「小僧は何度教えたら覚えるのじゃ！　大魔法士ラサラ様と呼べとあれほど申しつけたであろうがッ!!」

ラサラは床をあらんかぎりに踏みしめながら言う。その姿は先ほどのシルキーを彷彿（ほうふつ）とさせ、フェリックスは笑いを堪（こら）えるのに苦労した。

「……小僧、まさか笑っているのではあるまいな？」

「笑うなど滅相もございません」

慇懃（いんぎん）に言葉を発したフェリックスに、ラサラはふんと鼻を鳴らす。

容姿こそ幼い子供のそれだが、実年齢は二百歳を優に超える。まさに人外の領域に住まう者であり、生きる伝説だ。なんでも幼少の頃に〝神光玉（しんこうぎょく）の魔法陣〟を継承したときから姿が変わらないとのことだ。

だからといって不死というわけでもなく、魔法の中でも外法とされている秘術〝延命の法〟を使って無理やり現世にしがみついているような状態らしい。自然の摂理からは大きく外れているだけに、いずれ効果が消えれば呆気（あっけ）なく死に至る。そう言って高らかに笑っていたラサラの姿を、フェリックスは昨日のことのように思い出していた。

「……どうした？　急に深刻な顔をして」

ラサラが訝(いぶか)しげな視線を投げかけてくる。シルキーは「大丈夫？　ねぇ大丈夫フェリックス？」と言いながら心配そうに飛び回っていた。

「失礼いたしました。少し考えごとをしていたので」

「なんじゃ紛らわしい。どうせ戦のことでも考えていたのだろう。全くいつの時代も人は無益な争いに興じる。本当に愚かしい種族だな」

ラサラは瞼(まぶた)を下ろし、深い溜息(ためいき)を零した。

長い、それこそ想像もつかないほど長い時を見つめてきたであろうラサラの言葉は、ほかのどんな言葉よりもフェリックスの胸に突き刺さった。

「ラサラ様のおっしゃる通りです」

後ろ首を掻きながらそう言うと、シルキーは「なーんだ。心配して損しちゃった」と言って、フェリックスの頭をぽかりと蹴りつけた。

「ところで今日の用件はなんじゃ。言っておくがわしは一切寂しがってなどおらぬからな。――全くあのおせっかい犬っころめ。余計なことをペラペラと……」

目を開けたラサラは忌々しそうに舌打ちをする。どうやら自分と金剛杵(ヴアジラ)の会話を聞いていたらしい。もちろんあの場にはラサラの影も形もなかった。おそらく、というか間違いなくなんらかの魔法を行使したに違いない。

誇張でもなんでもなく彼女以上の魔法士は今の世に存在しないだろう。

Ⅱ

「実は――」

そう切り出したフェリックスは、神国メキアの魔法士について話し始めた。ラサラはフェリックスの一言一句に適当な相槌を打ちつつも、最後は溜息交じりに頭を掻いた。

「小僧の見立て通り、戦闘系の魔法士でまず間違いないじゃろう。本来魔法とは人間の生活を豊かにするべく生み出されたというのに、今や戦争の道具に成り果てている。実に情けないことだな」

呆れつつもどこか寂しげな表情を浮かべるラサラをフェリックスは黙って見つめる。その視線に気づいたのか、ラサラはばつが悪そうに咳払いをひとつし、再び口を開いた。

「しかしかの国には少なくとも三人の魔法士がいるのか。また随分と豊作だな。わしが知る限り、ひとつの国でそこまで魔法士を抱えた国は存在しない」

「そもそも魔法士自体が稀有な存在ですから」

帝国でさえ魔法士はいうなりのラサラただひとり。ファーネスト王国に至っては魔法士の存在など全く聞いたことがない。サザーランド都市国家連合もまたしかり。魔法士を育成するアルテミアナ大聖堂が鎮座するとはいえ、神国メキアが異常過ぎるのだ。

「小僧の話から察するに若いながらも魔法の腕は熟達の域に達しているのだろう。小国とはいえ侮れんといったところか」

フェリックスは強く頷いた。

「その通りです。なのでお知恵を拝借できればと思いまして」

「知恵？　なんの知恵じゃ？」

ラサラは半眼で問うてくる。

「……ラサラ様もお人が悪い。わかっておいででしょうに」

「全くもってわからんな。手練れの魔法士相手とはいえ、小僧ならとくに問題なかろう」

「私は問題なくとも兵士たちは……。一応防御策も考えてはいますが、それも完全とは言えません。最悪三人の魔法士を相手にしないといけませんから」

「そんなに兵士たちのことが心配なら戦争そのものをやめればよい。実に簡単な理屈じゃ」

「本当だよね。なんで人間は戦争をして無駄に種を絶やしていくんだろう？　僕には全然理解できないよ。意味不明ってやつだよ」

こともなげに言うラサラとシルキーに、フェリックスは苦笑するしかなかった。とくに種としての存続が危ぶまれている妖精シルキーにとっては、本当に理解できないことなのだろう。だが、こればかりは皇帝ラムザの意志なので自分ではどうすることもできない。

「そこをなんとかお願いできませんか？」

再び頭を深く下げるフェリックスに、ラサラは仁王立ちした。

「ま、大魔法士たるわしが出張れば関係ない。どれほどの手練れであろうが造作もなく封殺できるじゃろう。――が」

そこで言葉を切ったラサラはニヤリと笑う。フェリックスにとっては嫌な予感しかしない底意地の悪い笑みだ。

「小僧もよく知っている通り、わしはすでに隠居の身。さらに言えば今の皇帝に義理などなにもない。よって小僧の願いは却下じゃ」

ラサラはカカと笑った。そもそも魔法を都合よく利用されるのが嫌で、世俗との関係を断ち切ったラサラである。白亜の森に引き籠もった理由。それは連れ戻そうにも到底不可能な場所だからだ。誰が死の危険を冒してまで危険害獣が跋扈(ばっこ)する森に入ろうというのか。ラサラの言葉はある程度予想できたことだが、それでも落胆せずにはいられなかった。

フェリックスが困り果てていると、シルキーがラサラの頭に乗っかった。

「ラサラはとっても意地悪だ！　フェリックス、僕が代わりに手伝ってあげるよ」

ラサラの頭をポカスカ蹴りながらシルキーが協力を申し出てくる。フェリックスが返事を返す間もなく、鬱陶しそうにシルキーを手で払ったラサラが呆れたように言った。

「架空である妖精が本当に実在していたと知れてみろ。それこそ人間は喜び勇んでお前を捕まえにくるぞ」

「へーんだ。ノロマな人間に僕は捕まえられませんよーだ！」

　部屋中を縦横無尽に飛び回ったシルキーは、再びフェリックスの肩に腰かけると、べっと可愛い舌をラサラに向けて突き出した。

「それでも捕まえてしまうのが人間の業なのだ。小僧のような人間ばかりではない。お前もほかの人間と触れ合えばわしの言っていることが少しは理解できよう」

　そう言うラサラは、どこか恥じ入るような顔をしていた。フェリックスは自分の手のひらにシルキーを招き寄せ、その透き通るような緑色の目を見据えて言った。

「ラサラ様の言う通りです。一度でもシルキーの姿を見たら大抵の人間は放っておきません。それこそ見世物として捕まえようとする者が後を絶たないでしょう。ですからその気持ちだけありがたく頂戴しておきます」

「……フェリックスは僕のことが心配なの？　大事なの？」

　どこか熱の籠もった視線を向けてくるシルキーに対し、フェリックスは真摯に答えた。

「心配ですし、とても大事に思っています。ですからここに留まってください。ここなら私以外の人間がやってくることはまずありえませんから」

「そっか……」

　フェリックスの頬にそそと寄り添ったシルキーは、たどたどしい口づけをする。フェリックスが驚いていると、シルキーは頬を染めながら嬉しそうに外へと飛び出していった。

「……小僧はいつから女の扱いが上手くなったのだ？」

「そんなつもりは全くないのですが……」

白い視線を投げかけてくるラサラに、フェリックスは頬を掻いて誤魔化した。

「まぁよい。それよりもほかに悩みがあるじゃろ？　小僧は冷静なようでいて実際顔に出やすいからな」

相変わらず勘の鋭いラサラに内心で舌を巻く。フェリックスは現在の帝国にとって一番の脅威をラサラに語って聞かせた――。

Ⅲ

「ふむ。死神と呼ばれる少女か……」

フェリックスの話を聞いたラサラは、此度の戦争が勃発してから漠然と感じていた不安と、死神と呼ばれる少女がなんとなく重なったような気がした。

二百年という長き時を生きるラサラが知る限り、過去、死神の異名で呼ばれた者は数人ほど存在した。そのどれもが戦場で類まれなる武勇を示し、相手を恐怖に陥れたからに他ならない。言ってみれば死神とは、真の強者のみに許された称号である。

しかしながら、此度の死神を冠する少女はそのどれとも違う気がする。そもそも阿修羅と双璧をなす深淵人からして単純な強者とは訳が違う。そして、尽きることのないこの不安。

実際伝説的な話だけに断定はしかねるが、阿修羅と深淵人の実力はほぼ互角だとラサラは思っている。それでもフェリックスが死神なる少女を最大限に警戒する理由。

（もしかすると小僧もまた、死神少女の先にあるなにかを本能的に感じ取っているのかもしれない。それこそデュベディリカ大陸を暗雲で包み込むような不安を。真の強者は危険察知能力も並みのそれではないからな）

戦装束で身を固めたフェリックスを見つめながらラサラはそう思った。

「現在の帝国にとってオリビア・ヴァレッドストームは最大の障害だと私は考えています。彼女を止めなければ帝国による大陸統一は考えられません」

真剣な表情でフェリックスは言う。ただひとりの少女によって大陸統一が阻まれる。他人が聞いたらさぞ大袈裟な言いようだと思うことだろう。ラサラとてフェリックスの言葉でなければ一笑に付していたかもしれない。

逆に言うとその程度にはこの気骨ある若者を信用しているのだ。もっとも本人には口が裂けても言えないが。

「さすがの阿修羅でも深淵人が相手では慎重にならざるを……ちょっと待て。今オリビア・ヴァレッドストームと言ったのか？」

「はい。言いましたがそれがなにか？」

不思議そうな表情を浮かべるフェリックスを横目に、ラサラは沈殿している記憶の糸を手繰り寄せる。

「いや、ヴァレッドストームという家名に少しばかり覚えがあってな。確かあの本に……」

部屋の中央に置かれた卓の向かい側、壁に並べられた本棚のひとつにラサラが左手をかざすと、間を置かずカタカタと本棚が小刻みに揺れ始め、やがて整然と並んでいる本の中から一冊の本がスッと抜き出されていく。

黒い装丁の本は空中をファファアと漂いながらラサラの手元へ吸い寄せられた。

「闇の一族、著者はアンガス・レム・ホワイト」

横から覗き込んだフェリックスが意味深長にタイトルと著者名を読み上げる。ラサラは構うことなく手早くページをめくり、目を走らせながらフェリックスに語りかけた。

「百五十年以上昔の話じゃ。ファーネスト王国の中でも忠義が厚いことで有名なヴァレッドストーム家がとある嫌疑をかけられてな。半月も経たずして屋敷を王国軍の軍勢に囲まれた挙句、散々火を射かけられて皆殺しにされたのじゃ。当然ヴァレッドストーム家は断絶。歴史からその姿を消したというわけじゃな」

ここでフェリックスに視線を移すと、形の良い眉が眉間へと吸い寄せられていた。

「忠義が厚いことで知られる一族が半月も経たずに皆殺し。随分と違和感がある話のように私には思えてしまうのですが……当時はそれが当たり前だったのですか？」

「いや、普通に考えれば小僧の言う通りじゃ。もしかすると時代そのものが後押ししたのかもしれんな」

「時代が後押しですか？　百五十年前だと光陰暦八〇〇年代……なるほど。いわゆる暗黒の時代ですか」

言ってフェリックスは沈黙した。

光陰暦八〇〇年代。帝国を除く各国はまるでなにかに取り憑かれたかのごとく戦争に明け暮れていた。大地という大地は常に死臭が漂い、弱き者たちは一欠片のパンすら口にすることができぬまま命の灯を消していった、そんな時代。

それは大国であるファーネスト王国とて例外とは言えず、実際当時を生きてきたラサラにとっても目を背けてしまうほどの有様であった。

「ですがそれを差し引いても皆殺しなど尋常ではありません。いったい彼らはどんな嫌疑をかけられたのですか？」

「うむ。その嫌疑とはな、太古の時代に凄まじい戦闘能力をもって国の転覆を謀ったと言われている少数部族、本のタイトルでもある闇の一族の末裔と目されたのじゃ。とある密告によってな」

「太古の時代に凄まじい戦闘能力……まさか!?」

ラサラは不敵な笑みでフェリックスを見やって頷いた。

「当然、阿修羅の末裔たる小僧ならピンとくるだろう。そう。闇の一族とは十中八九、深淵人を指している。勝者が敗者の名を貶めるのはよくあることじゃ。この本には謀反の証拠が終ぞ出てこなかったと記されているが、結局のところ嫌疑そのものは間違っていなかった。たとえヴァレッドストーム家に王家を害する気持ちが一片もなかったとしてもな」

「……そしてその密告を行ったのが阿修羅、ですね」

フェリックスは深い溜息を落として手近な椅子にドカリと座った。

「それで間違いないじゃろう。阿修羅がなにゆえヴァレッドストーム家＝深淵人の末裔と見破ったのかは謎だが……ひょっとするとそのあたりの事情は小僧の仲間が知っているのかもしれないな」

「別に私は彼らのことを仲間とも思っていませんが」

珍しく顔を歪めたフェリックスに、今さらながらその身に流れる暗殺者の血と、今に至っても暗殺を生業とする阿修羅を激しく忌み嫌っていることを思い出し、ラサラは自身の迂闊さに内心で苦笑した。

「ま、なんにせよ当時のファーネスト王国に阿修羅がどの程度の影響を及ぼしていたかはわからぬ。それでも忠義の厚いヴァレッドストーム家を簒奪者として追い落とす程度には影響力があったのだろう。さすがにどこの馬の骨ともわからん者の讒言を聞くとも思えんからな」

どんな国であろうとも、多かれ少なかれ闇の部分を抱えている。綺麗ごとだけでは国が立ち行かないのもまた事実だからだ。

稀代の暗殺集団である阿修羅は決して表沙汰にできない、それこそ露見した場合には国の存亡に関わるような仕事にも多く携わってきたと聞く。それは裏を返せば、知り得た情報を決して外部に漏らさないという確固たる信頼の証。

それだけに彼らの密告は無視できないものがあったのだろうとラサラは推察した。

「それは……それはそうかもしれません」

なにかを思い出したかのように、フェリックスは苦々しい表情を浮かべた。

「そして偶然あるいは必然か、死神オリビアが断絶したヴァレッドストーム家を引き継いだ」

「ラサラ様はどちらだとお思いですか？」

「わしは必然だと思うておる。さすがに偶然と考えるのは色々と無理があるからな」

「私も同感です」

フェリックスは間を置かずに頷いた。

「だが気にすべきところはそこではない。問題はこの部分、業火に包まれ焼け落ちていく屋敷の窓から黒い靄の塊が飛び立ったというくだりじゃ」

ラサラは開かれたページを手の甲で叩き、フェリックスの眼前に突きつけた。

「黒い塊……はっ!?」

「そうだ。小僧は言っていたであろう。オリビア・ヴァレッドストームの得物である漆黒の剣は黒い靄を漂わせると。どうにもわしはこの二つが結びついているように思えて仕方がないのじゃ」

「……結びついていると仮定して、ラサラ様はどう考えているのですか?」

ラサラはしばらく顎を撫でた後、フェリックスを見据える。

「最初に話を聞いたとき、わしはオリビアを魔法士だと思った」

「なんですって!?」

椅子から立ち上がろうとするフェリックスをラサラは強引に押し戻す。なにか言いたげな視線を向けるフェリックスに、ラサラは機先を制して話を続ける。

「せっかちな小僧じゃ。話は最後まで聞かんか。初めはそうも思うたが、どうもしっくりとこない。感覚的ゆえ言語化するのは難しいが……実際オリビアは帝国との戦で魔法を使っていないのだろ?」

「ええ、使っていれば必ず報告に上がるはずですから」

　フェリックスは当然だと言わんばかりに強く頷いた。では一旦その話を置いておくとし、ラサラは改めて己の考えを語って聞かせる。

「わしは先ほど黒い塊と黒い靄が結びつくと言った。相違ないな？」

「確かにラサラ様はそうおっしゃいました」

「じゃが結びつきはするものの、実際は似て非なるものだと思っている。戦場で使う剣と儀式に用いる剣の違いと言えばわかるか？」

　我ながら説明下手だと思いながら尋ねると、案の定フェリックスは曖昧な返事をしてくる。

「ここからはわしの単なる想像だと思って聞いてほしい」

　ラサラは一旦息をつき、再び言葉を紡いでいく。

「死神を想起させるヴァレッドストーム家の紋章。そして、黒い靄を漂わせる漆黒の剣。さらには焼け落ちる屋敷の窓から飛び立ったという謎の黒い塊。これら全てを繋ぎ合わせて得られる結論は――ヴァレッドストーム家の背後には人知を超えた何者かが存在している、ということじゃ」

　そして、それこそが数年来の不安を掻き立てる元凶なのかもしれないとラサラは思った。

「まさかとは思いますが、ラサラ様は本物の死神が存在するとでもおっしゃりたいのですか？」

フェリックスの口調には明らかに呆れとも取れる感情が垣間見えた。

「では逆に聞く。いないとする根拠はどこから出てくるのだ?」

「どこからもなにも死神は想像上の産物です」

口の端を僅かに上げたフェリックスに対し、ラサラはあからさまに鼻で笑って応える。

そして、開け放たれた扉に向かって指を指した。

「では改めて聞く。妖精シルキー・エアのことはどう説明する。小僧が当たり前のように接していあれとて巷では想像上の生き物だ」

「………………」

「さらに言えば、あの犬っころとて一部の者たちからは神獣などと崇め奉られている。今でこそほとんど絶えてしまったが、太古の時代は力を持った者たちが当たり前にいたと聞く。無論、阿修羅や深淵人とて例外ではない。ならば死神が本当に存在したとしても、それほどおかしなことではあるまいて」

「……今は反論するほどの材料がありませんね」

フェリックスは疲れたように椅子にもたれかかった。

「ま、散々死神とわしは言うたが、ほかに表す言葉がないから便宜上そう呼んでいるに過ぎない。思うに、文明は進んだがその代償として人は力を失ったのかもしれんな」

いずれは自分も魔法という力を失うのかもしれない。現に昔と比べたら魔法士の数は激減しており、巷では想像上の産物として語られつつある。だが、それをラサラは悲しいことだとは思わなかった。全ては時の流れゆくままである。

（延命の法で延ばしに延ばした枯れ木のごときこの命もそろそろ尽きる頃だろう。果たしてわしはこの若者にいったいなにを残してやれるのか……）

静かに黙するフェリックスの顔をラサラは飽くことなく見つめ続けた。

エピローグ ◆ 黎明の光

ガリア要塞

　来たるべき決戦に備え、かつてないほどの兵士を収容するガリア要塞の城壁には、セラトニス山脈から差し込む光を感慨深げに見つめる二人の男たちがいた。

　ひとりは王国軍を統べる元帥、コルネリアス・ウィム・グリューニング。もうひとりはカルナック会戦の功により名実ともに王国軍ナンバー2となった上級大将、パウル・フォン・バルツァである。

「――しかし元帥閣下も随分と露骨ですな。年寄りと若者をここまで見事に分けるとは」

「そうかね」

　コルネリアスが楽しそうに口元を綻ばせる。パウルは思わず苦笑した。

　帝都オルステッドに向けて侵攻するオリビアとブラッドの年齢を足しても五十そこそこ。対してキール要塞に侵攻するパウルとコルネリアスの平均年齢は六十五歳である。パウルだけでも二人を足した年齢を上回っていることに、改めて歳を感じてしまう。

「ですが元帥閣下の判断は実に正しいかと。今回キール要塞への侵攻が偽装だと見抜かれるわけにはまいりません。オリビア少将はまだしも、詰めが甘いブラッド中将――大将などにはちと任が重いですから」

「権謀術数に長けたブラッド大将をそんな風に評するのは、王国軍広しといえどパウルひとりだけじゃろう」

「詰めが甘いのは事実ですから」

「ふふっ。元教え子はどこまでいっても教え子ということか……。それにしても相変わらずお主はオリビア少将を買っているようだな」

「オリビア少将を第八軍の総司令官に据えた元帥閣下ほどではありませんが、彼女が第七軍に所属してからただの一度も期待に背いたことがありませんからな」

　パウルが誇らしげに胸を張ると、コルネリアスはうんうんと二度頷く。

「確かにあの娘がおらなんだら、わしらはここではなく冥府で語り合っていたかもしれん」

「なにもそこまでは……」

　コルネリアスの視線は尖塔に掲げられた旗へと向けられる。獅子と杯が刺繍された真紅の旗。パウルもつられるように顔を向けた。

「ここにはわしらのほかに誰もおらん。言葉を飾る必要はあるまいて」

「…………」

「神はまだ我々を——ファーネスト王国を見捨ててはいない。戦神とも呼べる娘を我々の前に遣わしてくだされたのだからな」

「……此度の大戦、元帥閣下は勝てるとお思いですか？」

言ってから、らしくない問いだとパウルは反省した。

それでも口に出してしまったのは、心の奥底で少なからず不安を抱えているからだろう。戦力を大幅に削ったとはいえ、紅・天陽の両騎士団は今も健在。帝都オルステッドには帝国最精鋭と謳われる蒼の騎士団が無傷で残されている。

そんなパウルの不安を感じ取ったのか、コルネリアスは安心させるかのように断言した。

「勝つのじゃよ。勝たねば王国に未来はない。それに此度は神国メキアも合力してくれる」

「その神国メキアですが元帥閣下はどこまで彼女を――ソフィティーア・ヘル・メキアを信じているのですか？　正直なところ私は彼女の意図を摑みかねているのですが……」

今回ソフィティーア・ヘル・メキアが協力の見返りに要求してきたのは二つ。

金貨十万枚の無償提供。

王国領土の一部を神国メキアに割譲。

どれもそれなりの要求ではあるが、ファーネスト王国の進退がかかっているだけに法外といえるほどでもない。金貨などはこちらの台所事情を見透かしたかのようなギリギリの要求であり、最終的にアルフォンスが承諾したことからもそれは明らかであるが。

「なにひとつ信じてはおらぬよ」

　コルネリアスはすまし顔で答えた。

「なにひとつも、ですか？」

「うむ。金貨の供与や領土の割譲などただの目くらましに過ぎんよ。一見穏やかであったが瞳の奥底に隠された炯々たるあの光。ソフィティーア・ヘル・メキアは間違いなく何事かを画策している。あれは大望を成そうとする武人そのものだ」

「そこまでわかっていながら元帥閣下は陛下にご忠告申し上げなかったのですか？」

「残念ながら陛下はすでにあの女の虜となっている。今さらわしがなにを申し上げたところで聞く耳など持つまい。精々お叱りを受けるのが関の山じゃ」

　苦笑交じりに言うコルネリアスに、パウルは何くれとなくソフィティーアの世話を進んで行っていたアルフォンスの姿を思い出す。

　アルフォンスばかりでなく晩餐会に集まった者たちの大半が、ソフィティーアを憧憬の眼差しで見つめていたことはパウルも知っている。時代時代の節目には、生まれながらに人を魅了する――すなわち真なる王の資質をもったものが不思議と現れる。ソフィティーアはそのもっとも典型的な例なのだろう。

「それにこちらも兵力に余裕があるわけではない。ましてやストニア軍を半数の兵で退けた確固たる実力があの国にはある。たとえソフィティーア・ヘル・メキアが何事かを画策していようとも、差し伸べられた精強なる手をこちらから振り払うことは難しい」

　神国メキアが用意する兵数は三万と聞いている。噂通りの実力であればかなりの助けになるのは間違いなかった。

「確かに振り払うには惜しい兵数ですな」

「じゃが所詮は互いの利が合致しただけの砂上の同盟。利を失えば簡単に崩れ去る。精々警戒は怠らぬことだ」

「十分に注意を払います。——それと話は変わりますが、神国メキアにオリビア少将が正式に招待されたと耳にしました。まさかとは思いますが、のこのこと行かせはしませんよね？」

　コルネリアスはくすんだ青色の瞳を揺らした。

「……残念だがそのまさかだ。こちらが止める間もなく陛下は承諾してしまったよ。確か今日神国メキアに向けて出発する予定のはずだ」

　コルネリアスの落ち度ではないと知りながらも、パウルはあからさまな溜息を落としてしまった。コルネリアスは申し訳なさそうに口を開く。

「すまんな。だが、陛下の中でどんな心境の変化があったのかわからぬが、これでも最近は随分と物わかりがよくなったのだ」

「確かに統帥権の委譲は青天の霹靂でした。もしも第一軍が動かねば中央戦線は崩壊していましたから」

　コルネリアスはなにかを思い出したような表情で咳払いをひとつした。

「今回のことも同盟をより強固なものにするため招待を受けたのだと陛下は公言している。その考え自体は間違っておらぬ」

「それでも最大限の警戒を促す必要はあります。ほかの誰でもなくソフィティーア・ヘル・メキアはオリビア少将を招待したのですから」

　神国メキアは大陸の遥か西方の地にある国。さすがにオリビアの武威が轟いているとは思えないが、王都に滞在していたときなら噂を耳にしていてもおかしくはない。

　ソフィティーアがオリビアに興味を抱いたとしてもそれほど不思議ではないのだが、

（どうにもきな臭さが付きまとう）

　さすがに同盟を結んだ以上オリビアを害するとは思えないが、それでも歴戦の武人であるパウルの嗅覚が何事かを嗅ぎつけているのだ。

「無論、オリビア少将には警戒を促している。物見遊山で行かれても困るからな」

「ほう。さすがですな」

「正確に言うのなら促す必要もなかったが」

「と、いいますと？」

「こちらが促すまでもなく、オリビア少将は十二分に理解していたよ。さすがというべきだろう。クラウディア中佐などはなにがあろうとオリビア少将はお守りすると息巻いておった。少し肩の力が入り過ぎるきらいもあるが、神国メキアにはいい牽制になるだろう。

――ほれ。どうやらそのオリビア少将が出発するようだぞ」

見ると黒馬に乗ったオリビアがこちらに向かって手を振っていた。

「ふふっ。よくもまぁこんな距離で気付くものだ」

そう言いつつもパウルはにこやかに手を振って応えた。コルネリアスも豊かな髭をしごきながら笑みを交えて手を振る。オリビアはさらに大きく手を振って応えていた。

「……あの娘を死なせるわけにはいかないな」

「是が非にでも。それに死ぬのは年寄りからだと古代より決まっています」

「古代ときたか。では一番初めに死ぬのはわしということじゃな」

コルネリアスは声を上げて笑った。

「ま、忌憚なく申し上げればその通りです。……それにしても久しぶりに見ますな。元帥閣下のそのようなお顔は」

静かなる闘志を内に秘めたコルネリアスの表情は、共に戦場を駆け抜けた若かりし日々をパウルに思い出させた。コルネリアスはくつくつと笑う。

「それはパウルとて同じこと。此度はまごうことなき総力戦。今回は久しく眠らせている〝鬼〟の力を拝めそうだな」

オリビアの出発を告げるラッパが高らかに鳴り響く。
黎明の光を背に獰猛に笑うパウルの影は、鬼のような形をしていた。

あとがき

三巻のあとがきを書いていたのは春先だったと記憶しているのですが、なぜか今は冬の足音が派手に聞こえている今日この頃（笑）

最近一年経つのが早すぎない？　とやたら感じる彩峰です。

さて、今回は神国メキアＶＳストニア公国。そして、ファーネスト王国ＶＳサザーランド都市国家連合の二大会戦をメインにお送りしました。これから佳境に向けて物語が大きく動き出す予定（予定は未定!?）なので、今後もお付き合い頂ければ幸いです。

ということで「死神に育てられた少女は漆黒の剣を胸に抱くⅣ」でした。

ここで謝辞を。

担当編集樋口様。適切なアドバイスに毎度救われています！　感謝！

シエラ様。オリビアの将軍Ｖｅｒ軍服は、はっきり言って最高でした！

最後にコミカライズ版「死神に育てられた少女は漆黒の剣を胸に抱く」の第一巻が同じ月に発売予定です。めちゃくちゃ面白いので（え？　小説より全然面白くね？　と思ってしまうこともしばしば……はは……）店頭で見かけたら一度手に取ってみてください。

ではここまでお読み頂いた読者様に女神シトレシアのご加護があらんことを。

彩峰　舞人

死神に育てられた少女は漆黒の剣を胸に抱く Ⅳ

発　　行　2020年1月25日　初版第一刷発行

著　　者　彩峰舞人
発 行 者　永田勝治
発 行 所　株式会社オーバーラップ
〒141-0031　東京都品川区西五反田 7-9-5
校正・DTP　株式会社鷗来堂
印刷・製本　大日本印刷株式会社

Printed in Japan　ISBN 978-4-86554-599-9 C0193

作品のご感想、ファンレターをお待ちしています

あて先：〒141-0031　東京都品川区西五反田 7-9-5 SGテラス5階　オーバーラップ文庫編集部
「彩峰舞人」先生係／「シエラ」先生係

PC、スマホからWEBアンケートに答えてゲット!

★この書籍で使用しているイラストの『無料壁紙』
★さらに図書カード（1000円分）を毎月10名に抽選でプレゼント!

▶https://over-lap.co.jp/865545999
二次元バーコードまたはURLより本書へのアンケートにご協力ください。
オーバーラップ文庫公式HPのトップページからもアクセスいただけます。
※スマートフォンとPCからのアクセスにのみ対応しております。
※サイトへのアクセスや登録時に発生する通信費等はご負担ください。
※中学生以下の方は保護者の方の了承を得てから回答してください。

オーバーラップ文庫公式HP ▶ https://over-lap.co.jp/lnv/